역관 일지

역관 일지

1판 2쇄 발행 2025년 12월 10일
1판 1쇄 발행 2025년 10월 31일

지은이 l 안삼환
발행인 l 신현부
발행처 l 부북스
주   소 l 04613 서울시 중구 다산로29길 52-15, 301호
전   화 l 02-2235-6041
이메일 l boobooks@naver.com

ISBN l 979-11-91758-32-0 03810

역관 일지

안삼환 장편소설

차례

I. 해골 영령 • 11

II. 역관 일지 • 29

    2024년 9월 23일(월)
    1.『파우스트』의 번역을 시작하다 • 32

    2024년 10월 2일(수)
    2.『파우스트』에 관한 강의 • 34

    2024년 10월 3일(목)
    3. 산행 • 40

    2024년 10월 4일(금)
    4. "칠성님의 두레박에서 떨어지는 물방울이……." • 45

    2024년 10월 5일(토)
    5. "여기서 난 인간이다!" • 47

    2024년 10월 6일(일)
    6. 산책 • 48

    2024년 10월 8일(화)
    7. 서택순의 자손 • 51

    2024년 10월 10일(목)
    8. 한강의 노벨문학상 수상 소식 • 54

    2024년 10월 12일(토)
    9. 비극적 우리 역사의 행복한 문학적 대반전 • 55

    2024년 10월 21일(월)
    10. 번역의 어려움 • 60

    2024년 10월 24일(목)
    11. "편의상 김일술이 되기로 했다!" • 63

    2024년 10월 25일(금)
    12. "오심즉여심(吾心卽汝心)!" • 73

2024년 11월 7일(목)
13. 트럼프와 Y 대통령 • 76

2024년 12월 3일(화)
14. 청천벽력 – 비상계엄! • 76

2024년 12월 5일(목)
15. 완산녹두님의 울음 • 80

2024년 12월 6일(금)
16. K 특전사령관의 양심고백 • 83

2024년 12월 8일(일)
17. 스웨덴에서의 한강 • 84

2024년 12월 9일(월)
18. '다시 개벽'의 조짐이다! • 86

2024년 12월 10일(화)
19. 근왕(勤王)주의자와 혁명가의 동행 • 89

2024년 12월 12일(목):
20. 실존주의와 동학 • 92

2024년 12월 14일(토)
21. Y 대통령 탄핵소추안, 국회에서 가결 • 96

2025년 12월 17일(화)
22. 「어떤 대화」 • 98

2024년 12월 21일(토)
23. H 대통령권한대행의 월권 • 101

2024. 12. 22(일)
24. '남태령 대첩' • 101

2024년 12월 23일(월)
25. 밤을 꼬박 새운 여대생 김희경 • 112

2024년 12월 24일(화)
26. '세상에서 가장 아름다운 인간 크리스마스트리 • 118

2024년 12월 26일(목)
27. 시간강사의 고통 • 121

2024년 12월 28일(토)
28. C 대통령권한대행에게 거는 기대 • 123

2024. 12. 29(일)
29. 무안 공항 여객기 사고 • 125

2024년 12월 31일(화)
30.「허묘(虛墓)」• 126

2025년 1월 1일(수)
31. "'전주화약'이 우리 현대사의 출발점이여!" • 131

2025년 1월 3일(금)
32. 공수처와 경호처의 대치 상황 • 139

2025년 1월 6일(월)
33. '한강진 대첩' • 140

2025년 1월 7일(화)
34. 석대들에서 도망치다! • 141

2025년 1월 8일(수)
35. 우리는 진리 자체가 아니라 색색으로 분광된 그 '반조(返照)'만 인식할 수 있다! • 145

2025년 1월 15일(수)
36. Y 대통령 체포 • 149

2025년 1월 17일(금)
37. 심화(心火)는 심화(心和)로 꺼라! • 150

2025년 1월 18일(토)
38. 산중 극락 • 152

2025년 1월 19일(일)
39. 조선의 서녀(庶女) 이옥봉 • 158

2025년 1월 22일(수)
40. 죄인 파우스트의 구원의 문제 • 164

2025년 1월 23일(목)
41. 여성의 자비심과 희생정신 • 169

2024년 1월 24일(금)
42. '사람바다(人海)'의 아름다운 윤슬 • 172

2025년 2월 5일(수)
43. 남녀 차별철폐는 수운의 가르침 • 175

2025년 2월 11일(화)
44. 대책없이 너무 열성적으로 가르치는 것도 죄! • 177

2025년 2월 14일(금)
45. 진도에서 체포, 효수되다 • 179

2025년 2월 15일(토)
46. '남녀 사람'의 큰 금도(襟度) • 185

2025년 2월 19일(수)
47. 두 젊은이 • 186

2025년 3월 1일(토)
48. "난 철저한 반일주의자는 아녀!" • 187

2025년 3월 3일(월)
49. 백산과 낙산 • 190

2025년 3월 7일(금)
50. J 판사의 이상한 판결: 'Y 대통령 구속 취소' • 192

2025년 3월 8일(토)
51. 법비(法匪)들의 나라 • 193

2025년 3월 9일(일)
52. 탄핵 찬성 집회 • 195

2025년 3월 11일(화)
53. 『파우스트』 제1부의 번역 완결 • 196

2025년 3월 12일(수)
54. '자결보다는 차라리 죽기로 싸우겠다!' • 197

2025년 3월 15일(토)
55. 광화문의 작가회의 부스 • 199

2025년 3월 16일(일)
56. '문림의향(文林義鄕)' 장흥 • 200

2025년 3월 18일(화)
57. "한국으로부터 배우자!" • 204

2025년 3월 21일(금)
58. "이제 난 완산녹두로 되돌아가고 싶다네" • 207

2025년 3월 24일(월)
59. 헌재, H 총리의 탄핵을 기각 • 209

2025년 3월 25일(수)
60. 산불과 순명(順命) • 210

2025년 3월 26일(수)
61. 사인여천(事人如天) • 211

2025년 3월 27일(목)
62. '청춘은 아름다워라!' • 213

2025년 4월 1일(화)
63. 산수(傘壽)의 노인 • 215

2025년 4월 2일(수)
64. 여섯 명의 어른과 두 청년 • 216

2025년 4월 3일(목)
65. 제주도 4·3항쟁 77주년 기념일 • 217

2025년 4월 4일(금)
66. "피청구인 대통령 Y를 파면한다." • 218

III. '역관'의 말 • 223

작가의 말 • 227

〈작품 해설〉 유희석
소설로서의 사초 ─ '빛의 혁명'은 어떻게 이야기가 되는가 • 229

추천의 말(염무웅/ 정지창/이종민) • 243

역관 일지

I. 해골 영령

　그것은 우리의 시골 마을에서 흔히 보는 수수한 농부의 얼굴이었다. 어딘가 안면이 있는 듯도 해서 나는 반가운 마음에 약간 다가가려고 했다. 그런데, 자세히 보니, 이마에 천으로 된 띠를 두르고 머리 위에는 상투를 틀고 있는 옛사람의 얼굴 모습이었다. 약간 낯선 느낌이 든 내가 그를 어떻게 대해야 할지 일순 망설이고 있는데, 이상하게도 그 얼굴에서 점점 살이 빠지면서 금방 하나의 해골이 드러나는 것이었다.
　깜짝 놀란 나는 그 해골을 피해 달아나려고 했지만, 이상하게도 꼼짝달싹할 수가 없었다.
　'이게 혹시 꿈이 아닐까?' 나는 생각했다. '꿈속에서는 아무리 달아나려 해도 팔다리가 말을 잘 안 듣잖아!'
　하지만, 그런 어렴풋한 생각도 잠시뿐이었고, 해골은 금방 다시 그 수수한 농부의 얼굴로 되돌아왔다.
　"잘 지냈는가?" 그가 말했다. "반가워요. 고맙구먼! 오늘은 그냥 인사나 하러 왔다네!"

그제야 나도 그 농부가 구면인 것이 생각나서 반가운 마음을 표하고자 그에게로 다가가 손이라도 잡아주려고 했다. 그러나, 그는 팔이 없었다. 다리도 없었고, 몸뚱이도 없었다.

깜짝 놀라서 잠에서 깨어났는데, 과연 그것은 꿈이었다. 반쯤은 꿈인 줄 알면서도 깨어날 수 없는 그런 꿈이었다. 머리맡의 전등을 켜보니, 새벽 1시였다. 목이 말라 물 한 모금을 마셨다. 전등을 끄고 다시 자리에 누워 잠을 청했지만, 좀체 잠이 오지 않았다. 다시 전등을 켜고 잠시 요 위에 무연히 앉아 있었다.

이게 대체 무슨 꿈인가? 이상한 꿈이긴 했지만, 아무 근거도 없는 허무맹랑한 꿈은 아닌 듯했다. 이것은 아마도 내가 지난봄에 소설을 쓰겠다고 전주에 내려가서 한 달을 지내는 동안, 완산 위의 '녹두관'에서 뵈었던 그 '환국(還國) 무명 동학농민혁명군 지도자'가 내게 잠시 혼령으로 현현하신 게 아닌가 싶었다.

지난 2024년 4월이었다. 나는 전주의 완산도서관이 제공하는 집필실을 한 달만 쓰게 해 달라고 신청했는데, 이미 연로한 데다 별로 업적도 없는 내가 한 달 동안 집필실을 이용해도 된다는 과분한 혜택을 받았다. 그때, 나는 옆방에서 작업하던 서선숙(徐仙淑)이라는 시인을 알게 되었다. 그녀는 서울의 정릉에 살지만, 고향이 전주라서 두 달 동안 집필실을 얻어 그동안 틈틈이 써 온 자기 시 작품들을 정리해서 시집을 낼 준비를 하고 있다고 했다. 그녀에게는 그때 막 대학의 철학과에 들어간 딸이 하나 있는데, 그동안 딸의 입시 뒷바라지하느라고 근년에는 시집을 내지 못해 정신적으로 많이 위축되어 있던 차에 마침

친정어머니가 서울에 오셨다가 당분간 대학생 외손녀와 함께 아파트에서 지내주겠다고 하셔서, 자신이 전주의 어머니 집에서 두 달 예정으로 살고 있다고 했다.

아무튼, 그녀가 전주에 온 나를 환영한다며 옆방의 동료들과 함께 자기 집필실에서 다과회를 열어 주었다. 나중에 알게 된 사실이지만, 집필실을 빌린 시인이나 소설가는 대개 시간에 쫓기며 창작에 전념하고 싶어 하는 사람들이기 때문에, 그런 여유로운 환영 다과회 같은 것은 꺼리는 편이다. 그러니, 서 시인의 그 다과회는 나를 위한 꽤 고마운 배려에서 열렸다는 사실을 나중에야 알았다.

다과회가 있고 나서 며칠 지난 어느 날이었다. 그녀가 산책이나 하자면서 도서관 옆 완산공원으로 나를 안내했다. 의도적으로 그랬는지는 몰라도, 그녀는 사전에 내게 '녹두관'에 관한 아무런 정보도 주지 않았다. 그래서 나는 갖가지 봄꽃이 만개해 있는 신록의 공원을 미인과 함께 약간 들뜬 기분으로 올라갔는데, 내 눈앞에 '녹두관'이라는 안내판이 보이기에 한번 들어가 보자고 제안한 것이었다.

여기서 잠깐, 왜 내가 '녹두관'이라면 관심을 가질 수밖에 없었던가를 설명해 두는 게 좋을 것 같다. 나는 독문학을 전공해서 S 대학 독문과 교수로 일하다가 정년 퇴임을 한 지도 이미 꽤 오래된 명예교수다. 따라서, 내 전공 영역과 평소의 관심사는 독일의 문학, 즉 서양학이다. 그런데, 최근에서야 나는 뒤늦게 동학에 관심을 지니게 되었다. 그 계기를 조금 더 자세히 설명해 보자면, 내가 도강(道康) 김가라는 것은 알고 있었지만, 몇 대 전부터 경기도 군포에서 외로이, 어렵게 살아온 우리 집안에서는 조상이 전라남도 강진 근처에 사셨거니 하는 추측만 희미하게 전해져 왔을 뿐, 우리 집안이 동학농민혁명군의 김개남 장군과 가까운 혈족이었다는 사실은 애써 숨겨온 듯했다. 몇 년 전에야 서양학에서 동양학, 특히 한국의 사상과 철학으로 일종의 '학문적 귀향'을 하게 된 나는 우연하게도 동학농민혁명군 지도자 김개남 장군도 도강 김씨라는 사실을 알게 되었고, 나의 조상이 김개남 장군의 큰형 영(永) 자 백(百) 자라는 것도 알게 되었다. 그래서 나는 최근에야 동학에 한층 더 큰 관심을 지니게 된 것이었다.

그래서, '녹두관'이란 조그만 표지판을 본 나는 서 시인에게 '녹두관'에 한번 들어가 보자고 청해서, 별다른 마음의 준비도 없이 녹두관을 둘러보던 중, 갑자기 그 해골 사진과 딱 마주친 것이었다. 나는 소스라쳐 놀랐다.

그때야 서 시인이 내게 설명해 주었다.

"'환국(還國) 무명 동학농민혁명군 지도자'의 유골이 지난 2019년에 여기에 안치되면서 전주에서는 아주 큰 위령제 행사가 열렸던 모양이던데, 저를 포함한 서울 사람들은 대개 까맣게 모르고 지냈지요. 선생님도 그런 얘긴 처음 들으시죠?"

"아, 그런 일이 다 있었던가요?"

"그 당시 전주에서는 이 무명 동학농민혁명군 지도자의 유골 안치를 두고 큰 위령제를 지냈던 것 같습니다." 서 시인이 말했다. "지난 1995년 7월 25일 일본 홋카이도대학 문학부의 강당 건물 안에 있었던 인류학 교실의 옛 표본실에서 한국 동학농민군 지도자로 보이는 인물의 유골이 발견되었습니다. 말이 유골이지 실은 상당히 풍화된 두개골뿐이었지요. 두개골이 들어있던 상자에 '촉루(髑髏)'(비바람에 씻겨 뼈만 남은 해골)라는 부표(付標)가 끼워져 있었고, 그 상자 안의 종이에는 진도에서 효수된 '동학 수괴의 수급(首級)'으로서 '1906년 9월 20일 시찰 중 채집'이라고 적혀 있었다네요. 무슨 곤충 채집도 아니고, 해골 '채집'이란 말이 참으로 비인간적이고 괘씸한 표현이지만요! 그 후 동학농민혁명기념사업회 한승헌 이사장님 등 여러분이 홋카이도대학의 유명한 친한(親韓) 사학자 ─ 일본에서는 이른바 '자학사관(自虐史觀)'의 학자라고 지칭되는 ─ 이노우에 카츠오(井上勝生) 교수 등의 협력을 얻어 1996년에 이 유해가 국내로 봉환되었습니다. 그 후, 해골에 남아 있는 흙과 해골의 '채집지'로 추정되는 진도읍 송현리 공동묘지 부근의 흙을 비교 조사한 결과, 진도에서 건너간 유골이 맞다는 사실은 확인되었지만, 그 신원까지는 밝혀내지 못했다고 합니다. 90년간 일본에 방치되었다가 환국하신 넋이지만, 막상 그 유해를 어디에 모시느냐, '채집지'인 진도에 모시느냐, 아니면, 정읍 황토현 전적지나 김제 원평 구미란 전적지. 또는 동학농민혁명의 주된 무대이며 최대 전승지라 할 전주로 모시느냐, 예산은 어떻게 염출하느냐 하는 등의 복잡한 현실적 문제들로 또 긴 시간을 끌다가 새 이사장을 맡으신 전북대 영문과 이종민 교수 등의 헌신적 노력으로, 여기 전주 완산공원에 모시기로 최종 결정되었고, 그 유해를 근거로 해서 그 무명 동학농민군 지도자의 흉상을 복원, 제작했으며, 2019년에야 드디어 그 유해를 여기 녹두관 판석묘에 안장한 것입니다."

이런 설명을 하면서, 그녀는 동학농민혁명군 지도자의 유해를 모신 판석묘당 안으로 나를 안내했다. 갑자기 나는 목에 울컥 가시가 돋는 듯했고 눈물이 날 듯해서 고인의 유택 앞에 서서 깊이 고개를 떨구었다. 그러고는 고인의 명복을 비는 묵념에 들어갔다.

"1895년 정초에 진도에서 순국하셨는데, 목이 잘린 두개골만 1906년에 '채집'되어 일본으로 옮겨진 듯합니다." 서 시인이 옆에 서

서 설명을 계속했다. "홋카이도대학의 전신인 삿포로농(農)학교에서 당시의 식민학(植民學)이나 인종학(人種學) 계통의 연구를 위한 실험용으로 쓰이기 위해 그곳까지 운반되어 갔을 것으로 추정된다고 합니다. 1895년 순국하신 지 100년이 지난 1995년에 일본 홋카이도대학 표본실에서 해골로 발견되시고, 그 이듬해인 1996년에 고국으로 봉환되셨지만, 고국에 돌아오신 뒤에도 진도와 정읍 황토현과 김제 원평 구미란 전적지, 전주 등 여러 지자체의 역사문화유적 복원 및 유치 사업 계획 및 예산 타령 등 혼란스러운 과정을 거치는 동안, 임시 안치소인 전주역사박물관에서 또 23년이나 더 기다리시다가, 지난 2019년 6월 1일 드디어 여기 동학농민혁명 전승지인 완산 투구봉에 안장되신 것입니다. 그래서, 저는 이 '환국 무명 동학농민혁명군 지도자'를 저 혼자서 '완산 녹두님'이라고 줄여서 부른답니다. 무명 지도자님의 칭호가 너무 길어서요. 제 생각에는, 전봉준 장군만 '녹두장군'으로 부를 게 아니라, 손화중, 김개남, 김덕명, 최경선 장군, 그리고 이름 없이 스러져 간 수많은 동학농민혁명군을 모두 다 '녹두'라 부르는 것이 좋을 듯해서요!"

90년을 일본의 창고에서 기다리시고, 고국에 돌아오신 후에도 고국 사람들의 더딘 일 처리 때문에 또 23년을 더 기다리셨다가 드디어 전주 완산공원의 동학농민혁명 녹두관에 안장되신 고인의 기구한 운명 앞에 나는 깊은 애도를 표했다. 그러고는, 아직도 국토가 분단된 채 고통에 시달리고 있는 이 겨레, 이 나라의 앞날을 위해 부디 '완산 녹두님'의 명우(冥祐)가 있으시기를 삼가 빌었다.

그런데, 내가 요 몇 달 사이에 거의 잊고 지냈던 그 '완산 녹두님'

이 왜 내 꿈에 현현하신단 말인가? 내게 고맙다고 하시던데, 무엇이 고맙단 말씀인지도 잘 모르겠다.

그 이상한 꿈을 두고 혼자 가만히 생각해 보자니, 두 가지 해석이 가능할 듯했다. 하나는 최근 Y 대통령 정부가 들어선 이래로 대일 관계에서 너무 지나치게 굴종적인 자세가 눈에 띈 탓에 완산 녹두님이 내 꿈에 현현하시어 내게라도 경종을 울리신 것이 아닐까 하는 해석이다. 최근 우리 정부의 대일 외교는 정말이지 단순한 '친일'을 넘어 '굴종적'으로까지 보일 정도였다. 한일 정상이 캠프 데이비드에서 바이든과 함께 만난 그 삼국 정상회담에서도 우리 '대통령'이 일본 '수상'에 비해 너무 초라한 위상을 자초한 것처럼 보였다. 그뿐만 아니라, 후쿠시마 핵 오염수 해양 방류 문제에 대해서도, 자꾸 반복되는 독도 영유권 분쟁에 대해서도 Y 대통령 정부는 심히 굴욕적으로 대처해 왔다. 아마도 그 때문에 완산 녹두님이 내게 현현하신 것 같기도 하다. 하지만, 내가 일본에 대한 우리 정부의 이러한 굴욕외교를 바로잡을 수 있는 인물은 아니기에, 그런 해석은 아무 근거도, 의미도 없다고 하지 않을 수 없다.

이 꿈에 대한 또 한 가지 다른 해석이 가능할지도 모르겠다. 그것은 서선숙 시인에 대한 그동안의 내 호감이 꿈속의 내 무의식 속에서 이런 식으로 그 징후를 드러낸 것일 수도 있겠다는 생각이다. 사람의 마음이란 복잡다기해서, 서 시인에 대한 내 마음의 일단이 이런 식으로 그 기미를 슬쩍 드러내었을 수도 있지 않을까 싶기는 하다.

아무튼, 최근에 『괴테의 「파우스트」 쉽게 읽기』라는 내 저서가 출간된 관계로 바삐 지내다 보니, 서 시인과는 같은 서울 시내에 살면서도 연락이 좀 뜸해진 듯해서 미안한 마음이 앞선다. 미안한 마음? 여기서 솔직히 고백하자면, 전주에서 우리 둘은 상당한 나이 차이에도 불구하고 꽤 가까워졌다. 서양학을 전공하다가 최근에야 동학에 관심이 생겨 『동경대전』과 『용담유사』 같은 책을 좀 읽었을 뿐, 실은 동학농민혁명의 사적지들은 거의 답사해 본 적도 없던 나에게는 전주 일원의 동학 유적지에 대한 그녀의 안내가 고마웠으며, 또 꼭 필요하기도 했다. 그래서 완산도서관의 휴관일인 금요일마다 그녀가 자기 차로 황토현, 원평 집강소, 삼례, 무장, 백산, 동곡리 지금실 등지로 나를 데리고 다니며 현지 가이드 역할을 해주었을 때, 나는 그녀에게 진심으로 고마움과 친밀감을 함께 느꼈다. 특히, 백산 마루에 올라갔을 때는 마침 우리 둘밖에 아무도 없었기에 우리는 산꼭대기의 정자에 단둘이 앉아서 마치 봄나들이를 나온 애인들처럼 서로 격의 없는 대화를 나누기도 했다.

"저 아래의 안내판에, '앉으면 죽산, 서면 백산!'이란 문구가 적혀 있던데, 아마도 백산 결진(結陣) 때 나온 말인 듯합니다. 무슨 뜻일까요?" 내가 물었다.

"아, 거기에 대해선 여러 설이 있습니다." 그녀가 대답했다. "그중 하나를 말씀드리지요. 이 백산은 전봉준, 손화중, 김개남, 김덕명, 최경선 장군 휘하의 8,000여 명의 동학농민군이 모여 이른바 '백산 결의'를 다졌던 동학농민혁명의 첫 출발지지요. 그래서, 그들 동학군이 앉으면, 그들이 들고 있던 죽창이 산을 이루었고, 흰옷을 입은 그들이 일어서면 하얀 산을 이루었다는 뜻이라고들 합니다."

"아, 그래요?" 내가 말했다. "난 또 앉아 있으면 그냥 그대로 죽을 것인데, 떨쳐 일어나면 백 년을 산다!'라는 의미일 거라고 지레짐작을 해 봤네요!"

"아, 그것도 근사한 생각 같네요!" 서 시인이 말했다. "실제로 김제에 죽산면이란 지명이 있긴 있어요. 그래서, 당시의 동학농민혁명군에게는 죽산과 백산이 다 입에 익은 지명이었던 건 분명하지요. 아무튼, '백산에 올라 뭇 산들을 굽어보면, 그게 곧 들이다'라는 말도 유명하답니다. 해발 47미터밖에 안 되는 이 조그만 산에 올라서 주위 사방을 둘러보자면, 모악산, 미륵산, 방장산, 두승산 등등 유명한 높은 산들을 '백산'이란 낮은 곳에서 다 '내려다볼' 수 있으니, 백산이야말로 '비산비야(非山非野)'라 할 수 있다는 거죠. 땅이 하늘이 되고 하늘이 또 땅이 되는 '비산비야'에 우리네 삶이 노동과 휴식을 거듭하면서 전개되고 있다는, 이른바 삼재(三才) 사상을 엿볼 수 있는 영묘한 곳이란 말이지요, 여기가요!"

그렇게 전주에서는 친하게 잘 지내다가 내가 먼저 귀경하고, 서 시인도 그로부터 한 달 뒤에는 정릉으로 돌아왔지만, 지난 몇 달 동안 한두 번 만나 함께 식사한 것밖에 없고, 그런 지도 퍽 오래되었으니, 꽤 미안한 마음이 들기도 했다.

그 사이에 그녀가 시집 출간 때문에 바쁘기도 했고, 최근에는 나 역시 저서를 출간해서 바빴기 때문이었다. 그렇지만, 이런 경우에는 남자 쪽에서 먼저 전화하는 것이 예의일 듯하니까, 내 잘못이 더 크다고도 할 수 있을 듯했다.

이제 뜻밖에도 완산 녹두님까지 현현하셨으니, 내일 아침에는 서선숙 시인께 전화라도 한번 해 봐야겠다. 그런 생각을 하면서, 나는 전등을 끄고 이제 좀 편안한 기분이 된 채 다시 잠자리에 들었다.

아침 식사가 끝나자마자 나는 서 시인에게 전화를 걸었다.

"아, 안녕하세요?" 서 시인이 금방 전화를 받으며 말했다. "그렇지 않아도 지금 막 전화를 드리려던 참이에요."

"그래요? 무슨 급한 일이라도?"

"아녜요! 그런데, 선생님이 전화를 거셨으니까, 선생님의 용건부터 먼저 말씀해 보세요!"

"참! 꼭 무슨 용건이 있어야 전화를 하나요? 그냥 보고 싶어서 한번 전화해 봤습니다."

"바쁘신 분이 오전에 전화를 다 걸어오신 게 심상찮아서 그러지요."

"하긴, 꼭 보고 싶어서 전화를 드린 것만은 아닙니다."

"아, 선생님도 참! 뭐 보고 싶어서 전화하셨다면, 누가 뭐라 그래요? 한번 입 밖에 내신 말씀을 금방 또 취소까지 하시고……."

"취소는!" 내가 말했다. "취소가 아니라, 정말 보고 싶으니, 어디 조용한 데서 점심이나 함께하십시다!"

"아무튼, 그럼 제가 생각나서 전화하신 걸로 믿어 드리죠." 그녀가 말했다. "그런데, 선생님, 혹시 무슨 꿈을 꾸신 것 아녜요?"

"어떻게 알아요?"

"그래요? 꿈을 꾸긴 꾸셨네요! 혹시, 우리가 지난봄 전주에서 만난 것과 관련 있는 꿈인가요?"

"그래요! 간밤의 꿈에 완산 녹두님이……."

"어머나! 저도 그런데!" 그녀가 말했다. "이상하지요? 왜 완산 녹두님이 간밤에 우리 둘한테 다 같이 나타나셨을까요?"

"이것 참! 보통 일이 아니네요! 별 약속 없으시면, 이따 한 시에 '안더나흐의 추억'에서 만났으면 합니다."

"좋아요! 이따 뵈어요!" 그녀가 약간 신이 난 듯이 말했다. "꿈의 내용을 어디 한번 서로 비교나 해 봐요!"

내가 나갈 채비를 하고 있는데, S 출판사의 김명순 편집장한테서 전화가 왔다. 일전에 내가 괴테의 『파우스트』를 번역할 수 있는 적임자로서 추천해 준 S대 독문과 J 교수한테서 좋지 않은 소식이 왔다고 했다. 무슨 암 진단을 받아서, 치료에 전념해야 하므로, 맡은 번역 일을 도저히 해낼 수 없는 상황이라며, 부득이 계약을 취소해 왔다는 것이다. 김 편집장의 말로는, 그 번역을 맡을 만한 후진을 다시 한 사람 찾아서 소개해 주든지, 아니면, 애초의 부탁대로 내가 친히 번역해 주든지 양자택일해 달라는 것이었다. 나는 며칠 더 생각해 볼 시간을 달라는 말만 하고 전화를 끊었다.

중병 진단이 나와서 번역 계약을 취소한 J 교수한테 일을 다시 떠맡기려는 시도는 아예 하지 않는 것이 옳을 것 같았다. 다만, J 교수를 추천할 때 이미 느껴진 사실이었지만, J 교수 이외에는 이 대작의 번역을 믿고 맡길 만한 후진이 아직은 잘 보이지 않았다는 사실이 기억난다. 하는 수 없이 내가 이 어려운 일을 다시 맡아야 할지도 모르겠다는 생각이 얼핏 들었다. 며칠 더 생각해 보겠다고 대답해 놓은 것은, 설령 내가 이 일을 다시 맡아야 할지라도, 후회 없는 결정을 내렸으면 해서였다. 이미 해는 서산에 걸렸는데, 갈 길은 먼 이른바 '일모도원(日暮途遠)'의 형국이 아닌가! 이 판에 괴테의 대표작 『파우스트』의 번역을 새로 맡는다는 것은 내 여생을 이 번역 일에 다 바치겠다는 확고한 각오가 없이는 불가능할 것이기 때문에, 이 일에는 큰 결심이 필요한 것이다. 내가 이 나이에 소설을 쓴다는 것이 아무래도 무리라는 최근의 깨달음 때문에도, 번역으로 되돌아가고 싶은 생각이 내 마음속에서 새삼 고개를 치켜들고 있었다.

아무튼, 나는 『괴테의 「파우스트」 쉽게 읽기』 한 권을 챙겨 들고 '안더나흐의 추억'으로 나갔다. 식당엔 손님이 아무도 없었고, 부엌에서 혼자 설거지를 하고 있던 윤 사장이 나와서 불친절도 친절도 아닌 편안한 무관심의 눈인사를 보냈다. 언제나 느끼는 것이지만, 내게는 그의 이 무관심의 눈인사가 편하다. 언젠가 내가 그에게 물은 적이 있었다.

"안더나흐는 저도 잘 아는 곳인데, 거기서 사장님이 무슨 특별한 추억이라도 있으신가요?"

"아닙니다. 어쩌다가 한번 가본 곳인데, 그저 그 이름이 제 마음에 들어서요."

그렇게 말하고는 그뿐이었다. 그는 50대 초반의 과묵한 남자로서 그 이상의 어떤 설명도 의미가 없다는 듯한 표정으로 그만 부엌 안으로 들어가 버렸다.

서 시인은 십오 분쯤 늦게 나타났는데, 가벼운 화장을 했는지 그녀한테서 기분 좋은 향수 내음이 살짝 풍겼다. 갑자기 그녀를 확 끌어안고 싶은 충동이 순간적으로 내 온몸을 휘리릭 스쳐 지나갔다.

"왜 그렇게 연락이 없으셨어요?" 서 시인이 말했다. "전 또 선생님이 저와는 아주 연락을 끊으시는 줄 알았어요. 참으로 섭섭했답니다!"

"이것 땜에 바빴습니다." 내가 책을 내밀면서 말했다. "책이 나왔는데, 세상 사람들은 내가 돈이라도 번 줄 알겠지만, 인세라고 받은 푼돈에다 다시 내 생돈을 더 보태서 나 자신의 책을 100권이나 샀답니다. 서명하고 포장해서 우체국에 가서 부치느라고 요 며칠 동안 정신이 없었네요."

"생돈 들여서 여기저기 책을 부쳐 주는 그런 사정이야 저희 시인들도 마찬가지지요." 서 시인이 말했다. "어디 보자! 괴테의 작품 『파우스트』의 해설서네요. 축하드려요, 선생님! 산수(傘壽)에 이렇게 왕성한 저작 활동을 하시다니, 정말 존경스럽네요."

"아닙니다!" 내가 말했다. "당연히 선행되어야 할 작품 번역은 안 해놓고, 해설서만 내었으니, 독문학자로서는 꽤 부끄러운 일이지요."

"『파우스트』를 아직 번역하지 않으셨던가요?" 서 시인이 물었다. "제 기억에는 번역하셨던 것 같은데요?"

"그건 아마도 괴테의 교양소설 『빌헬름 마이스터의 수업시대』를 두고 잘못 기억하신 것일 테지요. 제가 『파우스트』 번역은 못 했습니다."

"『파우스트』의 번역이 이미 더는 필요 없을 정도로 여러 판이 나와 있지 않나요?" 서 시인이 물었다. "건강도 고려하셔서 이제 좀 쉬셔야지요!"

"예, 이미 여러 번역판이 나와 있습니다." 내가 대답했다. "초창기 번역은 일어에서 옮긴 중역이 많은데, 일본인 역자가 오역한 대목에서는 우리말 번역에서도 어김없이 또 그 오역을 답습한 경우가 많습니다. 그리고, 무엇보다도 번역이 작품으로서 잘 읽혀야 하는데, 원문의 완전한 독해가 선행되어 있지 않아서, 적당히 얼버무린 대목들이 너무 많아서, 가독성이 떨어집니다. 이걸 내가 일거에 다 고쳐놓겠다는 것은 자만이고 만용이겠지요. 하지만, 내 세대에서 어느 정도까지는 해결해 놓아야 다음 세대의 번역이 한 급 더 높은 수준으로 나아갈 수 있을 것 같아서요."

"그렇겠네요!" 서 시인이 말했다. "우리말에 능하신 선생님께서 당대에 해결해 놓으시면 좋을 과제로 보이긴 합니다. 물리적 시간이 문제겠는데, 아마 한 2년은 꼬박 걸리겠지요?"

"예, 2년 이상이 걸릴지도 모르는데, 내가 2년을 더 살 수 있을지도 모르는 판에……."

"아이고, 선생님도 참! 무슨 그런 말씀을!" 서 시인이 웃으며 어림없다는 듯이 손사래를 쳤다. "앞으로 10년은 더 활동하셔야지요! 제 생각으로는 용기를 내서 오늘에라도 당장 번역에 착수하시면, 선생님의 성품으로 미루어 볼 때, 1년 안에 대업을 완수하시리라 믿어집니다. 번역하시려면,『파우스트』같은 대작을 하셔야지요! 그러나저러나 우리 이제 주문하지요! 뭘 잡수시고 싶으세요? 오늘은 귀한 저서를 선물 받았으니, 출간을 축하드리는 의미에서 제가 점심을 살게요."

"안 돼요! 내가 전화를 먼저 드렸으니, 당연히 내가 사야지요. 숙녀한테 오랜만에 전화해 놓고, 점심까지 얻어먹으면, 신사 체면이 서지 않아서요. 저, 윤 사장님, 우리 주문할게요!"

키가 크고 과묵한 윤 사장이, 마치 동화 속의 부엌에서 문득 나타나듯이, 우리 곁에 다가와 가만히 서 있자, 우리 둘은 음식을 고르느라고 메뉴판을 들고 잠시 머뭇거리긴 했지만, 결과적으로는 전번에 주문했던 메뉴에서 벗어나지 못하고, 나는 해물 스파게티를, 서 시인은 해물 리조또 그라탕을 주문했다. 그리고, 칭타오 맥주 한 병을 시켜서 둘이서 나눠 마시기로 했다. 윤 사장이 우리의 주문을 짤막하게 확인하고는 부엌으로 들어갔다.

"아, 참, 선생님의 저서 출간 얘기 땜에 그만 깜빡했네요!" 서 시인이 말했다. "그 꿈 얘기 좀 해보세요!"

"서 시인부터 먼저 얘기해 보시지요!"

"아, 저는 뭐 얘기할 게 별로 없어요. 완산 녹두님이 제 꿈에 나타나셔서, 그 수수한 얼굴로 저를 그저 물끄러미 바라보시기만 하는 것이었어요. 무슨 할 말이 있는 듯도 했지만, 막상 말씀은 없으셨고요. 제가 좀 더 친절하게 응대하려 하자 그만 홀연히 사라져 버리시고, 저는 그만 후딱 그 꿈에서 깨어났습니다. 참, 허망한 꿈이었지요. 아침에 일어나자, 웬 까닭인지는 몰라도, 선생님께 전화를 드려 이 꿈 얘기를 해 드리고 싶었답니다."

"그래요? 해골 영령은 나타나지 않으시고요?"

"해골 영령이라시면?" 그녀가 되물었다. "완산 녹두님이 선생님껜 해골의 모습으로 현현하셨나요?"

"그렇습니다!" 내가 대답했다. "그냥 수수한 농부의 모습으로 나타나셨다가 홀연히 해골의 모습을 보이시기도 했답니다. 나중에 농부의 모습으로 되돌아오셔서는 나한테 고맙단 말씀도 하셨어요."

"참, 이상도 해라!" 그녀가 혼잣말처럼 조용히 중얼거렸다. "어찌 이런 일이 가능할까? 그런데, 왜 제게는 해골의 모습은 보이지 않으셨을까요?"

"그것도 이상하고요!" 내가 말했다. "우리 둘이 그분의 메시지를 받아야 할 만한 공통점으로는 무엇이 있을까요?"

"선생님은 서구 기독교 신학의 계시(啓示)로 해석하려고 하시네요!" 그녀가 말했다. "이번 현현하심을 수운 선생의 동학으로 한번 생각해 보시면 어떻겠어요? 지기(至氣)가 이제 '나'에게로 강림합니다. 그 강림은 '나 자신'이 '원위대강(願爲大降)'으로 부른 것이지요. 이제 우리 각자는 '조화정(造化定)의 단계로 진입해야 합니다."

"동학의 위대한 전적지(戰迹地) 전주의 지령(地靈)을 타고나신 서 시인의 해석이라 그럴듯합니다만, 실은 설명을 들어도 나는 정말 알 듯 모를 듯하네요! 우리가 같은 날 완산 녹두님을 몽견한 현상이 이상하게만 생각할 게 아니라, 결국 우리 각자가 우리 안으로 불러들인 신령님이다 그 말씀이네요!"

"딱히 언어로 말하자면, 그렇게도 해석될 수 있단 말씀이어요." 그녀가 말했다. "그래서 제가 선생님께 전화를 드려 볼 생각을 한 것이고요. 저는 제 예상대로 선생님께서도 저와 비슷한 꿈을 꾸신 게 참 기쁩니다."

"그렇다면," 내가 물었다. "그 완산 녹두님이 서 시인한테는 해골의 모습을 보이지 않으신 건 어떻게 이해해야 할까요? 또, 내게 고맙단 말은 왜 하신 걸까요?"

"그게 저에게도 참 신묘하게 생각되는 점이기도 한데요, 아마도 자신이 누군가를 확실히 알리시려고 해골의 모습도 보여주신 것 아닐까요? 저에게는 그러실 필요까지는 없었던 것이고요. 둘에게 똑같은 모습으로 현현하신다면 그건 귀신의 묘용(妙用)이 아니거든요!"

"아, 동학이 참 어렵긴 하네요!" 내가 말했다. "내가 서 시인을 잊지 못하고 자주 생각한 결과일지도 모른다는 짐작까지는 나도 어렴풋이 했다오. 그래서 오늘 아침에 선숙 씨한테 전화를 드려 볼 생각을 한 것이고요. 그런데, 동학은 정말 프로이트 등의 서양 심리학이 못 따라올 정도로 인간의 심층 심리를 꿰뚫고 있네요. 참으로 놀랍습니다! 그런데, 완산 녹두님이 내게 고맙다고 한 건 또 무슨 뜻일까요?"

"그 뜻을 정말 모르시겠어요? 제가 전주, 즉 완산 사람이잖아요! 아무튼, 저는 기뻐요, 우리 각자가 상대를 많이 생각했다는 증좌가 나타났으니까요. 이제 우리는 각자 '조화정'과 수심정기(修心正氣)의 경지로 나아가야겠지요. 우리 건배해요!"

II. 역관 일지

　저녁때에 최영숙 님이 전화를 했는데, 뜻밖에도 『파우스트』 강의를 해 달라는 부탁이었다. 『파우스트』의 원문과 번역문을 대조해 가면서 작품을 곰곰이 읽어보고 싶은 사람들이 4~5명 모였는데, 전에 '길담 서원'에서 『젊은 베르터의 괴로움』을 강의해 주시던 식으로 『파우스트』 강의를 좀 해주실 수 없겠느냐고 물어온 것이다.
　이 무슨 기막힌 우연이란 말인가! 오전에는 김명순 편집장한테서 『파우스트』의 번역 때문에 전화가 오더니, 저녁에는 최영숙 님이 『파우스트』 강의를 해달라는 청을 해 왔다. 나는 최영숙 님의 그 제안을 내게 남은 마지막 '사명'을 환기시키는 것으로 간주하면서 즉석에서 그만 수락하고 말았다. 그러고는, 나를 기다리고 있는 '숙명' 안으로 흔쾌히 기어들어 가기로 마음을 굳혔다. 최영숙 님 등의 소그룹을 위한 내 강의가 나의 『파우스트』 번역과도 서로 보완이 되어, 결과적으로 내게 큰 도움이 되리라는 것을 아울러 예견한 것은 물론이다. 나는 번역과 강의라는 두 가지 일을 의미 있게 병행해 나갈 수 있으리라고 생각한 것이다.

내일 아침에는 김명순 편집장에게 전화를 걸어 『파우스트』의 번역을 내가 직접 맡겠다는 결심을 통고해야겠다. 생각하면, 인간이나 벌레나 비슷한 존재다. 보이지 않는 하느님이 – 또는, 동학적으로 말해서, 자기 자신이 — 짜는 고치 속에 스스로 갇힌다. 그리하여 그 존재는 어느 날 고치를 뚫고 나와 성충으로 비상(飛翔)한다. 그 비상이 그의 찬연한 전성기지만, 그것이 또한 자신의 죽음을 앞둔 슬픈 축제이기도 하다.

최근에 소설을 쓰려다가 불임(不姙)의 고통을 겪은 나는 이렇게 『파우스트』의 번역이라는 고치 속에 스스로 갇히는 길을 택하게 되었다.

나의 은사 고(故) K 교수님은 가끔 '역관(譯官) 기질'에 대해 말씀하셨다. 다 아는 사실이지만, 조선 왕조 시대에는 역관들이 주로 중인(中人) 출신이었다. 외국어에 능하고, 따라서, 국내외 사정에 대한 폭넓은 식견을 갖고 있었음에도, 그들은 식자(識者) 대접을 제대로 받지 못했다. 독문학자로서 S대 독문과에서 열강하셨던 K 선생님께서 당신을 '역관'이라 칭하신 것은 아마도 인문학자인 자신의 무력하고 초라한 신세에 대한 자조적(自嘲的) 표현이 아니었을까 싶다.

K 선생님은 내가 대학에 들어간 1960년대 초에 S대 독문과에서 괴테의 『파우스트』를 강독하셨는데, 강의 중에 가끔 탄식을 섞어 푸념을 늘어놓곤 하셨다. 독문학이란 것이 해도 해도 끝이 보이지 않는 학문이며, 힘만 들고 그 성과는 결국 우리 한국문학을 꽃피우기 위한 '부엽토' 정도로 그칠 수밖에 없다는 말씀이었다. 그래서, 당신 자신은 무슨 대단한 엘리트 의식 같은 걸 갖고 있지 않고, 자신의 삶이 국문학 하는 사람들의 보좌역에 그치리라는 인식을 늘 갖고 있는데, 이런 자

신의 태도를 그는 '역관 기질'이라고 부르고 싶다고 하셨다. 그는 자신의 강의를 듣는 수강생들이 장차 독문학자로 대성하는 것보다는 자신의 강의에서 무엇인가를 듣고 깨달아 장차 우리말로 직접 시나 소설을 쓰기를 더 간절히 바라셨다.

K 선생님은 내가 존경하던 지도교수님이셨는데, 내가 독일 유학에서 돌아오자마자 내게 당신이 개발한 교양 강의인 '독일 명작의 이해'란 과목을 넘겨주셨다. 당장 전공과목을 맡는 것도 좋겠지만, 우선 '독일문학사란 밤하늘에 찬연히 빛나는 별들'을 우리 한국의 대학생들한테 시의에 맞도록 한번 잘 설명해 보기를 권하셨다. 지금 생각하면, 그것이 또한 장차 나의 독문학자로서의 도정에 큰 의미를 지니게 되었던 듯하다.

요컨대, K 선생님의 그런 깊은 배려와 인도로 말미암아 나는 장차 내 강의의 방향을 늘 독문학과 한국문학의 상관관계에서 파악하고자 노력했고, 그 결과를 내 학생들에게 알려주고자 진력해 왔다. 지난 30여 년간 내 나름대로는 최선을 다해 대학에서 봉직해 왔건만, 지금 회고해 보면, 대체 무엇을 하는지도 모르는 가운데, 매일 그냥 숨 가쁘게 일만 했던 것 같다.

한마디로 말해서, 내겐 독문학의 주요 작품들을 해설하고 알리는 역할까지는 주어졌는데, 유감스럽게도 그 작품들을 우리말로 번역할 시간까지는 허여되지 않았다. 그러다가 『파우스트』의 번역 제안을 받고는 대작을 말년에 새로 번역하기 시작하기에는 무리일 듯해서, 후진인 J 교수를 소개해 주고 만 것이었다. 내 분수를 알고 포기했던 그 일이 이제 다시 또 내게로 되돌아왔으니, 어쩔 수 없는 숙명으로 알고 다시 맡지 않을 수 없겠다.

다시 K 선생님의 그 '역관'이란 말씀으로 되돌아가자면, K 선생님이 자신을 '역관'이라 칭하신 것은 '양반'은 못 된다는 겸양의 의미가 포함되어 있고, 쓸데없이 남의 일이나 세상사에 참섭하지 않고, 오직 독문학을 가르치고 번역하는 일에만 전념하시겠다는 대단히 진지하고 성실하신 태도까지도 그 말 안에는 숨겨져 있었다.

오늘 내가 '역관 일지'라는 제목 아래 앞으로 띄엄띄엄 일지 비슷한 글을 쓰고자 하는 것은 나 자신이 독문학자로서의 나의 마지막 남은 시간을 걸고 『파우스트』의 우리말 번역을 제대로 한번 시도해 보겠다고 결심했기 때문이다. 그렇다고 해서, 내가 『파우스트』를 번역하는 중에 생기는 번역상의 언어 문제에 대해, 세세히 기록해 나가겠다는 것은 아니다. 그건 너무 재미없는 글이 될 것이다. 아무리 '역관'이라고는 하지만, 번역해 나가는 중에도 최소한의 생활은 있기 마련이니, 번역 중에 내 주변에서 생기는 여러 가지 일과 내가 본 세상사에 대해서도 이것저것 좀 기록해 볼 생각이 난 것이다. 옹졸한 학자가 작가로 변신하려던 소망이 내 능력을 크게 벗어난 헛된 꿈이라는 사실이 최근에 드러난 마당에는, '역관 일지'라도 기록해 나간다면, 내 마음이 좀 편안해질 듯해서다.

2024년 9월 23일(월)

1. 『파우스트』의 번역을 시작하다

아침부터 책상 앞에 정좌해서 『파우스트』의 처음부터 「천상에서의 서곡」까지 단숨에 우리말로 죽 옮겼다. 이 번역을 하는 데에는 출발어인 독일어와 도착어인 우리말에 다 능해야 하는데, 두 언어에 대한 나의 문해력, 어휘력, 문장력이 모두 아직은 크게 녹슬지는 않은 것 같아서 정말 다행이다.

지구 온난화에 따른 이상 기후 현상 중 하나이긴 하겠지만, 추석이 지났는데도 여름 날씨가 지속되고 있는 것이 심히 답답하게 느껴진다. 가을이 오면, 뭐 별수라도 있는가 하면, 그런 것도 아닌데 말이다.

내 이 답답한 심정을 스스로 자세히 좀 들여다보자니, Y 대통령과 그의 일당들이 통일을 아득히 먼 시점으로 지연시켜 놓고서(실은 통일 문제를 아주 도외시한 채), 대책 없는 친미, 친일 굴욕 외교를 답습하면서, 미우나 고우나 우리의 주요 인접국들인 중국과 러시아를 불필요하게 자극함으로써 나라의 안보를 심히 위태롭게 하고 있는 점, 그리고 대통령이 의료인들을 괜히 자극하여 의료대란을 일으켜 놓고는, 그 뒷수습에 적극적으로 나서지도 않으면서 속수무책으로 시간만 끌고 있는 점, 그리하여 세계적인 의료 시스템을 갖춘 것으로 상찬받으며 외국인 환자들도 불러들이던 우리 대한민국의 의료체계를 우리 국민의 보건과 의료조차 책임질 수 없도록 마구 뒤흔들어 놓은 점, 그리고 물가를 올려놓아 중소 상인들을 한계 상황으로 내몰고 있는 점, 그리고, 무엇보다도 이 권력자들은 자신들의 사익을 위해 공공재를 남용하고 있다는 점 등등이 나의 심경을 답답하게 만들고 있는 복합적 요인들이 아닐까 싶다.

낙산의 조그만 우거에 홀로 앉아 괴테의 『파우스트』를 번역하고 있는 일개 '역관'에 불과한 내가 이렇게 현 시국에 답답함을 느끼는 것이 과연 정상일까 자문해 본다. 생일을 조금 지났으니, 난 이미 80이 지난, 노인도 상노인이다. 이런 노인이 어차피 낙후된 우리 정치에 대해 새삼 무슨 불평인가 싶어서, 나 자신이 생각해도 절로 쓴웃음이 나온다.

아마도 이것은 내가 오전에 핸드폰으로 받은 여러 SNS를 통해 이런 답답한 사회적 분위기를 옮겨 받은 탓이기도 할 것이다.

아무튼, 내일은 유명한 '밤' 장면의 '학자의 독백'까지는 번역을 진척시키고 싶다. 그러자면, 일찍 자고 일찍 일어나야 할 것이며, 독거노인이라 섭생도 게을리해서는 안 되리라.

2024년 10월 2일(수)
2. 『파우스트』에 관한 강의

오늘은 『파우스트』의 번역이 아니라, 『파우스트』 강의를 하게 되어 있는 날이다.

『파우스트』는 반드시 순서대로 읽어야 할 필요는 없는 작품이다. 번역도 장면마다 따로따로 번역했다가 나중에 수합, 정리해도 큰 지장은 없다. 따라서, 그때그때 마침 번역 작업이 끝난 문제의 장면이나 중요한 대목을 수강자들에게 미리 이메일로 보내준 다음, 강의 시간에 보충 설명을 하는 방법으로 진행하고 싶다.

「천상에서의 서곡」의 내 번역문을 미리 이메일 첨부파일로 보내드렸고, 각자 프린트아웃해서 가져오시라고 부탁드려 놓은 바다. 수강자들이 그 번역문을 읽은 ― 또는, 원문과 대조해서 읽고 온 ― 것을 전제로, 내가 전체 작품 속에서 그 대목의 의미를 설명하고, 독문 및 번역문의 심층적 의미를 설명해 주는 그런 강의다.

다섯 분의 수강자들 중에서 두 분은 연전의 '길담 서원'에서의 내 강독 『젊은 베르터의 괴로움』을 수강하신 부인들인데, 리더 격인 최영숙 님과 음악과 미술에 다 조예가 깊은 P 님이었다. P 님은 미인이시고, '그림을 사랑하는 부인'이란 이미지 때문에 이 P[ainter]라는 약칭이 내겐 퍽 자연스럽다. 최영숙 님은 울산에 사시는 김정애 님을 친구 수강자로 모시고 왔는데, 이분은 울산 바닷가에서 카페를 운영하시는 그야말로 낭만적인 문학도인데, 한 달에 두 번씩 내 강의를 듣기 위해 상경하시겠다고 하니, 나로서는 크게 부담스럽지만, 또한 영광스럽기도 하다. P 님이 모시고 온 수강자분은 세계 각국의 동화책을 우리말로 옮기는, 이미 꽤 이름이 나 있는 여성 번역가 겸 아동문학가이기도 한 U 님이었다. 나머지 한 사람은 최영숙 님의 아드님인 신중식 군인데, 그는 대학을 갓 졸업하고 지금은 혼자서 그림(Grimm) 동화를 공부하고 있다고 했다. 눈빛이 형형해서 비상한 청년임을 한눈에 알 수 있었지만, 그는 늘 조용하고 은근한 처신으로 어머니와 그녀의 친구들을 극진히 모시고 있었다. 그의 단정한 행동거지가 퍽 인상적이어서 나는 속으로 그 청년에게 상당한 호감과 기대를 품게 되었다.

오늘은 『파우스트』의 「천상에서의 서곡」을 함께 읽겠다고 미리 공고하긴 했지만, 그사이에 다시 생각해 보니, 괴테의 작품 『파우스트』가 출간되기 이전에 이미 독일 땅에 전승되어 오던 '전설 파우스트', 즉 1587년의 『민중본(民衆本) 파우스트』에 관한 설명을 조금 앞세우는 것이 좋겠다고 생각했다. '민중본'이라 함은 때마침 구텐베르크의 인쇄술을 통해 널리 민중들에게까지 보급되기 시작한 16세기 후반의

'민중 보급판 책 형태'를 말한다. 항간에 전승되어 오던 파우스트 전설을 슈피스(Spieß)라는 프랑크푸르트의 한 출판업자가 개신교적 시각으로 윤색해서 책으로 간행해 낸 것이다. 이 『민중본 파우스트』에서는 파우스트가 '악마와의 계약'을 통해 연금술 등 독신적(瀆神的) 모험들을 감행하고, 사기 및 간음 행각 등 온갖 죄악을 두루 범하다가 24년이라는 계약기간이 만료된 시점에는 결국 비참하게도 지옥에 떨어진다는, 반(反) 과학적이었던 당시 개신교의 권선징악적 내용이 주를 이루고 있다.

하지만, 괴테는 이런 교조적인 내용을 한층 더 승화시켜, 르네상스적 인간 파우스트의 인식론적 고뇌를 '학자 비극'으로 삼고, 소시민 계층의 순진한 처녀 그레첸을 범하는 파우스트의 죄업을 '그레첸 비극'으로 창작해 넣는데, 여기까지가 『파우스트』의 제1부이다. 나중에 괴테는 『파우스트』의 제2부를 써서, 북방 게르만인 파우스트가 남방의 미인 헬레네와 결합하지만, 그들의 아들 에우포리온이 죽어버리자 그들의 사랑이 허망하게 끝나는 '헬레네 비극'을 덧붙이고, 마지막으로는 파우스트가 '행위자'로서 인간세계에 기여하려다가 또다시 득죄(得罪)하게 되는 '행위자 비극'으로 작품을 마무리한다. 작품의 종장에 파우스트의 영혼이 악마의 손에 넘어가려는 순간, '영광의 성모' 마리아와 그녀의 곁에서 참회하고 있던 여인 그레첸의 '여성적 은총'으로 파우스트는 구원을 받는다.

"무엇이 이 세계의 핵심을 틀어쥐고 있는지"를 알지 못하겠다는 파우스트의 인식론적 절망과 그레첸 비극을 통한 그의 득죄, 그리고 마리아와 그레첸의 은총에 의해 구원을 받게 되는 파우스트의 인생 도정을 살펴볼 때, 「천상에서의 서곡」은 하느님과 악마가 천상에서 파우스트라는 인물을 두고 내기를 하는 장면을 보여줌으로써, 『파우스트』라는 전 작품의 큰 틀을 미리 제시하고 있다고 하겠다.

하느님

   지금은 그가 단지 혼란스러운 상태에서 날 섬기고 있을 뿐이지만,
   내 곧 그를 명징한 경지로 인도할 것이니라.
   묘목이 초록 이파리를 내면, 정원사는 알지,   310
   다가오는 시절을 꽃과 열매가 장식하게 되리라는 것을!

메피스토펠레스

   무슨 내기라도 하시자는 겁니까? 지실 게 뻔한 데도요?
   만약 그를 저의 길로 슬그머니 유혹하는 걸
   허락만 해주신다면 말입니다!

하느님

   그기 지상에 시는 동안에는   315
   네게 그걸 금지하진 않겠다,
   인간은 노력하는 한, 과오를 범하는 법이니까.

메피스토펠레스

   그렇게만 해주신다면, 고맙지요. 저는 죽은 사람들과
   관련되는 건 한 번도 좋아해 본 적이 없으니까요.
   제가 제일 좋아하는 건 통통하고 싱싱한 뺨이지요.   320
   송장을 다루는 건 제 전문이 아닙니다.

고양이가 산 생쥐 다루듯 하는 것이 제 일이지요.

하느님

그럼 좋아, 어디 네 맘대로 해 봐라!
그의 정신을 그 근원으로부터 떼어내어,
네가 그 본성을 파악하고 네 멋대로 휘두를 수 있겠거든,   325
그를 네 그 비천한 길로 인도해 보렴!
그러나 넌 결국 부끄러워하게 될 것이니라,
어두운 충동 속에 갇혀 있는 선량한 인간은
올바른 길을 잘 알고 있더라고 고백하게 될 것이니라.

우선, '인간은 노력하는 한, 과오를 범한다'라는 유명한 하느님의 말씀에 대한 보충 설명이 필요하다. 괴테의 대표작 『파우스트』에는 명구와 금언도 많지만, 이 문장만큼 유명한 금언도 없고, 이 독문만큼 해석하기 어려운 문장도 없다. 우선, '과오를 범하다(sich irren)'는 말은 독일어로 '방황하다'라는 의미로도 쓰인다는 점이 중요하다. 또한, 독일어의 '노력하다(streben)'라는 동사는 단순한 '애씀'을 의미하는 것이 아니라, '어떤 설정된 목표를 향해 부단히 정진한다'라는 의미이다. 따라서, 이 문장이 가진 깊은 의미를 풀어보자면, '자신의 목표를 지향(志向)해서 끊임없이 정진하는 인간은 이렇게 노력하는 과정에서 부득이 헤매고 과오를 범하기 마련이다'라는 의미가 된다. 이 짧은 시구 중에 실은 파우스트의 고뇌와 득죄, 그리고 그의 영혼의 구원 문제까지가 모두 다 포함되어 있기에, 이 대목이 그렇게도 자주 사람들의 입에 오르내리는 것이다.

아무튼, 하느님과 악마의 '내기'라는 큰 틀 안에서 이제 악마는 인생의 의미를 찾는 데에 절망을 느낀 파우스트에게 접근하게 되고, 보다 새로운 생동하는 삶을 열망하는 파우스트의 영혼을 담보로 계약을 맺는 것이다. 악마는 파우스트가 원하는 모든 요구에 부응해서 그를 섬기는 대신, 파우스트가 만족을 표시하는 순간이 온다면, 그때 그의 영혼을 소유한다는 조건인데, 이것이 바로 파우스트의 '악마와의 계약'이다. 파우스트는 "무엇이 이 세계의 핵심을 틀어쥐고 있는지"를 알고야 말겠다는 인식욕 때문에 득죄를 하지만, 그의 영혼은 악마 메피스토펠레스에게 돌아가는 것이 아니라 결국 성모 마리아와 그녀의 곁에서 참회하고 있는 여성 그레첸의 '은총'으로 구원을 받는다.

이 작품의 전체적인 구조를 보자면, 1) 신과 악마의 내기에서 큰 틀이 우선 짜이고, 2) 그 틀 안에서, 파우스트의 '악마와의 계약'이 서사의 근간이 되며, 3) 득죄를 한 파우스트의 영혼이 악마의 손아귀에 들어가기 직전, 여성들의 은총에 의해 파우스트가 구원을 받는다는 3단계의 과정을 거치게 되는 것이다.

이렇게 4시부터 6시까지 약 2시간의 강의 뒤에 나는 수강자들의 청으로 함께 저녁 식사를 했다. 식사 비용은 나를 제외한 수강자들이 분담하기로 미리 의논이 되어 있었던 듯했다. 나로서는 강의료도 안 받겠다고 극구 사양해 놓은 마당에 식사비 분담에까지도 기어이 참여하겠다고 융통성 없는 주장을 고집하는 대신에, 대개 한 바퀴 순번이 돌아왔다 싶을 즈음에, 나도 그들을 식사에 자연스럽게 초대하겠다는 생각을 속으로 했다. 그래서, 나는 식사 비용에 관한 한, 일단 수강자들이 하자는 대로 따랐다.

작품 『파우스트』의 번역을 열심히 해 나가면서, 이미 번역이 된 부분 중 중요한 대목을 간추려 다시 강의의 자료로 삼겠다는 대강의 계획이 서게 된 것이 참으로 다행스럽고 기쁘다. 나는 국민의 세금이기도 한 연금을 받고 있기에, 수강생으로부터 수강료를 따로 받진 않지만, 그래도 이 강의로부터 나도 큰 소득을 기대하는데, 그것은 번역문을 한 번 더 공동으로 살펴볼 기회를 얻을 수 있는 데다, 또한, 이 강의를 제대로 하기 위해서는, 번역 작업의 진도를 꾸준히 밀고 나가지 않으면 안 될 것이기 때문이다. 일종의 '자기 강제'를 설정해 놓고 자기 자신에게 마구 채찍을 휘두르는 내 특유의 작업 방식이기도 하다.

　　이렇게 『파우스트』의 번역과 강의가 서로 긴밀한 관련성을 갖고서 함께 맞물려 돌아갈 수 있게 된 것이 나로서는 참으로 신묘하고 고맙다. 이것이야말로 어떤 '유위(有爲)'의 결과가 아니라, 동학 공부와 함께 내 만년에 찾아온 '무위이화(無爲而化)'가 아닐까 싶다.

2024년 10월 3일(목)

3. 산행

　　서선숙 시인과 함께 북한산 산행을 하기로 하고, 오전 11시에 정릉 청수장 입구에서 만나기로 했다.

　　산행하기에 참 좋은 가을 날씨였다. 서 시인은 수더분한 산행 차림을 하고 나왔는데, 나는 장갑, 지팡이 등 장비를 두루 갖춘 꼴이었다.

　　"단단히 차리고 나오셨네요!" 서 시인이, 먼저 와 기다리고 있는 내게 미소를 보이며 말했다. "원래 장비가 완벽한 사람치고 산행을 잘하는 사람이 드문데……."

"자칫 실수했다가는 서 시인께 업혀서 하산할 것 같아서 제법 갖추고 나왔습니다."

"사실 장비를 잘 갖추는 건 산행의 기본이니, 나무랄 바는 아니죠. 자, 가실까요?" 그녀가 앞장서면서 말했다. "이건 정릉에 사는 제가 늘 다니는 코스인데, 별로 힘들지 않습니다. 우선, 영취사를 목표로 해서 가보고, 거기서 다시 더 계속 올라가든지, 그만 하산하든지를 결정하기로 하죠! 선생님 산행 실력을 제가 잘 모르지만, 연세로 미루어 짐작해 보건대, 영취사까지도 만만하지는 않을 것 같네요."

"그럼요!" 내가 말했다. "영취사 코스는 나도 잘 아는 길인데, 가파른 고비가 몇 번 있어서 결코 만만히 볼 코스가 아닙니다. 특히, 나 같은 노인네한테는!"

"아, 그 노인이라는 말 좀 그만하시면 안 돼요? 선생님은 나이는 드셨지만, 노인은 아닙니다. 애인처럼 여기고 함께 산에 오르는 이 동행도 좀 생각하셔야죠!"

"애인처럼 여긴다?" 내가 대꾸했다. "난 벌써 애인으로 생각하고 있는데?"

"참말이세요?" 서 시인이 슬쩍 내 옆얼굴을 쳐다보면서 말했다. "저를 선생님의 애인이라고 세상에 내어놓으셔도 괜찮으시겠어요? 워낙 체면을 중시하시는 분이라 망설이실 것 같아요!"

"아, 이 나이에 체면은 무슨!" 내가 말했다. "오히려 자랑스럽지! 이런 미인과 함께 산을 다 오르고 있으니 말이오! 지금 여기 누구든 나를 아는 사람이 지나갔으면 좋겠는데……. 그러나저러나 진작부터 물어보고 싶었지만, 무슨 청천벽력 같은 대답을 들을지 몰라서 감히 용기를 내어 묻질 못했는데, 따님이 대학에 다닌다는 말은 들었지만, 부군 얘긴 통 없던데, 대체 어떻게 된 거요?"

"아이고, 이것 참! 오늘 그 얘기 나올 것 같더라니!" 서 시인이 말했다. "방금 선덕교(善德橋)를 지났으니, 쉴 참도 됐네요. 우리 여기서 좀 쉬었다 가요."

서 시인은 때 이른 낙엽 하나를 조각배처럼 띄우고 흘러가는 개울물 가의 좀 널찍한 바위 위에 배낭을 풀고 앉았다. 나도 배낭을 벗어놓고 지팡이도 바위 옆에 기대어 놓고는 그 옆에 따라 앉았다. 서 시인이 배낭에서 보온병을 꺼내어 내게 커피 한 잔을 따라 주고, 자신도 커피를 마셨다. 나무들 사이로 보이는 파란 하늘이 유난히 맑았고, 초가을 햇볕은 따사로웠다.

"글쎄, 그게 다 제 팔자였나 봐요!" 서 시인이 지나가는 투로 말했다. "외교관으로 장래가 촉망되던 그이가 독일 함부르크 총영사관에서 근무하던 때였어요. 갑자기 발병해서 일주일도 채 되지 않아 타국에서 허무하게 운명하고 말더라고요. 백혈병이란 것이 그렇게도 무서운 병이더이다. 워낙 급성이어서 선진국의 의사들도 속수무책이더군요. 저의 배가 막 불러오기 시작하던 때였으니까 갑자기 혼자가 되어 귀국할 때는 하늘이 무너지는 것 같았어요. 그래도 딸을 낳아 기르고 그럭저럭 이렇게 살고 있네요. 다행히도 결혼 전에 이미 시로 등단해 있었기 때문에, 자식을 공부시키는 한편, 조금씩 시를 쓰기도 했고, 여러 출판사에서 잠깐씩 편집 일도 했어요. 지금은 집에서 1인 출판사를 경영하면서 간신히 생활해 나가고 있답니다. 1인출판사라는 건 사장의 인건비가 겨우 나오는 사업인데, 그 대신 큰 손해를 볼 사단도 거의 생기지 않는답니다."

 서 시인의 목소리가 갑자기 잦아들었고 그녀의 눈시울이 붉어지는 듯했다.

 "아, 미안합니다!" 내가 말했다. "그런 아픈 사연을 겪으셨네요! 장하십니다!" 나는 그녀의 두 손을 덥석 잡고 더듬더듬 말했다. "혼자서 따님까지 훌륭히 기르셔서 대학에 보내셨군요……. 정말 수고하셨습니다. 웬 까닭인지는 몰라도, 나는 서 시인이 어떤 피치 못할 사연 때문에 이혼하고 혼자 자주적으로 굳세게 살아가는 분이 아닐까 하고 막연히 추측했었답니다. 아마도 서 시인이 아주 독립적이고 낙천적인 여성으로 보여서 그런 추측을 했던 듯합니다."

 "낙천적으로 보이지요?" 그녀가 아직도 내 두 손에 잡혀 있는 자기 손을 슬며시 빼내면서 말했다. "하지만, 저 자신을 그렇게 바꾸어 나가는 게 바로 슬픔을 극복하는 한 방법이더라고요. 제가 근자에 선생님께 다가간 모습에서 약간 철부지 기질 같은 걸 느끼셨을 듯도 합니다. 실은 제가 선생님을 진작부터 잘 알고 있었기 때문입니다. 대학생 시절에 이미 선생님의 번역을 읽었어요. 번역이 꼭 창작 소설같이 잘 읽히더군요. 또, 선생님은 기억하지 못하시겠지만, 한번은 제가 다니던 대학에도 오셔서, '망명 작가 토마스 만의 고뇌와 영광'이라는 교양 강연을 하신 적도 있었습니다. 그러다가 근자에는 페이스북에 이따금 글을 올리시는데, 정말이지 늘 속 시원한 발언을 해주시기 때문에 새삼 존경하는 마음을 갖게 되었지요. 실은 제가 좀 답답할 때는 선생님이 최근 페북에 무슨 글을 올리셨나 하고 일부러 찾아서 읽어 본 적도 여러 번 있었답니다. 그런데, 그날 우연히 전주의 완산도서관 집필실에 오신 것을 보게 되자, 그렇게 동료 작가들과 환영 다과회를 열어 드린 것이었습니다. 제가 마치 처음 뵙는, 잘 모르지만 유명한 어르신을 환영하는 듯이 대해 드린 것은 죄송해요. 그때는 동료들도 있고 해서 그렇게 좀 어정쩡한 인사를 드릴 수밖에 없었지요."

"아, 그랬어요?" 내가 말했다. "이것 참, 어디 가도 선생이란 직업은 떨쳐 버릴 수가 없네요. 난 또 전주라는 예도(藝都)에서 미인을 만났으니, 저세상으로 가기 전에 드디어 연애다운 연애를 한번 해보라는 하느님의 은총을 입은 줄 알았지요, 허! 그런데, 뛰어 봤자 벼룩이라더니, 뛰어 봤자 어차피 훈장이네요! 사랑이 아니라 존경이었다, 뭐 그런 말이나 또 듣겠고……."

"아, 아녜요, 선생님!" 서 시인이 말했다. "지금도 존경은 하지만, 거기에는 사랑도 섞여 있답니다! 그만큼 저도 나이를 먹었고 이 세상을 알만큼은 알아요. 그리고, 또 제가 선생님의 직접 제자는 아니잖아요!"

"계속 좀 올라갑시다! 땀이 식는지 약간 으슬으슬하네요." 나는 배낭을 다시 메었고 양손으로 스틱도 다시 거머쥐었다. "영취사까지만 간다고 하더라도 아직 여러 고비가 남아 있어요."

"예, 경사가 좀 가파르긴 합니다." 서 시인이 말하며, 다시 걷기 시작했다. "선생님이 젊으셔서 참 좋아요! 진심입니다! 선생님한테선 노인티가 나지 않아요! 부디 오래오래 그렇게 젊게 사시기를 바랄게요."

"거, 참, 듣기 좋은 말이로군요! 솔직히 말하자면, 나이와 함께 자연스럽게 찾아오는 무력하고도 불쾌한 징후들 외에도 요즘에는 조석으로 체력에 한계를 느끼기도 하지요. 게다가 노욕이 발동했는지, 큰 번역 일을 덥석 맡아놓고는 시간과의 싸움을 벌이고 있으니, 일모도원(日暮途遠)에 어느 겨를에 무슨 연애를 하겠어요? 서 시인이 나를 너

그럽게 대해 주시니까 나도 잠시 나 자신을 속이며, 젊을 때 못 본 재미를 좀 벌충해 본답시고 이렇게 한번 연극을 해보는 것이지요!"

"아이고, 선생님도 참! 못 말리겠네!" 서 시인이 말했다. "일단 그 체면을 좀 벗어 던져버리세요! 저와 놀아요! 단, 재미있게요! 미리 말씀드리지만, 저는 선생님께 아무것도 바라는 게 없답니다. 그냥 선생님이 좋아서 함께 걷고 대화를 나누며 이따금 같이 지내고 싶은 것뿐이에요. 이 서선숙 같은 여자를 만나기도 쉽지 않을 테니, 그냥 꽉 붙드세요!"

2024년 10월 4일(금)

4. "칠성님의 두레박에서 떨어지는 물방울이……"

놀라지 마라, 나야 나! 자네들이 '완산 녹두'라고 부르는 귀신!

'완산 녹두' — 서선숙이 지었다는 그 이름 참 좋다! 나는 진도 조도 섬 출신의 박중진(朴仲辰)도 아니고, 전주 인근인 삼례, 무장, 백산, 정읍, 김제, 금구 출신인 그 누구도 다 아니야! 남원이나 나주, 강진이나 장흥 출신의 그 누구도 되기 싫다. 그야말로 '무명 동학농민혁명군 지도자'로 족하다, 아니, '지도자'도 빼고 그냥 '녹두'로 족하다! 내 조국의 후예들이 나의 출신과 이름을 두고 서로 다투는 통에 나는 내 출생지와 성명을 아예 말해 주지 않고 그냥 '무명' 동학농민군으로 영원히 남을 생각이다.

오늘은 해골의 모습이 아니라, 내 본 모습으로 나타나 자네한테 얘기해 주고 싶은 게 있다.

우선, 말하고 싶은 것은 어제 낮에 서선숙과 함께 북한산을 오르는 자네 모습이 참 보기 좋더라는 것이다. 다만, 옥에 티라고 할 것은 두 사람이 산에서 내려와 점심을 같이 먹고 나서 저녁에는 할 일이 있다는 핑계로 둘 다 괜히 서두르며 그냥 헤어진 사실이다. 근처 어디 호텔로 가서 땀이라도 좀 씻고 둘이서 좀 여유 있게 쉬었다가 헤어져도 될 텐데, 둘 다 그런 일에 서투른 데다 남녀 관계를 재개하는 데에 신체적, 심리적 불안감을 떨쳐 버리지 못하는 듯하더구나! 하긴 그런 거야 차차 자연스럽게 극복될 터이니, 내가 염려할 바는 아니지!

　전번에 나타났을 때, 내가 자네한테 고맙단 말을 한 이유를 잘 모르겠다고 했나? 오늘은 그 연유를 설명해 주지.

　지난 3월이었어. 처음 내 판석묘당 안으로 홀로 들어선 서선숙이 손수건으로 눈물을 닦는 모습을 보았을 때, 나는 그녀가 내 외가인 달성 서씨의 후손 중의 하나라는 것을 금방 알 수 있었지. 내가 청주에 있는 외삼촌의 혼령께 이 얘기를 했더니, 외삼촌이 선숙을 보고 싶다고 해서, 함께 내 거처에서 기다렸는데, 그때 묘하게도 선숙이 자신도 모르게 우리의 소망에 이끌려 녹두관으로 들어서는 것이었어.

　그런데, 지난 4월 어느 날에는 나 혼자 있는데, 또 선숙이가 자네를 데리고 내 묘실에 들어서는 거야. 자네가 목구멍에 솟구치는 슬픔과 눈에 고이는 눈물을 주체하지 못하며 고개를 숙이고 묵념하는 모습을 보자니, 그리고 해골의 모습으로 일본에서 90년을 기다리다 간신히 환국한 나의 기구한 운명 앞에 깊은 애도를 표하면서, 아직도 국토가 분단된 채 고통에 시달리고 있는 이 겨레, 이 나라의 앞날을 위해, 명부에 있는 나에게 간절히 도움을 비는 자네의 모습을 보자니, 지금까지 내가 여기 전주 완산 투구봉에서 만난 모든 사람 중에서 자네야말로 내가 가장 신뢰할 만한 인물이라는 생각이 들었지. 물론 자네는 현실적으로 아무 힘도 없는 사람이지. 내가 그걸 왜 모르겠나? 하지만, 힘이 전혀 없는 것처럼 보이는 사람한테 실은 가장 강력한 힘이 있는 것이지. 아무튼, 난 자네 같은 사람이 필요하네. 자네는 그 어떤 현실적 유혹에도 빠지지 않고 우리 겨레와 나라의 미래를 걱정하는 괜찮은 식자(識者)란 걸 나는 대번에 알아보았어. 특히, 그런 자네가 서선숙과 함께 나타났으니, 내가 얼마나 반갑고 기뻤겠나!

선숙이도 자네도 그동안 둘 다 우연히 서로 끌리게 된 것 같이 느끼겠지만, 실은 우리 신령들이 칠성님께 빌어서 자네들이 오늘의 관계에까지 이르게 된 것이다. 앞으로도 칠성님의 두레박에서 떨어지는 물방울이 그대들의 마음을 촉촉하게 적셔서 수운과 해월의 지혜로 인도할 것이네.

갑자기 궁금한 점이 많이 생기지? 하지만, 오늘은 여기까지만 얘기해 주고, 이제 난 그만 전주로 내려가야 해. 곧 날이 샐 테니까 말이야.

2024년 10월 5일 (토)

5. "여기서 난 인간이다!"

『파우스트』 번역은 이제 '밤' 장면의 '학자의 독백'을 거쳐 '부활절' 장면까지 진척되었다. '밤'의 장면에서, "무엇이 이 세계의 핵심을 틀어쥐고 있는지"를 알지 못해 절망에 빠진 나머지 자살을 하려던 파우스트는 부활절의 종소리를 듣고 새로운 기분으로 산책한다.

어른 아이 할 것 없이 만족해서 환호하니,

여기서 나는 인간이고, 여기서 나는 인간이어도 되는 것이다!　　　940

여기서 파우스트는 부활절을 맞이하여, 비인간적일 수밖에 없는 학자로서의 삶으로부터 민중 속에서 "인간이 되어도 좋은" 삶으로 나아가기를 간절히 원한다. 바로 이 순간의 그에게, 푸들로 변신한 악마가 나타남으로써, 그는 결국 '악마와의 계약'에 빠져드는 것이다.

결국 학자 파우스트가 원한 것은 고리타분한 골방에서 세상의 이치를 사변적으로 탐구하는 것이 아니라, 민중들 속에서 '인간답게 사는 것'이었다. 그것이 모든 진정한 학자의 비극이며 어쩔 수 없는 숙명이라는 것은 오늘날에는 자명한 사실이 되었다.

생각하면, 나 이 김일술도 일생을 걸고 서양학인 독문학을 연구했건만, 결국에는 인간이 되고자 내 조상의 내력과 동학으로 공부의 방향을 바꾸다 보니, 이 '학문적 귀향'을 소설로 쓰고자 했다. 하지만, 소설은 아무나, 아무 때나 쓰고 싶다고 써지는 것이 아니었다. 목숨을 걸어야 하는데, 이것저것 아끼고 숨길 것이 많아서, 세상 앞에 발가벗고 나설 용기가 없어서 결국 이렇게 역관 일지나 쓰고 있다.

2024년 10월 6일(일)

6. 산책

일요일이고 해서, 늦은 오후에 서 시인과 함께 청계천을 따라 산책했다. 우리는 성북천과 청계천이 합류하는 지점에서 만나서 물의 흐름을 따라 왕십리 방향으로 천천히 걸어 내려가고 있었다.

"그 뒤에 완산 녹두님이 다시 나타나셨나요?" 내가 서 시인께 물었다. "얼마 전에 왜 우리 둘한테 동시에 현현하셨잖아요. 그 뒤에 또 나타나셨나요?"

"아뇨!" 서 시인이 대답했다. "그 뒤로는 다시 현현하지 않으셨어요. 왜요? 선생님껜 다시 나타나셨나요?"

"실은 우리가 영취사로 산행을 갔던 그날, 정확하게는 그 이튿날 새벽 1시에 나한테 현현하셨어요."

"그래서요?" 서 시인이 물었다. "선생님께만 무슨 말씀을 하신 모양이네요? 궁금합니다, 말씀해 보세요!"

"난 우리 두 사람이 서로 마음이 끌려 이렇게 오늘까지 이른 줄 알았는데, 알고 보니 완산 녹두님이 우리 둘을 서로 끌리게 만드신 것 같더군요. 간단히 말씀드리자면, 서 시인이 완산 녹두님의 외가 쪽 자손이라는 얘기고, 자신의 고향과 친가는 밝히지 않겠다고 하셨어요. 진도 조도 섬, 전주, 정읍, 김제, 금구, 고창, 남원, 나주, 강진, 장흥도 다 출생지가 아니고, 그냥 무명, 무향(無鄕)으로 남으시겠다는 말씀이었어요. 돌아온 유해를 두고 행정 관료들이 서로 떠밀기도 하고, 나중에는 또 서로 모시려고 지역끼리 다툰 것이 완산 녹두님의 심기를 심히 불편하게 해 드렸던 것 같아요."

"그래요?" 서 시인이 말했다. "제가 전주에 내려간 뒤에 금방 녹두관에서 완산 녹두님을 뵙게 됐는데, 그때 제가 얼마나 슬퍼했는지 모릅니다. 그 뒤에는 평소에도 어쩐지 마음이 자꾸 쓰여서 저는 도서관에 있다가도 자주 녹두관에 올라가 완산 녹두님을 뵙고 위로를 해 드리고, 또 저도 위로를 받곤 했답니다. 그날도 제가 선생님께 산책을 하자고 슬쩍 제안을 하긴 했지만, 실은 마음속으로는 선생님을 모시고 완산 녹두님께 가보고 싶었던 것이었어요. 선생님이 어떤 반응을 보이실지도 궁금했고요. 그런데, 선생님도 완산 녹두님을 보자 너무나 놀라시고 또 슬퍼하시며 목이 메시는 것을 보고 저는 왠지 좀 안심이 되었답니다. 그게 다 녹두님의 뜻이었는지는 정말 생각도 못했네요."

"아무튼, 나도 궁금한 게 정말 너무 많았는데, 날이 새기 전에 전주로 가셔야 한다면서 표표히 사라지더군요. 하긴, 또 나타나시겠지요?"

"선생님, 이게 다 선생님의 꿈에서 나온 얘기라서, 제가 동학적으로 생각하기엔, 너무나도 복잡한 얘기가 됩니다. 저는 지금 당장 집으로 들어가서 생각 좀 해 봐야겠어요. 이제 우리 그만 되돌아가요!"

이렇게 말하면서 서 시인은 벌써 되돌아서고 있었다.

"그래요, 되돌아갑시다!" 나도 발걸음을 돌려 그녀를 따라 걸어가면서 말했다. "하지만, 어디 시내로 들어가 조금 이른 저녁을 먹읍시다. 완산 녹두님의 이번 말씀 중에, 우리 둘 다 처녀와 총각은 아니지만, 남녀상열지사를 까마득히 잊어버린 상태라서, 정신적·신체적으로 서로 걱정스러운 바가 없지 않을 테니, 어디 조용한 호텔 같은 데 가서 좀 여유를 갖고 편히 쉬면서 자연스럽게 서로 손부터 한번 잡아보라는 충고도 있었답니다. 그렇게 해보시겠어요?"

"완산 녹두님이 정말 그런 말씀까지 하셨단 말이에요?" 서 시인이 약간 홍조를 띠며 물었다. "김일술 교수님의 말씀 같은데요?"

"정확히 옮기지는 못했지만, 완산 녹두님이 분명 그런 취지의 말씀을 내게 하시긴 했습니다. 하지만, 지금은 아닌 게 아니라 그게 이 김일술의 생각이 아닐까 하는 의심이 들기도 하는데요, 내가 생각해도!

동학을 공부하다 보면, 늘 이 점이 헷갈린단 말입니다. 수운의 「동학론」에도 '외유접령지기 내유강화지교'(外有接靈之氣 內有降話之敎)란 말이 나오는데, 바깥에 신령스러운 기운이 떠돌고 내 마음 안에는 하느님의 가르침이 떠오른다는 격이지요. 아무튼, 어디 가서 저녁이나 먹으면서 좀 찬찬히 생각해 보십시다!"

그날 우리는 함께 저녁은 먹었지만, 그 뒤에는 그냥 헤어졌다. 우리 둘 중 아무도 먼저 호텔에 가자는 말을 꺼내지 못했다. 왠지는 딱히 몰랐지만, 우리 둘은 각자 자기 집으로 가서 일단 혼자가 된 뒤에 우리 둘의 관계에 대해 한번 진지하게 생각해 보고 싶었던 것 같기도 했다.

2024년 10월 8일(화)
7. 서택순의 자손

"안녕히 주무셨어요?" 서 시인이 전화기 건너편에서 아침 인사를 했다. "그런데, 어제저녁에는 어딘가 마음이 혼란스러워서 빨리 집에 오고 싶더니, 집에 와서 찬찬히 생각해 보자니, 완산 녹두님의 외가가 완산 서씨라는 말이더라고요. 결국 제가 청주 북이면 금암리의 서택순(徐坨淳)의 자손이라는 얘기가 되고요."

"서택순이 누구지요?" 내가 물었다. "어디서 들어본 이름 같긴 한데……"

"해월 선생이 경상북도 상주군 화서면 봉촌리 전성촌(前城村)에서 가족과 함께 거처하시며, 보따리를 들고 여기저기 포덕(布德) 하러 다니시던 모습 때문에, 이른바 '최보따리'란 별명을 들으시던 때였습니다. 한번은 진천(鎭川)의 금성동(金城洞)까지 가셔서 포덕하시고 금암리의 입도인(入道人) 서택순의 집에 들르셨는데, 그 댁에서 베 짜는 소리가 들렸다고 합니다. 해월 선생이 주인께 베를 짜는 사람이 누구냐고 물으셨다는 것이지요. 주인이 자신의 며느리라고 대답했는데, 한참 있다가 해월 선생이 또, 베 짜는 사람이 정녕 그대의 며느리냐고 다시 물으셨다고 합니다. 서택순이 의아해했으나 미처 적절한 대답을 못 했다지요. 그 집을 나서서 계속 길을 갈 때, 수하 중 누군가가 해월 선생에게, 아까 무슨 연유로 서택순에게 베 짜는 사람이 정녕 그의 며느리가 맞느냐고 다시 물으셨습니까 하고 여쭈었더니, 해월 선생이 답하여 이르시되, 집에 손님이 오면 한울님이 강림하신 것인데, 계속 베를 짜야 하고, 식구들이 식사할 때도 계속 베를 짜고 있으니, '자기 며느리를 한울님으로 대한다면 끼니를 거르고 일하도록 놔두겠느냐?'라고 반문하셨다 합니다. 해월 선생의 생각으로는, 그 댁 며느리는 '일하는 한울님'인데, 식구들도 당연히 그녀를 '한울님'으로 공대(恭待)해야 마땅함을 설파하신 것이며, 이것은 해월 선생이 이른바 '사람을 하늘로 모셔라[事人如天]'는 의미로 설하신 유명한 '천주직포(天主織布)'의 에피소드지요. 바로 그 서택순, 나중에 우순(虞淳)으로 개명(改名)하신 그 어르신이 저의 조상이시며, 의암 손병희 선생을 입도시키신 분이기도 하답니다."

"아, 살림과 생명을 책임지는 여성성에 대한 해월 선생의 존중과 공대(恭待)는 가히 괴테의 『파우스트』에 나오는 '영원한 여성성'을 연상시키는군요! 아무튼, 조상 얘기가 나온 김에 잠깐 내 얘기를 해보자면, 지난 4월에 우리가 함께 지금실에 갔을 때도 말했지만, 나는 내가 도강(道康) 김가라는 건 간신히 알고 있었고, 도강이 강진(康津)의 옛 이름이라는 집안 어른의 설명을 듣고 우리 조상이 강진 부근에서 사셨거니 하고만 생각했었지요. 하지만, 김개남 녹두님에 관해서라든지, 또는 상두산(象頭山) 자락의 동곡리 지금실 얘기는 전혀 못 들었답니다. 우리 집안에서는 조상을 숨기고 살아온 것 같습니다."

"아, 그랬을 겁니다." 서 시인이 말했다. "김개남 녹두님이 1894년 12월 29일(음력 12월 3일) 전주 병영의 훈련소인 서교장(西敎場)에서 참수당한 이래로 그 일가 친족들은 모두 흩어져 변성명을 하고 살아야 했으니까요. 아무튼, 김개남 녹두님이 자라난 그 지금실이란 마을의 이름도 원래는 '직금(織錦)'에서 나왔다는 사실은 지난 4월에도 잠깐 설명해 드린 것 같습니다. '바람을 재우고 물을 얻는다(藏風得水)'는 '풍수'에서 말하는, 이른바 '옥녀가 비단을 짜는 형국[玉女織錦形]'의 명당 자리가 바로 지금실이라는 것 아닙니까! 이상한 소리 같긴 합니다만, 그 옥녀가 비단을 짜는 듯한 명당 자리에 조상님들이 사신 선생님과, '베 짜는 며느리'의 자손인 저와는 '직녀(織女)'라는 모티프로도 연결되어 있네요! 결국 지금실과 연관이 있는 선생님도 저와는 '직녀' 모티프라는 인연의 그물로 서로 엮여 있는 겁니다."

"아이고 이것 참! 서학을 공부해 온 내가 뒤늦게나마 동학으로 돌아온 것도 다 이런 깊은 인연의 끌어당김 때문이었다는 묘한 생각이 듭니다그려! 손오공이 아무리 멀리 날아가 봤자 결국에는 부처님의 손바닥 안에 있었다더니, 내가 아무리 서학으로 도망쳤어도 결국에는 동학의 테두리 안으로 되돌아온 것이네요!"

"천망이 넓고 넓어서[天網恢恢], 인연의 그물을 완전히 벗어나긴 정말 어렵나 봅니다. 우리 곧 또 만나요. 우리는 어차피 이 그물을 벗어나

도망치기는 어렵게 된 듯해요!"

2024년 10월 10일(목)

8. 한강의 노벨문학상 수상 소식

오후에 낙산공원에서 혼자 산책하다가 근처 벤치에 잠깐 앉아서 핸드폰을 들여다보니, 누군가가 한강이 금년도 노벨문학상을 받게 되었다는 소식을 페이스북에 올려놓았다. 참으로 반갑고 기쁜 소식이었다.

독일 현대문학을 전공하다 보니, 20여 년 전에는 10월 초순이 되면, 늘 노벨문학상 때문에 생고생하곤 했다. 독일어권의 어느 시인, 또는 어느 작가가 노벨문학상 최종 후보에 올라와 있는데, 만약 그가 노벨문학상을 받게 될 경우, 전화드릴 테니, 그에 대한 정보를 미리 좀 준비하고 있어 달라는 일간지 또는 방송사 기자들의 부탁을 받곤 했다. 근년에는 기자들이 그러한 정보를 AI로부터 받을 수 있기 때문인지 아예 그런 부탁마저도 사라져서, 노벨문학상은 비교적 잊고 지내 왔다. 그런데, 뜻밖에도 우리 한강 작가가 금년도 노벨문학상을 받게 되었다니, 이 얼마나 기쁜 소식인가!

그때 아들 녀석한테서 전화가 왔다. "아버지가 지난 4월에 한강이 노벨문학상을 받을 것이라고 예언하셨나요?"

"예언은 무슨! 내가 무슨 예언자냐?" 내가 대답했다. "지금 생각하니, 페이스북에다 한강 작가가 노벨문학상을 받을 만하다고 쓴 기억은 어렴풋이 난다만……. 왜?"

"여기 우리 사무실에서 어떤 여직원이 제게 그런 말을 해서요. 아버지, 미안해요! 지금 다른 전화 받아야 해요, 전화 끊습니다. 안녕히 계세요!"

아들 녀석과의 통화는 늘 이런 식이다. 증권회사에 다니다가 최근에는 무슨 독립 회사를 차리고 증권과 코인을 취급하는 모양인데, 꽤 돈을 번 듯한 녀석은 나를 늘 미덥지 않다는 듯이 대한다. 나를 걱정하는 건지 빈정대는 건지 구별이 잘 안 되는 짤막한 말을 던져놓고는 급히 전화를 끊곤 한다. 언제 한번 말꼬리를 꽉 붙잡고는 단단히 야단을 치고 싶지만, 번번이 적절한 순간을 놓치고 만다. 제 딴에는 늘 이 아비의 어두운 세정(世情) 판단과 지나치게 직설적인 언설이 걱정이라는 투인데, 아무튼 나는 자식 농사는 시원찮은 것으로 치부하고, 저와 나는 어차피 따로 살아갈 수밖에 없다고 체념한 채 지내고 있다. 하긴, 아들 녀석이 경제적으로 독립해서 걱정 끼치지 않고 혼자 잘 살아가고 있는 것만도 내게는 고마운 일이라 할 수 있을 것이다.

2024년 10월 12일(토)

9. 비극적 우리 역사의 행복한 문학적 대반전

교수신문에서 한강의 노벨문학상 수상에 대해 글을 써 달라는 원고 청탁이 왔다. 국문학자도 아닌 내게 이런 청탁이 온 것은 이례적인 듯하다. 아마도 누군가가 지난 4월의 내 페이스북 글을 읽은 연유일 듯하다. 『파우스트』 번역에 집중하지 못하는 것이 아쉬웠지만, 주말의 귀중한 시간을 할애하여 다음과 같은 원고를 써 보냈다.

○ 한강의 노벨문학상 수상에 부쳐

김일술(S대 독문과 명예교수)

한국의 작가 한강이 2024년도 노벨문학상을 수상하게 되었다는 기쁜 소식이다.

일본의 신문들을 보자면, 1968년의 카와바타 야스나리의 노벨문학상 수상에 이어 1994년에 오에 겐자부로가 또 수상했다. 1994년으로부터 30년 만인 올해 2024년에 일본인 작가 무라카미 하루키가 제3의 일본인 노벨문학상 수상자가 되리라는 큰 기대가 '무산'된 것을 몹시 아쉬워하는 표제어를 단 다음, 한국의 작가 한강이 금년도 노벨문학상을 수상하게 되었다는 소식을 조그만 부제로 전하고 있다.

무라카미 하루키의 노벨문학상 수상에 대한 일본인들의 기대가 자못 컸던 모양이다. 주지하다시피, 무라카미 하루키의 문학세계는 전후부터 현금까지 대체로 평화로웠던 일본 사회를 배경으로, 식도락과 음악 감상, 바에서 술 마시기와 교양 여행 등 현대 일본 교양인의 일상을 섬세하고도 유려한 필치로 그려냄으로써, 무라카미 하루키의 소설들에 나오는 이런 일본인들의 정서가 유럽인들에게는 마치 아시아적 심미안과 교양을 대표하는 것처럼 널리 알려지고 애호되고 있다.

여기서 잠깐, 1895년 2월, 조선의 나주로 눈을 돌려보기로 하자. 일본군은 조선의 동학농민혁명군이 장흥 석대들에서 패퇴한 뒤에 서남해안에서 패잔병으로 귀가하던 동학농민군들을 체포, 살해하여 나주 초토영(招討營) 맞은 편의 야산에 시체를 산더미처럼 쌓아놓았다. 당시 전투에 참전했던 일본군 상등병 쿠스노키 비요키치(楠美代吉)가 남긴 「종군일지」 중 1895년 2월 4일(음력 1월 10일) 자 기재 사항을 보자면, 그 시체가 680구였고, "근처에는 악취가 심하고 땅은 시체에서 나온 기름이 얼어붙어서 마치 백은(白銀)과 같았다"라고 적고 있다. 이렇게 일본은 을사늑약 10년 전에 이미 남의 나라 국민들을 함부로 도륙했는데, 이것은 당시의 국제법으로 보더라도 명백한 불법이며, 어김없는 제노사이드(genocide)다. 그런데도, 일본인들은 오늘날에도 메이지 시대(1868-1912)의 '영광'과 '무오류'를 주장하며, 자신들의 역사적 과오에 대한 반성은 없이, 그들만의 평화시대를 구가해 온 것이었다. 무려 30만 명으로 추정되는 갑오년과 을미년의 동학 관련자 살육 말고도, 을사늑약과 대한제국의 강제 병탄이 일본인에겐 다 '영광스럽고' '오류가 절대 있을 수 없는' 메이지 시대의 일이란 것이다.

아무튼, 이 일제강점기가 끝나자, 전쟁을 일으킨 일본이 분단된 것이 아니라 억울하게도 그 식민지였던 한국이 분단되었다. 그래서, 분단된 한국은 좌우 갈등, 그리고 동족상잔의 전쟁을 겪었으며, 냉전 체제에 기댄 독재자들의 억압에 항거하다가 수많은 희생자가 생겨났다. 일본 현대문학이 평화 시대를 구가하며 아시아적 정서를 대표하는 우아한 교양인의 문학으로 성숙하는 동안, 분단 상황 하에서의 한국문학은 연속되는 비극의 늪에서 헤매지 않으면 안 되었다.

『작별하지 않는다』라는 한강의 최근작에서는 제주도 4·3항쟁 때 희생된 영혼들을 해원(解冤)해 줄 수 없어 그들과 '작별이 불가능한' 인선과 경하의 극심한 고통이 다루어지고 있다. 이 인물들의 고통을 드러내고자 그들과 한 몸이 되어 슬피 울고 몸부림친 작가 한강의 초인적 감정이입과 작가로서의 분투는 독자 누구나 체감할 수 있을 정도로 눈물겹고 뼈아프다.

설령 위의 한·일 두 작가의 문체가 다소 환상적인 데서 비슷한 점이 발견된다 하더라도, 그들 작품의 긴박성과 비극성을 비교해 볼 때, 비단 스웨덴 한림원 노벨위원회가 아니더라도, 누구나 한강의 처절한 비극 작품을 인류 문명사적으로 볼 때 더 가치 있게 평가할 것은 자명하다.

이번에 스웨덴 한림원의 노벨위원회가 피와 땀, 그리고 눈물로 얼룩진 한반도, 이 비극의 토양에서 피땀과 눈물이 뒤섞인 작품을 이룩해 낸 작가 한강에게 2024년도 노벨문학상을 수여하기로 결정한 것은 그동안 다소 실추했던 노벨문학상의 권위를 오랜만에 회복해 낸 아주 적절한 선정으로 판단되며, 한일 관계로 좁혀 볼 때, 이것은 비극적 우리 역사의 행복한 문학적 대반전이다. 한강의 노벨문학상 수상은 비단 작가 한강 개인의 영예일 뿐만 아니라, 고난의 길을 걸어 온 한국문학 전반에도 승리와 영광을 안겨주면서, 결국 우리 한국인 모두에게 자긍심을 되돌려 주었다.

"한국의 딸 한강이여, 스웨덴 한림원 노벨위원회가 드디어 알아본 한국문학의 연꽃이여, 그대는 승리하였다. 결코 무라카미 하루키와의 경쟁에서 승리한 것이 아니라, 그대 자신과의 싸움에서 승리하여, 마침내 우리 한국문학에다, 아니, 우리 한국민 모두에게 승리의 월계관을 선사했다! 장하다, 위대한 역사의 아이러니를 영광의 승리로 체현해 낸 한국의 딸이여! 우리 한국 국민은 그대의 분투에 감사하며, 환희의 축하를 보낸다. 소월이여, 육사여, 백석이여! 박경리 님,

김수영 님, 최인훈 님, 이청준 님, 김지하 님, 지하에서 기뻐하소서! 우리의 딸 한강이 드디어 이겼나이다! 때를 만나지 못했던 K 시인님, H 작가님, 두 분도 이 상을 받으실 만했지만, 아마도 아직 문화적 국세(國勢)가 충분치 못했던 듯합니다. 이제 후배인 한강 작가가 수상하게 되었으니, 부디 함께 기뻐해 주시기 바랍니다!"

오랫동안 중국과 일본에 가려 서구인들에게는 잘 보이지도 않던 우리 한국문학 100년이 이루어 놓은 처절하고도 위대한 산이 세계인들의 눈에 드디어 그 모습을 조금 드러내기 시작했다. 선배들의 고투가 쌓이고 쌓인 위에 마침내 세계인들의 주목과 인정을 받게 된 작가 한강! 앞으로 세계인들은 이 한강이라는 '빛나는 등대'를 보고서 한국, 한국인, 한국문화라는 'K-문화항'으로 대거 찾아들 것이다. 그리하여, 한국의 역사, 철학, 문화를 알게 될 것이다. 그렇게 되면, 아울러 일본의 추악한 모습과 명백한 역사적 과오와 오류도 저절로 보게 될 것이다. 그 이전에 일본인들은 하루빨리 자신들의 역사적 죄과를 뉘우치는 것이 좋을 터인데, 아직 일본에서는 그런 기미가 대세를 이루지 못하고 있는 듯하니, 일본인을 위해서도, 동아시아의 평화를 위해서도 큰 걱정이다.

"한강이여, 우리는 그대가 앞으로 당분간 세계인들에 대해 우리 한국문학을 대표하고 우리 한국문화를 상징할 것이라는 사실이 기쁘다. 왜냐하면, 그대는 이 땅의 모든 억울한 희생자들의 영혼 안으로 들어가 그 안에서 슬피 울고 몸부림친 나머지 자신에게 무슨 흠결 같은 걸 만들 겨를조차도 없었을 듯하니 말이다. 앞으로도 자신의 이익에 집착하지 않고 늘 억울한 자, 약한 자의 편에 설 것이라는 확신을 주기 때문이다. 그래서, 그대의 이번 수상이 더욱 빛나고, 우리는 더욱 기쁘다.

하지만, 조금 찬찬히 생각해 보자니, 그대도 작가이기 이전에 행복할 권리가 있는 한 개인이니만큼, 바라건대, 이제부터는 부디 그 극단적 고통에의 감정이입에서는 조금 벗어나, 그대 아들의 아들이나 딸이, 즉 그대의 손주가 훗날, 그대의 품 안으로 안겨들 때, 손주를 정답고 여유 있게 안아주는 그런 '고운 할머니'가 되시기를 충심으로 소망하게 되는구나! 그렇게 되자면, 이제 문화대국으로 접어든 이 나라에서 유독 홀로 절뚝거리며 뒤따라오고 있는 저 못난 정치만 좀 제대로 됐으면 좋으련만!"

(2024년 10월 16일 자 「교수신문」)

2024년 10월 21일(월)
10. 번역의 어려움

종일 『파우스트』의 번역에 몰두했다.

악마의 도움으로 「마녀의 부엌」에서 회춘한 파우스트가 골목길에서 그레첸을 유혹한다.

파우스트
아름다운 아가씨, 제가 이렇게 팔을 내밀어
댁까지 모셔다드려도 될까요?

그레첸

>저는 아름답지도 않고 아가씨도 아니에요.
>데려다주시지 않아도 혼자 집에 갈 수 있어요.

위의 번역에서 문제가 되는 부분은 그레첸이 자신은 '아가씨'가 아니라는 대목이다. 당시 독일어의 '프로일라인(Fräulein)'은 단순한 '아가씨'라는 의미가 아니고, '귀족 집안의 미혼녀'를 가리켰다. 말하자면, 파우스트가 소시민계층의 딸로 보이는 그레첸을 골목길에서 만나자, 스스로 중세 시대의 '기사(Ritter; Chavalier)' 흉내를 내면서, 귀족 집안의 아가씨를 댁까지 모셔다드리겠다고 제안하는 것이다. 회춘한 파우스트는 귀족 가문의 도련님 복장을 하고 있다. 골목길을 지나가는 그레첸이 소시민계층 출신임을 뻔히 보면서도 그는 그레첸을 일단 귀족 집안의 따님으로 대접하면서 수작을 붙이는 것이다. 여기에서는 파우스트와 그레첸의 신분 격차가 누구에게나 뚜렷이 드러난다. 그런 신분상의 차이가 있는 데다가, 또한 '정착민'이 아니고 '방랑인'이기까지 한 파우스트가 그레첸에 접근하는 데에는 그 관계기 장치 파탄에 이르게 될 비극성이 이미 훤히 들여다보인다. 이 부분을 그냥 '아가씨'라고만 번역해서는 작품『파우스트』의 위와 같은 비극적 컨텍스트를 무시하고 아무렇게나 번역한 결과가 되고 만다.

아무튼, "저는 아름답지도 않고 아가씨도 아니에요."라는 그레첸의 대답은 올바른 번역이라고 하기 어렵다.

그래서, 위의 출발문화적 텍스트를 도착문화의 언어로 이해가 잘 되도록 번역하자면, 최소한 다음과 같이는 옮겨야 한다.

파우스트

   아름다운 아가씨, 귀한 댁 따님, 제가 이렇게 팔을 내밀어
   댁까지 모셔다드려도 될까요?

그레첸

   저는 아름답지도 않고 귀한 집 딸도 아니에요.
   데려다주시지 않아도 혼자 집에 갈 수 있어요.

전승된 문화적 함의를 지닌 출발어를 도착어로 올바르게 옮긴다는 것은 대단히 어려운 일이다.

이 대목을 문화공간 '길담'에서의 내 『파우스트』 강의 시간에서도 다루는 것이 좋을 듯하다.

교수신문에 실린 내 글을 잘 읽었다는 메시지들이 들어온다.

그중에서 서선숙 시인의 코멘트도 있다. ㅡ "할머니가 될 한강까지 미리 걱정해 주시다니, 정말 걱정이 원대하기도 하네요! 딸 하나만 데리고 이미 늙어가기 시작한 이 몸은 누가 걱정해 주나 싶은 생각에 벌써 옛날에 파묻어버렸던 외로움이 문득 되살아나네요! ㅋ"

서 시인의 이 코멘트에서는 부질없는 질투라고나 할까, 숨은 애정 표현 같은 것이 살짝 느껴지긴 했다. 하지만, 마침 번역을 계속해야 할 사이참인데다, 이 섬세한 농담에 센스 있게 짤막하게 응답하기가 쉽지 않아서, 그냥 하트만 하나 날려놓고는, 다시 번역 작업에 들어갔다.

2024년 10월 24일(목)

11. "편의상 당분간 김일술이 되기로 했다!"

김일술 교수, 잘 있었는가?

자네가 완산의 '녹두관'에서 내 해골을 보자 깜짝 놀라고 그 해골의 사연을 듣자 목메어 눈시울을 붉힌 건 나로서는 참으로 고마웠지.

나의 기구한 사연을 듣고도, 그동안 너무 오랜 세월이 흘러 버렸기 때문에, 그저 무감각하게 들어넘기는 국민들이 너무나 많았었지! 정말 섭섭하던 참에 자네가 그렇게 내 앞에 와서 고개를 숙이고 묵념하면서, 내게 이 나라가 잘되도록 저승에서라도 도와달라고 간절히 빌더라고! 내 어찌 자네를 신뢰하지 않을 수 있었겠는가!

내가 진도 조도 섬 출신의 박중진도 아니고, 전주, 태인, 금구, 고창, 남원, 나주, 장흥 출신의 그 누구도 아니라는 말은 전번에 이미 했지? 하지만, 오늘은 내 이야기를 좀 더 해보겠다.

이렇게 내가 아무도 아니라고 해놓고 나니, 출신 지역을 초월한 동학농민군이 되어 일본군에 의해 희생된 30만 가까운 희생사들을 무명, 무향(無鄕)으로 대표하게 되어, 너무나 내 마음에 들었다.

그래서 다 좋긴 한데, 내가 겪은 이야기를 자네한테 마음 놓고 다 해줄 수가 없는 큰 결점이 생기더구나! 이를테면, 내가 진도 조도의 박중진이라고 밝혀 놓는다고 치자! 그러면, 난 자네한테 백산이나 원평 얘기를 해줄 수가 없는 게야. 진도 조도 사람이 전북까지 올라갔을 것 같지가 않잖아?

나 같은 농군이 이런 서양식 서술이론에 괜히 휘둘려서, 하고 싶은 얘기도 못 하고 생고생할 필요가 무에 있겠나? 그래서 하는 말인데, 내가 편의상 당분간 김일술이 되기로 했다. 자네와 이름이 똑같아 다소 미안하지만, 나는 일단 김개남 장군의 둘째 형 김영수(金永秀)의 아들로서, 정읍 산외면 지금실에서 태어났다고 치는 거야. 펼 술(述) 자는 항렬이고, 가운데 이름 자는 한 일(一)이어서, 드물 일(逸) 자를 쓰는 자네와는 가운데의 한 글자만 한자가 서로 다르다고 해 두고 싶구나. 어차피 자네는 나보다 몇 세대를 더 지나서 항렬이 다시 돌아온 뒤일 테니, 나와 자네 이름의 창(唱)이 같다 한들, 그게 무슨 큰 허물이 되겠는가?

동학군이 백산에서 모일 때, 나 김일술(金一述)은 김개남 장군의 휘하로 참가했고, 백산의 호남창의대장소(湖南倡義大將所)에서 총관령(總管領) 김개남 장군의 막하로 일했지라.

근디 나는 처음에는 삼춘의 혈육으로서 그를 돕는 역할이었는디, 나중에는 혈육인 삼촌의 심부름을 하는 건지 군령을 따르는 건지 분명치 않을 때가 자주 있었구만이라, 그래서, 평소에 존경해 오던 전봉준 장군님의 막하로 옮기기로 결심하고, 전 장군님과 내 삼춘의 허락도 받았지라.

근디 말이여, 갑오년 7월 18일(음력 6월 16일)의 전주화약 이후 군대가 해산될 때, 나는 삼춘을 따라 남원 쪽으로 가지 않고 원평집강소에 남아서 주로 행정적인 심부름이나 집강소의 살림을 맡아 했는디, 도집(都執)이라는 직임(職任)도 그 무렵에 받았당께. 나로서는 그때부터 몇 달 동안이 참 신나는 시절이었지라. 어느 고을의 어떤 수령이 탐학(貪虐)을 한다는 정보가 들어오면, 나는 전 장군님의 지시에 따라 마치 암행어사라도 된 듯 그 고을로 잠입해서 실상을 파악하고 되돌아와서는 내가 현장에서 보고 들은 바를 전 장군님께 상세히 보고드리는 일이었지라. 학정과 수탈의 고초를 겪는 민초들의 편이 되어서 완산, 태인, 부안, 금구 등지의 산천과 마을을 돌아다니는 일이었는디, 당시 서른둘이었던 나로서는 내 심신에 수운과 해월의 피가 흐르고 있는 듯 느꼈지라. 내가 그때는 아직 고조선 시대의 홍익인간(弘益人間)이란 이념까지 거슬러 올라가지는 못했지만, 그래도 백성들을 '하느님'으로 받들며 '시민(侍民)'하는 정신은 내 몸에 배어들기 시작했지라. 반상(班常), 양천(良賤), 적서(嫡庶), 남녀, 빈부의 차별을 모두 없애고, 빈부가 서로 돕는 대동(大同) 살림을 마을 단위로 실행하고자 했지라. 그야말로 천지개벽, 다시 개벽의 세상이 온 듯했당게.

근디, 내가 나중에 안 일이지만, 7월 23일(음력 6월 21일) 새벽 한양에서는 월초에 부임한 오토리 케이스케(大鳥圭介) 공사가 일본군을 이끌고 경복궁을 무단 점령하고 고종 임금을 집경당(緝敬堂)에 사실상 포로로 연금해 놓은 채, 마치 대원군이 민비 세력을 물리치고 정권을 탈환한 사건, 즉 조선 궁궐 내부의 정권 다툼의 결과인 것처럼 보이도록 국제적으로 위장을 했지라. 그래놓고는 그 이튿날부터 김홍집 꼭두각시 내각을 세워 일본의 외무성과 육군이 남의 나라 내정에 노골적으로 간섭하고 조선의 사회제도를 자기들의 정조(征朝) 계획에 걸림이 없도록 뜯어고치기 시작했당게. 그로부터 130년이 지난 오늘날에도 자네들의 자녀들은 아직도 이것을 '국사'란 과목에서 이른바 '갑오경장(甲午更張)'이라고 배우고 있지라. 조선 정부가 무슨 큰 개혁이라도 단행한 것으로 배우고 있는데, 실은 군국기무처(軍國機務處)를 신설하여 김홍집이 총재로서 그 회의를 주도했기 때문에, 결과적으로 어전회의를 열지 못하게 함으로써 고종의 정치적 통치권을 박탈한 것이 그 첫 결과이었지라. 이렇게 경복궁을 점령하고 새 정권을 세운 오토리 케이스케 공사의 화급(火急)한 속셈은 아산에 주둔 중인 청군을 몰아내 달라는 조선 정부의 '위탁'을 미리 받아냄으로써 청일전쟁의 빌미를 얻는 것이었지라.

아, 내가 지금 자네한테 무슨 복잡한 얘기를 이렇게 늘어놓는당가? 요컨대, 일본의 경복궁 침입, 갑오경장, 청일전쟁, 그리고 동학농민혁명이 따로따로 일어난 별개의 사건들이 아니라, '갑오왜란'이란 큰 사건이 우리 동학농민군의 애국적 저항을 주저앉혔다는 통한의 우리 역사를 말하고 싶은 것이고, 그 안에서 내가 아직은 목이 잘리지 않은 채 농민군으로 살아 움직이며 수운과 해월의 가르침을 따르고 있었단 말이랑께.

근디 말이여, 당시 전봉준 장군님을 비롯한 동학 지도자들의 가장 큰 골치덩어리가 바로 나주목(羅州牧)이었당께. 전주화약 이래 전라도 53개 군현에 모두 집강소가 설치되었지만, 유독 나주만은 민종렬(閔宗烈) 목사의 지휘를 받는 강력한 수성군(守城軍)이 버티고 있어서, 집강소 설치가 끝까지 안 되었지라. 태인 접주 최경선은 3천여 명을 거느리고 나주의 동학군 지도자 오권선과 힘을 합해 나주성을 맹공하였으나, 입성에 실패했당께. 나주의 수성군이 그다지도 강력했던 데에는 이유가 있었지라.

첫째, 민종렬 나주 목사가 민심을 잃지는 않았기 때문에 충성심이 강한 나주목민들이 동학농민군을 철저하게 비도(匪徒)라 믿고 적대시했다는 사실,

둘째, 탐관오리와 탐학이 심한 향리(鄕吏)들을 징치하기 위해 1891년에 나주민란이 일어났는데, 그때 관아가 점령당하고 향리들이 큰 곤욕을 치렀지라. 나주목에 유달리 그 숫자가 많았던 향리들과 그 친

인척 붙이들이 다시는 이런 치욕을 당하지 않기 위해 나주 수성에 목숨을 걸었다는 사실,

셋째, 나주의 유림들이 평등사상을 내거는 동학 농민들을 기존질서를 어지럽히려는 반도(叛徒)로 보고, 가내 노비들과 소작농들을 수성군에 편입시켜 동학농민군을 적극적으로 소탕하고자 했다는 사실 등에 힘입어, 나주성이 그렇게도 끄떡없었던 게지라.

일찍이 이런 사실을 간파한 전봉준 장군은 김학진 전라감사에게 민종렬 나주목사와 우영장(佑營將) 이원우(李源佑)의 파직을 요청했지라. 고종으로부터 편의종사(便宜從事: 감사가 임지에서 적의(適宜) 처리할 수 있는 재량권)의 허락을 받아 온 김학진은 7월 18일(음력 6월 16일) 자로 두 사람을 파직했어여. 근디, 나주의 유림이 나서서 그 둘이 나주에서 계속 머물기를 간청하였으므로, 둘은 엉거주춤 계속 나주에서 머물고 있었지라.

이에 전봉준 장군은 김학진 전라감사의 서찰을 지참한 채 9월 12일(음력 8월 13일)에 나주 서성문 수문별장에게로 가서 자신의 신분을 밝힌 다음, 민종렬 나주목사를 만나러 왔으니, 목사께 고하라고 했지라. 그때 나 김일술은 영광스럽게도 전 장군님을 모시고 나주읍성으로 들어간 열 명의 수행원 중의 하나였당께. 우리는 나주목의 내아인 금학헌(琴鶴軒)으로 안내를 받았고, 전 장군님이 민종렬 목사와 단둘이서 담판하는 동안 우리 열 명의 호위농민군은 사랑채 작은방에서 담판이 끝나기를 기다리고 있었지라. 전 장군님은 상감께서 경복궁 집경당에 사실상 왜의 포로로 연금된 상황이니, 수성군을 해산하고 동학농민군과 합세하여 왜군을 물리치고 사직을 구하자고 설유했으나,

민 목사는 이를 단호히 거부했지라. 다만, 그는 수하 사령들에게 우리 일행을 체포하지는 말고 그대로 돌려보내라는 명령은 내려주었던 것 같았당께. 근디, 그럼에도 불구하고 수하 사령들이 우리 일행을 체포하거나 죽이려는 기색이 감지되자, 전 장군님은 우리 수행자들의 겉옷을 벗게 하고 자기 겉옷도 벗어서 그들에게 맡기면서, 영암에 갔다가 사흘쯤 뒤 돌아오는 길에 들릴 테니, 미안하지만, 땀과 때에 절은 이 옷들을 그사이에 좀 세탁해 주면 고맙겠다고 간곡히 부탁했어여. 이에 수성군 병사들은 영암에서 돌아오는 귀로에 우리들을 붙잡아도 늦지 않겠다고 생각하고 일단 민 목사의 명을 따랐던 게지라. 이렇게 우리들은 전 장군의 기지로 위기를 모면하고 서둘러 서성문을 빠져나와 금방 금성산 숲속으로 몸을 숨길 수가 있었던겨.

아무튼, 나도 나중에 들어서 알았지만, 7월 27일(음 6월 25일)에 이미 대원군은 자신이 일본 공사에게 속았음을 깨닫고 사태의 심각성을 인지한 나머지 전봉준 장군께 사직을 보위하라는 밀지(密旨)를 내려보냈던 모양이야. 좌우간 나로서는 그 밀지까지는 잘 몰랐지만, 전 장군과 손화중 장군, 그리고 김개남 장군이 다 함께 2차 봉기를 준비하신다는 건 금방 알게 됐지라.

10월 16일(음력 9월 18일)에 드디어 해월 최 법헌께서 전국 각 포에 총기포령(總起包令)을 내렸지라. "여러분들은 전봉준과 협력하여 스승의 원한을 풀고 우리 도의 큰 원을 실현하라!"고 말이여.

같은 날에 전 장군도 관내 도인들에게 기포령을 내리고, 4천여 명의 호남동학농민군을 이끌고 논산으로 향했당게.

한편, 남원성 관아에 전라좌도 대도소(大都所)를 설치하고 순창, 용담, 금산, 장수, 곡성 등 전라도 동북부 여러 고을과 함양, 안의 등 경상도 고을까지도 호령해 왔던 삼촌으로부터도, 군량 등 준비가 완전치 않아 당장 기포하지는 못하지만, 곧 청주성 쪽으로 독자 진군하겠다는 통기가 왔지라.

한편, 일본에서는 10월 20일(음 9월 22일) 제2차 이토 히로부미 내각이 들어서고, 이노우에 카오루(井上 馨)가 특명전권공사로 조선에 파견되는데, 이로써 이노우에는 정조론(征朝論)의 선봉장 역할을 자임하고서 조선의 정치를 좌지우지하면서, 히로시마 대본영(大本營: 전시 체제 하 천황 직속의 최고사령부)에다 동학농민군 진압을 위한 특별 부대의 파병을 요청했지라. 그래서, 미나미 코시로(南 小四郞) 소좌 휘하의 후비보병(後備步兵) 독립 제19대대가 인천항으로 들어오고, 이어서 대본영의 카와카미 소로쿠(川上操六) 병참총감은 이토 스케요시(伊藤祐義) 인천 남부병참총감에게 동학군을 무차별 학살할 것을 지시했어여. 이로써 앞으로 최소 10만명, 최대 30만명의 동학농민군 및 농민들이 일본병의 신식 무기에 의해 희생되는 것이여. 나중에는 나 자신도 결국 그 희생자들 중의 하나로 된다만, 이것은 일본군이 동아시아에서 범한 최초의 제노사이드(genocide)였제.

한편, 그동안 총기포한 동학군은 크게 볼 때, 남접 전봉준 군 10만과 북접 손병희 군 10만의 연합군 약 20만 명이 우금티까지 진출해서 공주성 함락을 바라보며 관군과 왜군의 연합군과 대치하고 있었고, 남원에서 따로 출발한 김개남 군은 임실을 거쳐 청주성 앞까지 진출해 있었지라.

한편, 일본군이 서남부 해안으로 상륙할 것이라는 정보 때문에 손화중 장군은 나주의 최경선 장군과 합류하여 후방을 지키기로 의논이 되었지라.

근디, 여기서 내가 자네 김일술 교수께 분명히 말해 두고 싶은 것은, 이것이 동학농민혁명군의 2차 봉기인데, 이것은 분명 침략자 일본과 그의 괴뢰정권을 상대로 싸운 의병이며, 조선민중의 대일 항쟁이며, 혁명적 기포였다는 사실이랑께. 오늘날 대한민국 보훈처에서 전봉준 장군 등의 순국 보훈을 인정하지 않는 것은 정말 시대착오적인 잘못인 게여!

아무튼, 우리 동학농민혁명군이 그렇게 우금티에서 관군과 대치하고 있던 어느 날, 전 장군이 나를 부르시더니 서찰을 하나 주시면서, 나주로 가서 손화중 장군께 이 서찰을 전하고, 당분간 거기 머물면서 그를 돕고 있다가 급한 일이 있을 때, 서로 통기하자고 하셨지라. 나는 이것은 아마도 그 전에 내가 나주 담판에 동행했기에 나주 지리를 좀 안다고 생각하신 까닭에 특히 나를 지목해 사자로 보내시는 것이라고 생각했당께. 하지만, 나중에 알고 보니, 만약의 사태에 대비해서 나를 보다 안전한 곳으로 보내놓음으로써 일단 나를 미래의 동학군으로서 살려 두시려던 큰 배려였더구만이라.

나주에서의 일은 나중에 또 애기하기로 하고, 우선 12월 5일(음력 11월 9일)에 우금티에서 벌어진 최후의 결전 애기를 내가 나중에 들은 대로 애기해불 거여. 일본 병관 모리오(森尾雅一) 제2중대장은 견준봉(犬蹲峰)의 능선에 일본 병사들을 계단식으로 배치하고, 공격해 오는 농민군을 향해 개틀링 기관총과 스나이더 소총으로 집중 사격을 가하도록 했지라. 두 차례 접전 후 전 장군이 1만여 명의 군병을 점고하니, 남은 자가 겨우 3천여 명이고, 그 뒤 또다시 두 차례 접전 후 점고하니, 남은 병력이 5백여 명에 불과했다는 것이여. 주로 죽창과 쇠스랑을 든 농민군들이 일본군의 신식 무기를 당할 수 없는 상황임은 명백했지라. 12월 9일(음력 11월 13일))까지 간신히 버티던 우리 농민군은 하는 수 없이 논산이나 전주 쪽으로 물러나지 않을 수 없었고, 12월 24일(음력 11월 28일)에 금구에서 해산하고, 손병희 북접군은 12월 25일(음력 11월 29일)에 임실 갈담사에서 해월 신사를 배알, 모시고 함께 북상했다는 소문이었지라. 나중에 그분들은 충북 영동까지 가셨다고 들었구만이라.

12월 28일(음력 12월 2일)에 순창에서 전 장군이 체포되었다는 풍문을 나주에서 들었응이 당시의 내 낙담과 울분이 이루 말할 수 없었지라.

한편, 남원의 개남 삼춘은 2만 5천의 군사를 이끌고 임실을 거쳐 전주 성내로 들어가 마침 남원 부사로 임명되어 내려오던 이용헌(李龍憲)을 처단한 다음, 금산 읍내를 점거하였으며, 충청도 진잠현(鎭岑縣)을 점령, 그 이튿날에는 신탄진을 거쳐 청주성 앞에 이르렀지라. 12월 9일(음력 11월 13일)에 김개남 장군은 청주성을 공략하다가, 군로실측대(軍路實測隊)를 지원하던 쿠와하라 에이지로(桑原榮次郞) 소위 휘하의 1개 소대의 집중 충격에 허무하게 무너져 패퇴했고, 12월 10일(음력 11월 14일)에는 연산에서 재집결했지만, 일본군에 패하여 논산 및 노성 방향으로 후퇴했다는 소식이 들려왔지라. 그 후 김개남 장군은 태인 산외면 너되[四升] 마을의 매부 집(그러니까 나의 고모님 댁)에 은신했다가 지인이었던 유학자 임병찬(林炳贊)의 밀고로 관군에 체포되어 전주 감영으로 압송된 이틀 후인 12월 29일(음력 12월 3일)에 서교장(西敎場)에서 참수되었다는 통한의 비보가 들려오더구만이라.

근디 말이여, 나주에 대해서 종합적으로 말해 본다면, 나주는 동학 농민군에게는 처절한 패배와 죽음의 피바다로 기억되는 곳이라고 말해야겠당께. 지금도 나주 금성관 앞에 서 있는 금성토평비(錦城討平碑)가 말해 주고 있듯이, 이 기념비는 민종렬 나주목사를 비롯한 수성군이 동학농민군을 여섯 차례의 전투를 통해 모두 성공적으로 토벌하고 평정한 사실을 치하하고 기념하기 위해 을미년(1895년)에 지역 유생들이 세운 비석이잖여. 이 비문으로 보자면, 동학농민군이 어디까지나 나라의 질서를 어지럽히는 비도(匪徒)로만 인식되고 있으며, 비문을 지었다는 기우만(奇宇萬, 을미사변 이후에는 의병장으로 활약)을 비롯한 당대 유생들의 세계관적 한계를 드러내고 있지라.

특히, 1895년 1월 5일(음력 1894년 12월 10일)에 일본군 독립 19대대 1중대(221명)가 나주에 진주한 이래로는 나주 관아가 일본 정토군(征討軍: 동학당을 정벌 토벌하기 위한 부대를 지칭)의 본부가 되고, 미나미 코시로 소좌가 지휘한 정토군은 동학농민군 패잔병들을 호남 서남부 해안으로 몰아 전원 살육할 계획을 세웠지라. 나주목사 민종렬은 미나미 코시로 소좌에게 관아를 빼앗기고 호남초토사의 지휘권도 상실한 채, 객사의 노반청에서 업무를 보았다는데, 나주 목사가 무슨 업무라고 볼 게 아직 남아 있기나 했는지 의문이랑께. 성내의 일본군이 부녀자를 겁탈하고 민간의 재물을 약탈하는데도 민 목사와 우영장 이원우는 속수무책이었다잖여. 더욱이 민종렬은 1895년 2월 21일 제19대대장 미나미 코시로(그는 2월 11일부터는 이미 나주에서의 임무를 마치고 나주를 떠나 북상하고 있었음)에게, "대일본 미나미 고시로 대대장 합하(閤下)"로 호칭하면서, "봄날 추운데 전란의 와중에 객지에서 편안하신지요? 거느리고 계신 수하 군사들은 행군의 여독에서도 별다른 손실은 없는지요? 멀리 공을 향해 그리는 마음은 때로 깊지 않음이 없습니다."라고 편지를 쓰고 있응이, 이게 국록을 먹는 조선 관리의 글이라고는 차마 믿기도 어렵당께.

근디, 앞에서도 나왔지만, 장흥 전투에 참가하고 나주 정토군 본부까지 온 쿠스노키 비요키치 상등병이 1895년 2월 4일(음력 1월 10일) 자 『종군 일지』에 쓴 유명한 대목을 보자면, 나주 남문 밖 400미터 지점에 시체 680구가 산더미를 이루고 있어서, "근처에는 악취가 진동하고 땅에는 사람의 기름이 백은(白銀)처럼 얼어붙어 있었다"라고 하잖여. 이로써, 나주가 우리 동학농민군 영령들에게는 악몽으로 기억되고 있당께.

하기야, 내가 지금 나주를 '영원한 배반의 도시'로 폄하하고 싶은 건 아니지라. 을미사변 이후의 의병 활동, 광주-나주 학생 의거 사건, 3·1혁명, 5·18광주민주화운동 등에서 나주인들이 보여준 의로운 모습도 아울러 기억할 만하지라.

근디 말이여, 나주라면, 내게는 금학헌의 그 밤에 전봉준 장군님의 기지로 간신히 죽음을 모면한 것부터 시작해서 온통 끔찍한 기억들만 상기되는 곳이랑께.

어이쿠, 나주 얘기도 다 못한 채 벌써 날이 새겠네그려. 쉬이 또 볼 게구만이라!

2024년 10월 25일(금)

12. "오심즉여심(吾心卽汝心)!"

아침 일찍 서 시인이 전화했다. "간밤에 완산 녹두님이 나타나셨지요?"

"서 시인한테도 나타나셨나요?"

"예, 잠깐 나타나셨는데, 이제부터는 무명 농민군 지도자가 아니라 김일술 녹두라 불러달라고 하시니, 깜짝 놀랐습니다. 김일술은 선생님의 성함이잖아요?"

"그래서요?"

"제가 당황해서 무슨 말씀인지 다시 설명해 달라고 했더니, 김일술 교수께 물어보면 안다고 하시고는 사라지셨어요. 대체 어떻게 된 거예요?"

"그 대답을 하기 전에 내가 서 시인께 한 가지 물어보고 싶은 게 있어요. 혹시 그동안 진도 사람들이 완산 녹두님이 진도 조도 섬의 박중진이란 분의 유골이라고 주장한 적이 있었나요?"

"제가 얼핏 들은 바로는 진도 사람들이 일부 그런 주장을 했다고도 하더라고요. 하지만, 그분 후손들의 유전자와 완산 녹두님의 유전자를 검사 및 대조해 본 결과 그 친연성이 특정되지 않았단 얘기를 들었습니다."

"아무튼, 진도 출신의 다른 동학농민군, 이를테면 손행권(孫行權) 님이나 김수종(金秀宗) 님의 유골일 가능성도 아예 없진 않겠네요?"

"그렇다고는 생각합니다. 하지만, 여러 우여곡절 끝에 어렵게 전주 완산 투구봉에 모셔진 환국 무명 동학농민혁명군 지도자 영령이니만큼, 모든 동학농민군 희생자의 영령을 대표한다는 의미에서도 무명의 완산 녹두님으로 부르는 것이 가장 좋을 듯합니다. 제가 전주 사람이라 아전인수식으로 생각하는지는 모르겠습니다만……."

"완산 녹두님도 자신이 출신지가 불명한 무명 농민군으로 남은 것에 크게 만족하셨다고요! 그러셨는데, 간밤에는 내게 갑자기 자신이

'편의상 당분간 김일술이 되기로 했다!'고 말씀하시는 겁니다. 간단히 말해서, 자신의 삶을 나와 같은 도강 김가 일족으로 얘기하는 것이 편해서 그러신다는 말씀인데, 나 자신도 참 당황스러웠습니다만, 덕분에 백산에서부터 전주 입성을 거쳐 원평 집강소 시절과 나주 수성군 얘기에 이르기까지 김일술 녹두님의 말씀을 잘 들을 수는 있었어요. 나주로부터 장흥 석대들 전투를 거쳐 진도까지 이르는 얘기는 다음 기회에 들려주시겠다네요."

"말하자면, 김일술 녹두님이 김일술 교수님께 자기 생전의 이야기를 해주신 거네요! 어쩐지 수운의 하느님이 수운에게 나타나 '오심즉여심(吾心卽汝心)', 즉 '내 마음이 곧 네 마음이다!'라고 말씀하신 것과 흡사하게 느껴집니다. '애쓰셨지만 공(功)이 없다가 나도 성공, 너도 득의'했다는 그 대목 말입니다. '내가 바로 너'인 경지인데, 이름이 같은들 무에 이상할 게 있겠어요? 축하드려요! 완산 녹두님이 선생님께 현현하신 것인지, 아니면, 선생님 자신이 완산 녹두님을 강림하시도록 모신 것인지 정말 분간이 잘 안 되네요. 분간이 안 될 정도로 두 분이 한마음이라면, 그게 바로 선생님이 제대로 동학 공부를 하셨다는 방증이 아니겠어요?"

"이것 참, 내가 생각해도 이젠 나 자신이 어느 김일술인지 헷갈려요. 어떻게 생각하면, 완산 녹두님은 내가 동학에 관해서 공부해 가고 있는 만큼만, 말씀하시는 것 같기도 하니까 말입니다, 음력과 양력이 뒤섞여 날짜를 혼동해서 말하는 경우가 더러 있는 것도 두 김일술이 정말 흡사하다니까요."

"그게 어때서요? 이제 전 아무렇지도 않은데요? 그럴 수도 있지요!"

2024년 11월 7일(목)

13. 트럼프와 Y 대통령

　트럼프가 미국 대통령으로 당선이 확정되었다는 TV 보도로, 아침부터 괜히 심란하다.

　게다가 오전 10시에는 Y 대통령이 자신의 부인 K 여사에 대한 특검법 발의에 즈음하여 무슨 기자회견을 한다며, 수준 이하의 '사과' 발언을 잠깐 한 다음에는 온통 자기변명만 늘어놓는 기이한 행태를 보여주었다.

　국내외에서 어쩐지 수상한 인물들이 사람 사는 공동체 마당을 제 멋대로 휘젓고 있는 것 같아서, 역겹고 실망스럽다. 문제는 그들의 언어다. 정성(精誠)이 느껴지지 않는 거짓된 언어의 남발 때문에 그들의 말을 듣고 있으면 골치가 터질 듯하다.

　이런 언어에 휘둘릴 때는 도무지 글을 쓸 수가 없다. 언어가 왜곡된 채 정명(正名)을 잃고 날뛰는 판이니, 무슨 창작이 될까? 다행히도 창작을 단념한 몸이니, 역관의 할 일이나 올바르게 해야 한다. 이런 세월에는 차라리 번역 작업에라도 푹 빠진다면, 그나마 숨을 쉬고 살 수 있으려나?

2024년 12월 3일(화)

14. 청천벽력 — 비상계엄!

　내가 『파우스트』의 번역에 함몰되어 있던 밤, 10시 반 경에 서선숙 시인으로부터 전화가 왔다. 최근에 우리 둘 사이가 꽤 가까워지기는 했지만, 밤중에 서로 전화할 사이까지는 아직 아닌 듯해서, 나는 조금 놀라면서 전화를 받았다.

"선생님, 지금 뭐 하세요?"

"무엇 하긴? 역관이 번역해야지 무슨 딴 일이 있겠소?"

"큰일 났어요! TV를 켜서, 뉴스를 보세요!"

무슨 일인가 싶어서 TV를 켜 보았더니, Y 대통령이 10시 23분에 비상계엄을 선포했다는 자막 방송이 나오고 있었고, 군인들이 창문을 깨고 국회의사당 안으로 진입해서 지금은 회의실로 들어가고자 시도하는데, 국회 사무처 직원들같이 보이는 민간인들이 문 앞에 의자들을 쌓으며 군인들의 진입을 봉쇄하고자 애쓰고 있었다. 국회 건물 바깥에서는 수많은 시민이 군인들과 대치해 있는 위태로운 상황이었다. 비상계엄의 포고문 제1호가 TV 자막으로 나오고 있었는데, 그 제1항은 "국회와 지방의회, 정당의 활동과 정치적 결사, 집회, 시위 등 일체의 정치활동을 금한다"였다. 잠깐 광고 방송으로 넘어갔지만, 자막은 계속 뜨고 있었다.

"파렴치한 종북 세력 척결하겠다!"

"L 민주당 대표, 국민의 협조와 도움을 당부"

"조국혁신당 J 의원, 계엄에 격렬하게 반대"

"H 여당 대표도 몰랐던 계엄선포"

"제1공수특전여단의 무장 병력, 창문을 깨고 국회 본관 진입"

그 절망적인 상황에서도 차츰 나는 어떤 희망의 조짐도 보기 시작했는데, 그것은 한밤중에 국회로 달려온 시민들의 격렬한 저항과 항의에 마주친 군인들의 태도에서 엿보이는 다소 머뭇거리며 주저하는 듯한 기미였다. 그들은 상관의 명령에 따라 마지못해 출동은 했지만, 저항하는 무고한 시민들을 해칠 정도의 전의(戰意)나 살기를 보이고 있지는 않은 듯했다.

여당 의원들의 대부분은 '국민의힘'의 C 원내총무의 지시에 따라 국회 회의실이 아닌 국민의힘 당사로 집결했다는 보도도 떴다. 아무튼, 그사이에 의결 정족수가 충족되어, 국회의원 재석 190명 전원 찬성으로 계엄 해제 요구 결의안이 가결되었음이 선포되었고, W 의장은 "국민 여러분께서는 안심"하시라는 멘트까지 덧붙였다. 천만다행이었다. 참으로 숨 가쁘고 위태로운 시간이 그래도 무사히 지나간 것이었다.

말도 안 되는 이 모든 소동과 혼란 중에서 내가 가장 분노한 것은 "전공의를 비롯하여 파업 중이거나 의료 현장을 이탈한 모든 의료인은 48시간 내 본업에 복귀하여 충실히 근무하고 위반 시는 계엄법에 의해 처단한다"라는 포고문 제5항 때문이었다. 전공의들은 사표를 낸 것인데, 직장에 복귀할 의무가 있을까? 아닌 게 아니라 전공의들이 지난 몇 개월 동안 대통령의 신경에 많이 거슬리기는 했던 모양이지만, 그렇다고 해서 그들이 비상계엄 포고문에까지 언급될 만큼 그렇게도 시급하고 중대한 잘못을 저지른 것일까? 설령 그렇다손 치더라도, 그들을 설마 '처단'까지 하겠단 말인가? '처단'이란 말은 적군에게나 쓰는 엄렬(嚴烈)한 용어가 아니던가! 자신들의 명령을 듣지 않는다고 해서 이 나라의 청년들을 '처단'하겠다는데, 이것이 민주주의 국가의 정치지도자가 자국 청년들에게 사용할 수 있는 단어인가? 도대체 국민에 대한, 이 나라의 미래의 주인공인 청년들에 대한 사랑이 결여된, 무시무시한 협박의 언어가 아닌가 말이다. 이런 단어 하나 제대로 고쳐줄 수 있는 인문학적 인재가 대통령 곁에 없다는 방증이 아닌가! 이런 언어를 쓰고 있는 것 자체가 그 집단의 도덕적 결함을 웅변하고 있지 않은가 말이다! 대통령과 그를 둘러싸고 있는 정치 모리배들이 완전히 이성을 잃지 않고서야 어찌 이런 언어를 쏠 수 있단 말인가? 아무리 다급한 상황이라 해도, 포고문을 이런 식으로까지 거칠게 작성할 수밖에 없는 비인간적 집단이라면, 그 집단은 이 나라를 다스릴 자격이 없지 않겠는가!

아들이 전화했다. 이 밤 중에 어인 전화냐고 내가 짐짓 딴청을 부렸더니, "아버지, TV 보고 계셨네요!? 전 또 아버지가 국회의사당 쪽으로 달려가신 건 아닌가 하고요! 이제 잘 끝났으니, 안녕히 주무세요!"라고 중얼거리며 전화를 끊었다. 녀석이 평소에 곰살갑지는 않지만, 내 걱정을 해주는 아들이 있긴 있었나 보다. 하긴, 어떤 길이든 간에 제 갈 길을 잘 가서 내가 더는 자식 걱정하지 않아도 되는 것만 해도 크게 고마워해야 할 일이긴 하다.

밤이 이미 늦었지만, 이 난리 통에 서 시인이 잠자리에 들었을 것 같지는 않아서 그녀에게 전화해 봤다.
"아, 선생님!" 그녀가 금방 전화를 받았다. "잘 됐지요? 천만다행입니다. 이 무슨 희비극인지요!"
"미친놈이라는 말밖에 다른 말이 떠오르지 않네요! 아, 내 젊은 날, 계엄 또 계엄! 그 끔찍한 악몽들이 다시 현실로 나타났다가 간신히 사라졌네요. 지금이 어느 시대인데, 대명천지 밝은 세상에 이런 청천벽력 같은 미친 짓을 저지르는 비겁한 놈! 비열한 놈! 비루한 놈! 정말 치가 떨려 말이 잘 안 나오네요!"

"고정하소서, 선생님! 어서 그만 주무세요! 뒤처리는 정치하는 사람들한테 맡기시고요! 내일부터는 또 선생님의 일을 하셔야지요. 부디 안녕히 주무세요! 저도 인제 그만 자야겠어요."

2024년 12월 5일(목)
15. 완산 녹두님의 울음

해골로 현현하신 완산 녹두님이 괴로운 신음을 발하시면서 한참 우셨기 때문에 나도 따라 울었다. 한참 그렇게 함께 울다가 잠에서 깨어났다.

그러나, 나는 자리에서 일어나지는 못하고 그대로 누워 있다가 아마도 다시 꿈결로 접어든 듯했다.

"몹쓸 인간이다!" 완산 녹두님이 크게 한숨을 쉬시며 말씀하셨다. 농부의 모습으로 다시 돌아오시긴 했지만, 그 인자하게 보이시던 얼굴과 입술이 모두 파리하게 굳어 보였다. "피와 눈물로 얼룩진 우리 역사가 간신히 제 자리를 잡아가는데, 갑자기 훼방을 놓아 우리 역사 발전을 반세기 가까이 후퇴시켜 놓은 신 매국노다! 자네들, 정신 똑바로 차리고 이 비열한(卑劣漢)과 그의 추종자들의 준동을 막아내야 한다! 피 묻은 이 땅이다! 한 맺힌 이 하늘이다! 여기에 아직도 떠돌고 있는 우리 동학농민혁명군의 영령들을 잊지 말아라! 우리도 자네들을 도울 테니, 부디 이 위기를 잘 극복하도록 해라! 각자위심(各自爲心)하지 말고 항상 수심정기(修心正氣)와 동귀일체(同歸一體)를 염두에 두기 바란다!"

비몽사몽간에 새 아침이 밝았다.

서선숙 시인이 오전에 전화를 걸어왔다. 완산 녹두님이 현현하시어 '신 매국노'의 만행을 타도할 것을 당부하셨다는 고백과 함께, Y 대통령이 또 무슨 짓을 저지를지 알 수 없다는 새로운 우려가 나돌기 시작했다는 소식도 전해 주었다.

내 생각에는 세계 각국의 시선도 우리에게 큰 부담이 될 듯하다. 지난 80년 동안 비교적 단기간 안에 민주화와 산업화를 동시에 이루어 내었다는 좋은 평판을 받아오던 우리 대한민국의 국격이 하루아침에 급격히 추락하고 주가와 환율도 곤두박질을 칠 듯하다.

독일의 내 친구들이 경악과 위로를 담은 이메일을 보내왔다. 믿을 수 없는 일이 벌어졌다며, 너는 괜찮냐고 안부를 물어오니, 무슨 변명을 어떻게 해야 할지 참으로 부끄러운 노릇이다.

이런 어수선한 상황인데도 『파우스트』 강의는 계획대로 했다. 파우스트가 골목에서 그레첸에게 말을 거는 장면에서의 언어 문제를 언급하고, 나아가서는 파우스트와 그레첸의 신분 격차에 대해서 자세한 설명을 곁들이다가, 독일문학사에 나오는 '시민비극(bürgerliches Trauerspiel)'이라는 개념에 대해서도 조금 언급하게 되었다. 최영숙 님의 아드님 신중식 군이 '시민비극'에 대해 진지한 관심을 보이며 질문했다.

"그레첸은 소시민 계층의 딸인데, 파우스트의 신분은 어떻게 규정될 수 있습니까?"

"예, 좋은 질문입니다!" 내가 대답했다. "『전설 '파우스트'』의 파우스트는 연금술사, 즉 과학자로 나옵니다. 말하자면, 소시민보다는 높은 신분이지만, 귀족은 아니지요. 이 사정은 괴테의 작품『파우스트』에서도 마찬가집니다. 파우스트는 학자, 즉 대학교수로 등장하지요. 하지만, '악마와의 계약'을 맺고 회춘해서「길거리」라는 장면에서 그레첸을 유혹하는 파우스트는 귀족 가문의 도련님 옷차림입니다. 파우스트가 내미는 손을 뿌리치고 혼자 귀가한 그레첸 자신도 자기한테 대담하게 말을 걸어온 그 청년을 '귀한 집 도련님'으로 간주하고 순진한 처녀로서 당연히 호기심을 품게 되지요."

"예, 그레첸이 혼자 자기 방에 돌아와서는 파우스트를 두고 그렇게 생각하는 대목이 연이어서 나오더군요. 그렇다면, 그 둘은 애초에 행복한 가정을 이룰 수 없는 관계였네요. 그야말로 '소시민'의 비극으로 끝날 수밖에 없었군요!"

"그렇습니다. 소시민 계층의 딸이 귀족이나 장교의 유혹에 넘어가 아기를 갖게 되고, 결국 '영아 살해범(Kindermörderin)'이 되어 중형을 받게 되는 이런 중세적 비극은 18세기 중엽의 독일문학, 즉 '폭풍우와 돌진(Sturm und Drang)' 시대의 문학에서도 새로이 중요한 모티프로 등장합니다.『파우스트』라는 전체 작품에서 '그레첸 비극'만 떼어놓고 본다면, 이는 레싱의『에밀리아 갈로티』나 쉴러의『간계와 사랑』과 꼭 같은 시민비극이 됩니다. 소시민 계층의 딸 그레첸이 더 높은 신분의 파우스트와의 사랑에서 농락당하고 버림받는 내용이 '시민비극'이라는 '청년 괴테 시절'의 주요 문학 장르라는 것이지요. 1587년에 민중본으로 출간된 『전설 파우스트』에서는, 파우스트의 음행(淫行)과 관련해서 헬레네는 잠깐 언급되지만, 그레첸이라는 인물 또는 그와 비슷한 인물이나 관련 에피소드가 전혀 없습니다. 말하자면, '그레첸 비극'은 괴테가 창작해서 『전설 파우스트』라는 밑그림에다 새로이 집어넣은 18세기의 독일 이야기죠. 이에 대해서는 앞으로도 또 언급될 테니, 오늘은 이 정도까지만 얘기하고, 인제 그만 텍스트 읽기로 넘어가십시다!"

2024년 12월 6일(금)
16. K 특전사령관의 양심고백

    비상계엄 해제 후에 여러 충격적 정보가 쏟아져 나와 국민들은 한편으로는 놀라고 또 다른 한편으로는 혼란스럽다.
    민주당 K 의원의 유튜브에 나온 K 특전사령관의 양심고백에 의하면, 그는 계엄선포 20분 전에 국방장관으로부터 진화로 계엄 사실을 통보받았다고 한다. 그는 국회, 선관위, 김어준뉴스공장을 통제하라는 임무를 받았고, 마침 야간 훈련 중이어서 인원 투입이 다소 유리한 상황이어서 가용 병력을 투입하였는데, 국방장관으로부터 "국회의원들을 본회의장 밖으로 끌어내라!"라는 명령을 받았다고 폭로했다. 그는 자기 판단하에, 실탄 지급을 하지 말 것과 민간인 희생이 없도록 할 것, 그리고 공포탄과 테이저건을 쓰지 말 것을 부하들에게 지시하고, 항명인 줄 알면서도 부하들의 국회 본회의장 진입은 막았으며, 12월 4일 새벽 1시 9분에 임무 중지를 지시했다고 밝혔다.

오늘 국민의힘 H 대표가 한남동 관저로 Y 대통령을 찾아가 회동하고, 오후 2시 30분에 관저를 나왔는데, 회담 내용은 아직 밝혀지지 않은 듯하다. 이 회동에서 또 무슨 엉뚱한 음모가 꾸며졌는지는 곧 드러나게 되겠지만, 왠지 불길한 예감이 든다.

정치란 탁류는 콸콸 흘러 곧 바닷물에 뒤섞여 정화작용을 겪겠지만, 이것을 바라보고 가슴을 조이며 분노한 시인과 작가의 기록은 후세 사람들의 상상 속에 되살아날 것이다. 그래서 시와 소설이 중요한 것이기도 하다.

이런 난세에 '역관'인 나의 역할은 무엇일까? K 교수님의 '역관 기질'만으로는 무엇인가 부족하지 않겠는가? 그래도 일단은 번역이라도 충실히 해서 독문학계에서 다하지 못한 내 마지막 남은 역할을 충실히 감당해 내야 한다. 이런 각오야 당연하지만, 상식을 뒤흔드는 엽기적 정보들 때문에 내 민감한 심기가 몹시 뒤흔들리고 있고 심신이 매우 곤비해져서 도무지 일이 손에 잘 잡히지 않는다. 이때야말로 수운 선생이 말씀하신 '수심정기(守心正氣)'가 필요한 것이리라. 대개는 닦을 수(修)의 '수심정기(修心正氣)'를 말씀하셨지만, 지킬 수(守)의 '수심정기'를 쓰신 적도 있으니까 말이다.

2024년 12월 8일(일)
17. 스웨덴에서의 한강

작가 한강이 노벨문학상 수상을 위해 스웨덴에 가 있는 모양이다.

그녀는 현재 한국이 처해 있는 정치적 치욕을 다소나마 상쇄해 주고 있는, 한국문화의 '등대'일 터이다. 한강이 스웨덴에서 강연하고 인터뷰를 하고 있음으로써 우리는 더러운 수렁에 빠져 있는 우리의 정치적 현실을 잠시나마 초월할 수 있고, 다소나마 위안을 얻을 수 있다.

일찍이 백범 김구 선생께서 부국강병보다도 먼저 '문화대국'을 소망하셨는데, 최근 들어 K-문화의 발상국으로 추앙받는 가운데에 노벨문학상 수상자까지 내어 바야흐로 그 '문화대국'의 문턱에 이르자, 안타깝고 슬프게도, 못난 정치가 기어이 우리의 발목을 잡고 늘어진 것이다.

그럴수록 고맙다, 한강이여!

그대가 거기서 제기하고 있는 물음, 즉, "죽은 자가 산 자를 도울 수 있는가?"라는 물음은 평범한 언어로 세계인들을 깜짝 놀라게 한 그대의, 그리고 이 땅에 사는 사람들 전체의 고귀한 문제 제기다. 그것은 광주 5.18민주화운동 등 집단 수난을 겪은 사람들이 사는 이 땅에서만, 그 지령으로부터만 얻을 수 있는 지혜이다, "과거가 현재를 도울 수 있다", 그리고, "죽은 자가 산 자를 구할 수 있다"라는 그 평범하면서도, 듣는 사람으로 하여금 감동을 금할 수 없게 만드는 그대의 그 지혜로운 말 말이다! 그것은 이 땅이 겪어온 수난의 역사를 가장 쉬운 말로 표현한 금언이다.

스웨덴 청중 중의 어느 부인이 말했다지? — 한국이란 조그만 나라에 역사적 사건들이 그렇게 많을 줄은 미처 몰랐다고! 작가 한강이여! 그대의 고국 한국에서는 과거가 현재를 돕고, 광주에서 스러져 간 영령들이 여의도의 시민들을 구했다는 믿을 수 없는 역사의 기적을 스웨덴인들에게, 아니, 세계인들에게 잘 설명해 주렴!

2024년 12월 9일(월)

18. '다시 개벽'의 조짐이다!

　2024년 12월 7일 저녁, 여당인 국민의힘 의원들이 대통령 탄핵 표결에 고의로 단체 결장함으로써 우리 국회는 Y 대통령 탄핵을 아직도 가결하지 못하고 있다. 그래서, 우리 대한민국의 국제 신인도를 회복할 절호의 기회를 놓쳤다.

　수많은 국민이 의회 밖에서 'Y 탄핵'을 외쳤건만, 국민의힘 의원들은 '국민'의 의사를 무시하고 자신들의 안위와 권력의 향배에만 함몰되어 기어이 '국민의 적'처럼 행동하고 있다.

　어제는 마침 점심 약속이 있어서 식사 후에 함께 여의도 집회장으로 가고자 했으나, 일행들이 80을 넘은 내 고령을 이유로 만류하는 바람에, 감기기도 있는 데다가 입고 있는 의복도 시위를 함께하기에는 좀 허술한 듯해서, 하는 수 없이 혼자 집에 들어와 TV를 보고 있었다. 그러던 나는 국민의힘 소속 국회의원들의 그 어이없는 '국민 배신극'을 보고 분해서 누선이 뜨거워지는 것을 어쩌지 못했다.

　애써 이루어 온 우리의 '국격'이 와르르 무너져 내리는 소리를 듣는 것만 같았다. 틈틈이 애써 독일인 친구들의 우정을 얻었고 그들에게 우리 역사와 문화를 이해시키려 했던 독문학자로서의 나의 수십 년 동안의 작은 적공(積功)들도 깡그리 다 묻혀버린 느낌이다. 허망하기 이를 데 없다.

　오랫동안 대학 강단에서 문학과 언어에 대한 감수성을 가르쳐 온 나의 책임도 통감하지 않을 수 없다. 지금 내 심정 같아서는, 늙고 가치 없는 이 목숨을 유익하게 바칠 곳을 찾아 어디론가 나서고 싶지만, 문제는 내가 그럴 만한 인물조차 못 된다는 데에 있다.

누가 무슨 변명을 어떻게 하더라도, 이번에 Y 대통령이 저지른 비상계엄 선포와 그에 따른 국회 점령 시도는 명백하고도 중대한 국기 문란 범죄행위였다. 계엄령 선포에 대한 해제권이 있는 국회의 활동을 즉각 전면 금지한다는 계엄 포고령 제1항은 명백한 헌법 위반이고, 국회의장, 여당 및 야당 대표, 야당 원내 대표, 조국혁신당 J 의원, J 국회법사위원장 등등을 체포, 불법 감금하고자 시도했던 정황이 추가로 드러난 마당에는 '내란죄'의 혐의도 명명백백하다.

이런 '결손' 인격체를 대통령으로 선출한 것은 우리 국민 전체가 저지른 통한의 패착이다. 지금 우리 국민이 당면해 있는 문제는 이 위험한 '결손' 인격체를 대통령이라는 그 막강한 권좌에서 어떻게 '끌어내릴' 것인가 하는 방법과 절차인데, '국민의 적'임을 스스로 입증한 국민의힘의 H 대표는 한남동 대통령 관저에 다녀와서는 지금까지 꼭두각시의 역할에 충실해 왔던 H 국무총리와 잘 협의해서 이 난국을 수습하겠다고 한다. 희대의 '꼼수'다. 임시변통을 하려는 Y 대통령, 국민의힘 H 대표, 그리고 H 국무총리 등 3자의 대국민 사기극임이 확실하다. 대통령이 '내란죄'로 물러나야 하는 마당에, 어떻게, 무슨 권능으로 여당 대표와 국무총리가 협의해서 정국을 이끌겠단 말인지 도대체 헌법적 근거가 전혀 없는 헛소리다.

당장 죄인을 체포, 구금, 기소하는 한편, 민주적 절차에 의한 대선에 돌입해야 한다. 도대체 무슨 '헌법에도 없는' 술수를 쓰려는 것인가? 국가와 사회의 대혼란을 막겠다는 명분을 내세우고 있지만, 가장 확실하고도 명예로운 수습 방법은 비민주적 범죄를 저지른 대통령을 끌어내리는 것이며, 이것만이 대한민국의 국제적 신인도를 회복하는 유일한 길이고, 경제 전반을 정상적으로 회복하는 가장 신속한 방책이다. 그리고, 이것만이 우리 대한민국 국민의 민주 역량을 세계에 보여주고, 세계인들이 보기에 우리 대한민국이 그나마 민주주의 국가로서 다시 인정받을 수 있는 유일한 길이다.

'국민의 적들'은 혼란을 빙자하여 범법자의 남은 임기를 국민으로부터 도둑질하려는 간교한 술책을 즉각 중지해야 한다.

이 슬프고 혼란스러운 시국에도 기쁜 소식이 없지 않다. '보수의 텃밭'이라는 대구의 '딸들'이 아버지들이 지난 대선 때에 잘못 찍었던 표를 상쇄하겠다며 분연히 궐기했다는 소식이 들린다.

노인으로서 젊은이들에게 참으로 염치없고 미안하지만, 고마운 일이다. 이것은 우리 대한민국의 희망을 다시 보여주는 '다시 개벽'의 조짐이다.

이들 꽃다운 청년들에게 또 계엄군의 총부리가 겨누어져서는 절대로 안 된다. 만약 또 그런 상황이 다시 온다면, 이 나라의 모든 구세대들은 그들보다 앞서 목숨을 내어놓을 각오를 해야 할 것이다. 한참 구세대인 나와 같은 노인은 제일 먼저 총구 앞에 나아가서 죽어야 할 것이다. 적어도 그럴 각오로 나는 이 글을 쓴다.

(2024년 12월 9일 페이스북에 올린 글)

시국 상황 메모:
1) 민주당에서는 14일에 다시 탄핵 투표를 하겠다고 공표하고 있고, 검찰과 경찰, 공수처 등 3개 기관은 계엄에 따른 범죄를 서로 수사하겠다며 경쟁을 벌이는 형국이다. 현재, 검찰은 K 전 국방장관을 구

금해 놓고 수사를 진행하고 있는 상황이고, 경찰은 '내란죄'는 자신들의 담당임을 주장하고 있으며, 공수처는 경찰과 검찰의 수뇌부에는 이번 내란수괴의 공범들이 너무 많이 포함되어 있기에, 공수처 자신들만이, 부족한 인력이지만, 공정한 수사를 담보할 수 있다고 주장하고 있다.

2) 30대도 꼰대다! ― "아저씨들 무대에서 좀 내려오세요. 우리가 할게요!" 10대와 20대, 그리고 '청녀(靑女)들'이 시위의 주인공들이었다는 보도다. 세월호 참사와 이태원 참사를 겪은 '아이들'의 분노가 이제야 폭발하는 것일까? 촛불 대신 발광다이오드(LED)의 불빛과 아이돌그룹 응원봉과 각종 야광봉 등이 국회 앞을 형형색색으로 물들이고 있다. 집회를 주도하는 이들이 젊은 세대로 바뀌었고, 시위도 응원봉을 들고서 노래와 춤으로 축제를 벌이는 듯한 양상을 띠게 되었다. 어떤 사람은 벌써 '응원봉 혁명', 또는 '빛의 혁명'을 운위하기도 한다.

3) 탄핵 시위에 나온 어느 대학원 학생은 "더는 미룰 수 없다, 나의 논문 너의 탄핵!"이라는 문장을 쓴 깃발을 들고 다녔다는데, 논문에 쫓기면서도 집회에 나올 수밖에 없는 청년 학자의 기막힌 상황을 이보다 더 재치 있게 표현하기도 어려울 듯하다.

2024년 12월 10일(화)

19. 근왕(勤王)주의자와 혁명가의 동행

놀라지 말아라잉, 나야 나, 자네의 먼 친척 김일술!

II. 역관 일지 89

김일술 교수가 '다시 개벽의 조짐'이라는 글을 썼던데, 고맙구만이라! 갈피를 잡지 못하고 허둥대는 이 땅 사람들한테 길을 바로잡아주긴 혔응이!

오늘은 우리 둘의 공동의 친척 김개남 녹두에 대해 조금 얘기할 테니 들어보래잉.

내 삼춘의 호적상의 이름은 영주(永疇)였고 아명(兒名)은 기선(琪先)이었으며, 개남으로 개명하기 이전의 이름은 기범(箕範)이었지라. 동학에 입도하고 난 30대 후반의 어느 날 꿈에 신령이 나타나 손바닥에 '開南'이란 두 글자를 써 보였다고 했지라. 잘못된 세상 바로잡고 남녘 땅을 새로이 열라는 의미로 알아듣고, 그때부터 '개남'이라고 이름을 바꿨지라.

개남 삼춘은 성격이 괄괄해서 그 명령이 한번 떨어지면 꼭 그걸 실천해 놓아야 했기 때문에, 난 삼춘을 따라다니면서도 늘 무섭고 불안했당게. 백산 결진 때에 호남창의대장소(湖南倡義大將所)에서 내가 총관령(總管領) 김개남 장군의 막하에서 전봉준 장군한테로 옮긴 것은 이미 말했지라. 지금 생각하면, 조카로서 삼춘의 엄한 명령을 수행하는 답답하고 위태위태한 혈연관계에서 좀 벗어나서 대의를 위해 심복할 수 있는 지도자를 따라가고 싶었던 것 같당게. 전주화약이 성립되어 동학군이 전주성에서 철병할 때, 나는 개남 삼춘을 따라 남원 쪽으로 가지 않고 원평집강소 일을 돕겠다고 자원했다는 말은 이미 했잖여.

근디, 지금 생각하면, 그때 내가 개남 삼춘을 따라 남원으로 갔더라믄, 우리 동학농민혁명군의 향후 협력과 판도가 좀 달라졌을 수도 있지 않았을까 싶당게. 내가 삼춘을 도우면서, 삼춘의 급한 성격과 과격한 행동을 다소 진정시킬 수 있지 않았을까 하고 생각하는 것이여.

사실, 개남 삼춘과 전봉준 장군은 성격도 많이 다르고 전주화약 뒤로는 추구하는 목표도 다소 달라졌단 말이지라. 전 장군은 깊은 학식을 갖춘데다 침착, 신중한 데에 반하여, 개남 삼춘은 판단이 너무 빠른데다가 한번 결심하면 돌이키기가 어려웠지라. 또한, 일본군이 7월 23일(음력 6월 21일)에 경복궁을 점령한 이래로는, 두 분의 목표에도 다소 차이가 생겼지라. 1890년대 초에 한양에서 잠시 대원군의 식객으로 지낸 적도 있으셨던 전 장군은 어떻게든지 고종 임금을 도와 사직을 지키려는 근왕주의적(勤王主義的) 입장이었던 반면, 개남 삼춘은 대원군이든 고종이든 혁파 대상으로만 보는 혁명가적 입장이었지라. 근디 말이여, 세상 사람들이 흔히 짐작하듯이, 두 분이 서로 질투하면서 세를 다툰 것은 전혀 아니었당께.

아무튼, 내가 여기서 말하고 싶은 것은 김개남 군대의 혁명적 성격이지라. 12월 9일(음력 11월 13일) 김개남 군대가 전주성에 입성하자 마침 부임 중이던 신임 남원부사 이용언(李容彦)을 처단했는데, 이런 과격한 처사는 김개남 군대에 대해 민심이 이반하는 원인이 되기도 했지라. 만약 내가 삼춘의 휘하에 있었드라면, 이런 처사를 다소는 완화시킬 수 있지 않았을까 하는 괜한 후회도 한당께.

근디 말이여, 혁명 수행 중인데, 부임하는 탐관오리를 그냥 두는 것도 문제는 문제지라! 여기서는 그만 내 마음도 흔들리는구만이라!

아무튼, 지금 생각해 보면, 두 분 다 자체적으로 한계를 지니고 계셨다고나 할까, '혁명'의 지도자로서는 다소 문제가 있었는데, 그것은 그들이 서울까지 치고 올라가 무력으로 중앙 정권을 잡았다 치더라도, 나라를 다스릴 자체 역량을 갖추고 있지 못했을 뿐만 아니라, 서울에서 이 혁명 세력을 지지해 줄 만한 인물들도 없었던 게지라. 기껏

해야 전봉준 장군이 대원군과 약간의 친분관계를 지니고 있었다는 것 정도인데, 문제는 대원군도 그 당시에는 이미 한물간 구시대적 인물이잖여.

손화중 장군도 이 점에서는 마찬가지든지, 아니면, 더 큰 문제점을 지니고 있었던 것 같당께. 이를테면, 전 장군과 손 장군 두 분이 나중에 연달아 피체되어, 나주 감옥에 수감되었을 때, 손 장군이 민종렬 나주목사께 자신을 '소인'이라 칭하며 머리를 조아리자 전 장군이 이 꼴을 보고는 버럭 역정을 내며 이런 비겁한 자와 동사(同事)를 해왔다며 한탄했다는 일화도 있으니 말이제. 그러니, 손 장군은 전 장군보다도 더 유약했다 할 것이구만이라. 하긴, 뭐, 세 분이 그렇게 한 팀을 이루어 동학농민혁명군을 이끌어 왔었던 것이고, 그래도 늘 전 장군이 그 중심을 잡고 균형을 잃지 않으려고 애쓰셨다고 할 것이여.

오늘은 이 정도로 내 얘기를 끝낼랑께, 자네는 일단 잠이나 푹 자두소!

2024년 12월 12일(목)

20. 실존주의와 동학

'안더나흐의 추억'에 서선숙 시인과 그녀의 딸 김희경 양을 초대해서 함께 저녁 식사를 했다. 서 시인께 좀 더 가까이 다가가고자 하는 내 마음을 보여주기 위해 내가 모녀를 함께 초대한 자리였다.

희경 양은 어머니를 많이 닮았는데, 특히 그 눈빛이 그윽하게 아름다웠다. 어머니보다 말수가 적은 편이었지만, 묻는 말에는 수더분하고 무난한 대답을 곧잘 했다. 딸하고 나란히 앉고 보니, 오히려 서 시인이 말수가 줄어들면서 약간 딸의 눈치를 살피는 듯 신중해졌다. 좌중을 어색하지 않게 만들려는 생각에서였던지 희경 양이 먼저 내게 질문했다.

"혹시 실존철학에 대해 좀 설명해 주실 수 있으신가요? 제가 말만 철학과 학생이지, 철학과에 다닌 지가 벌써 1년이 다 되어 가는데도, 철학이 어렵게만 느껴집니다. '1950년대 말 한국철학계의 화두 실존철학'이란 제목으로 리포트를 써야 하는데, 제게는 우선 '실존(實存)'이란 한문 개념 자체가 머리에 잘 들어오지 않아서요. 현대에는 인간이 이 세상에 '내던져진 존재'에 불과하다든가, 현대 인간의 '형이상학적 무숙성(無宿性)' 등 어려운 말이 많이 나오던데, 저로서는 너무 골치가 아파서, 바람이나 좀 쐬려고 어머니를 따라나선 것이랍니다."

"아, 그래요?" 내가 대답했다. "우선, 니체가 '신은 죽었다'라고 말한 이래 서구인들의 현대, 즉 서구 기독교인들의 종교적 상황을 머리에 떠올려 보는 것이 중요해요. 신이 이 세상을 창조하시고, 또 그 창조 이후에도 계속해서 우리 인간들의 삶을 두루 섭리하신다는 믿음이 갑자기 깨어져 버린 것입니다. 그래서, 서구인들은 자신이 하느님의 정신적 보호와 인도를 더는 받지 못하고 고아처럼 이 세상에 '그냥 내던져진 존재'로 느끼기 시작했다는 것입니다. 즉, 현대인은 실존적 결단을 통해 이제부터는 자신의 갈 길을 스스로 결정해 나가야 한다는 말이지요. 다시 말하자면, 현대인이 신의 인도(引導)와 보호를 잃은 '고아와 같은 존재'가 되어버렸다는 말인데, 이 상황이 바로 조금 전에 김 양이 말한 '형이상학적 무숙성'이라는 것입니다. 인간이 형이상학적으로, 즉 철학적, 정신적으로 편안히 잘 곳이 없게 되었단 말이지요."

"무숙성이란 게 그런 뜻이에요?" 서 시인이 끼어들며 물었다. "참 어렵게도 말하는군요, 서양의 철학자들은!"

"철학자들은 자기들 나름대로 현대인의 곤란한 상황을 잘 표현하고자 한 것인데, 그것을 우리나라 철학자들이 중간에서 잘못 번역한 탓도 있어요. 'Obdachlosigkeit'란 독일어는 원래 '비바람을 막아주는 지붕(Obdach)'이 '없음(-losigkeit)'을 뜻하는데, '무숙성'이라기보다는 '노숙성(露宿性)'이라 번역하면, 이해하기가 한결 더 쉬울 것입니다. '형이상학적 노숙성'이라면 바로 '철학적 노숙상태'로 이해될 수 있잖아요. 간단히 말하자면, 신의 보호를 '지붕'으로 여기고 현실에 몰아치는 '풍우'를 피하며 살아오던 서구인들이 갑자기 신의 계시나 인도가 없어지니, 자신을 '정신적 노숙자'처럼 느끼게 된다는 말이지요."

"아, 그게 그 말이에요?" 서 시인이 물었다. "그럼, 우리 동양인, 특히 한국인에겐 별로 절실하지도 않은 문제잖아요? 우리한테야 그런 절대적 신, 유일신이 없고, 부엌에도, 광에도, 변소에도, 대문에도 신이 있고, 산에도, 들에도, 동구 앞 느티나무에도, 도처에 신이 있으니, 우리가 갑자기 무슨 '정신적 노숙자 신세'가 될 리도 만무하잖아요?"

"바로 그 점입니다!" 내가 말했다. "실존주의 철학은 그야말로 현대 서구 기독교인들의 철학이고 서구 기독교인들의 정신적 고민에서 나온 철학이지, 이 땅의 사람들에게 절실한 철학은 아니었습니다. 1950년대 말에 우리 철학계를 휩쓴 화두였으나, 실은 우리한테 절박했던 그 당대의 현안 문제들에서 좀 벗어나 있던 화두였습니다. 하긴, 1950년 한국전쟁 발발 이래 모두가 살기 어렵고 우리의 삶을 지탱해 오던 윤리적 가치가 뒤흔들려서 모두들 정신적으로 방황하던 '한국적 실존 상황'이 아예 없었다고 단언할 수는 없지만서도요."

"아, 정말 감사합니다!" 희경 양이 말했다. "지금 학기 말 리포트를 쓰다가 잘 안 풀려서 그냥 나왔는데요, 큰 도움이 되었습니다! 철학이란 학문에서는 핵심 열쇠 개념을 모르거나 잘못 이해하게 되면, 엉뚱한 광야를 헤매게 되는 것 같아요!"

"그런 경험 자체가 또한 인문학도로서는 매우 소중하지요!" 내가 말했다. "인문학이라 하면, 일반적으로 문학, 사학, 철학 등 3개 분과를 말하는데, 실은 이 3개 분과가 별개의 학문이 아니라, 그 대상이 원광석(原鑛石)에서처럼 서로 섞여 있어서, 학문 영역을 서로 명확히 구분하기가 쉽지 않습니다. 인문학 중에서도 특히 어문학, 그중에서도 또 특히 언어에 대한 민감성이 중요하지요. '노숙성'이라고 하면 단번에 이해가 되는데, '무숙성'이라 하면, '잠이 없다'는 의미가 되니까 아예 틀렸다고 할 수는 없지만, 청자(聽者)나 독자를 약간 엉뚱한 방향으로 인도하여 안개 속에서 헤매게 만들지요. 그 잘못된 각도가 처음에는 미미하지만, 그 결과의 편차는 엄청나게 커진단 말이에요."

"그렇다면," 서 시인이 말했다. "그 굉장한 기세로 이 땅의 지식인들을 주눅 들도록 했던 그 실존주의 철학도 결국 이 땅에서 생겨난 동학사상보다도 못한 것 아니에요?"

"못하다기보다는," 내가 말했다. "그 시의성과 중요성이 우리한테는 많이 떨어진다고 해야겠지요! 이 땅에서 생겨난 우리 철학인 동학만큼 실존주의가 우리한테 절실하게 다가오기가 원천적으로 어렵단 말입니다! 수운이 무너져 가는 조선 왕조를 보면서 창도해 낸 이 땅의 평등사상, 즉 반상(班常), 양천(良賤), 적서(嫡庶), 남녀, 빈부의 차별을 모두 철폐하여 '사람 섬기기를 하늘 섬기는 것과 똑같이 함'[事人如天]으로써, '나라의 운세를 바로잡고 백성들을 평안하게 하자[輔國安民]'고

한 것이 바로 동학사상, 즉 1860년대 초의 이 땅에 가장 필요한 복음이었습니다. 그래서, 전봉준, 손화중, 김개남, 김덕명, 최경선 장군님과 이름 없는 수많은 '녹두님들'이 이 복음에 화답하여 동학농민혁명을 일으켰고, 이 혁명의 기운이, 대륙을 탐하는 제국주의 일본의 신진 외교 세력 및 육군 세력과 이 땅 위에서 장렬하게 맞부딪히는 것입니다. 그 가열한 싸움에서 동학사상이 지는 것은 스나이더 소총과 개틀링 기관총 때문이지 그 사상이 취약해서 진 것이 아니었지요! 그러니까, 우리도 이제 자주포를 가지고 있고 방산 무기를 수출하는 이 시대에는 동학사상이 그 어느 사상과 견주어도 밀리지 않을 겁니다, 아마도!"

"말씀 중에 죄송하지만, 저 먼저 집에 들어가도 돼요?" 희경 양이 자리에서 일어서면서 내게 물었다. "어서 집에 들어가서 쓰다 만 리포트를 고쳐서 완성하고 싶어서요!"

"얘야, 희경아, 같이 가야지!" 서 시인이 말하면서 자리에서 일어났다. "그래야 택시비라도 절약할 수 있고……. 선생님, 고맙습니다, 잘 먹고 좋은 말씀도 잘 들었습니다."

"어이쿠, 이것 참!" 나도 자리에서 일어서면서 말했다. "나라는 이 서생은 미련하게도 쓸데없는 얘기를 늘어놓다가, 이렇게 모녀분을 한꺼번에 놓쳐 버립니다그려!"

2024년 12월 14일(토)

21. Y 대통령 탄핵소추안, 국회에서 가결

토요일 오후여서 서선숙 시인과 성북천을 거닐기로 했다.

성북천이 청계천과 만나는 합수 지점에서 잠시 쉬던 중 핸드폰을 들여다보던 서 시인이 갑자기 환호성을 질렀다. 재석 204표 중 찬성 185표로 Y 대통령 탄핵소추안이 국회에서 가결되었다는 소식이 SNS로 전해진 순간이었다.

아직 어둠이 찾아오지 않은 초저녁 하늘에 마침 보름달이 중천에 높이 떠 있었다. 불요불급한 비상계엄을 선포하여 친위쿠데타를 일으켰다가 실패한 대통령을 탄핵하는 이 자명한 과정이 그렇게도 어려운 것이었던가! 아직도 삼부(三府) 요직 곳곳에 도사리고 있는 Y 대통령의 수족들과 그들을 무조건 지지하는 이른바 '태극기 부대' 등 탄핵 반대 세력이 워낙 완강하게 저항해 온 탓이기도 하지만, 사태가 이렇게 어렵게 진행된 가장 큰 원인은 아무래도 Y 대통령 자신한테 있는 듯하다. 친위쿠데타를 일으켰다가 실패했으면, 깨끗이 자신의 죄를 인정하고 한발 물러나서 사과하는 최소한의 '기개'라도 있어야지, 이건 뭐 '끝까지 싸우겠다'니, 그 기질의 저열함에 기가 막혀 말이 나오지 않을 지경이다. 역사의 죄인이 반성은커녕 권력에의 복귀를 노리고 있는 모양이니, 일국의 대통령까지 된 사람치고는 너무나 비굴하고 비열하며 비루해서 그야말로 사람들의 말문을 꽉 틀어막아 버리는 형국이다.

"선생님, 조급해하실 필요가 조금도 없어요!" 서 시인이 말했다. "시간이 해결해 줄 겁니다. 그냥 편안한 마음으로 관망하시면서, 번역이나 열심히 하시지요."

"그게 말처럼 그렇게 쉽게 되나요?" 내가 대답했다. "누가 봐도 명백한 죄인이 어딘가 미련을 갖고 권력에의 복귀를 노리고 있는 듯한 데다, 그를 아직도 추종하고 떠받드는 여당 국회의원들이 너무나 많아서, 그들의 시대착오적 처신을 보자면 저절로 분노와 한탄이 터져 나오고 맙니다. 다 내 수행이 부족한 탓이기도 하겠습니다만……."

"저라고 왜 그런 마음이 없겠어요? 하지만, 간밤 꿈에는 완산 녹두님도 저에게 차분하게, 보다 장기적으로 대처할 것을 주문하셨어요. 그런 말씀 중에는 선생님을 좀 잘 진정시켜 드리라는 당부도 있었답니다."

"그래요?" 내가 물었다. "이제는 완산 녹두님이 우리한테 따로따로 현현하시기도 하나 봅니다?"

"예, 그렇다는 걸 전 벌써 알아차렸는데요? 하긴, 늘 동시에 현현하실 필요까지야 없지 않아요?"

"일전에 나한테 현현하셔서는 번역에만 몰두할 게 아니라 현실을 직시하고 항상 현실의 추이에 관심을 가질 것을 주문하셨지요. 그런데, 서 시인한테는 약간 다른 말씀을 하셨네요?"

"매사에는 절도(節度)가 있어야 하니까요." 서 시인이 말했다. "선생님께는 현실에 더 많은 관심을 가지라고 하셨다지만, 제게는 선생님이 적당한 선을 지키셔서 건강을 해치시지 않도록 도우라는 말씀이었답니다."

"고마운 말씀이지만, 그 적당한 선이 늘 문제지요. 현실에 대한 관심이 부족하면 '은자(隱者)의 길'이 되어 버리고, 너무 많은 관심을 가져도 과유불급(過猶不及)이니 말입니다."

2025년 12월 17일 (화)

22. 「어떤 대화」

갑: 어느 소설에 이런 대목이 있어. 한번 들어볼래?

지금 집권자들에 대해서 내가 가장 나쁘다고 생각하는 점은 그들이 국민을 위해 꼭 달성하고자 하는 간절한 꿈, 즉 정치적 프로젝트가 없다는 사실이다. 그들은 오직 자기들의 지위와 권력의 유지, 그리고 이권의 추구가 목표일 뿐인 듯 보인다. 그래서, 그들에게는 여소야대의 국회조차 전혀 문제가 되지 않으며, 그들은 다수 의석인 야당과 타협할 필요성을 전혀 느끼지 못한다. 아무런 전향적 프로젝트도 없이 자신들의 권세 유지만 꾀하는 이런 쾌씸한 정권은 정말 처음 본다.

을: Y 정권에 대한 비판인가 보네! 언제 나온 소설인데? 출간 시점이 중요하지!

갑: 지난 6월 초에 출간된 작품인데, 12 · 3 비상계엄 사태보다 딱 6개월 전에 나왔군그래!

을: Y 정권의 속성을 진작에 정확히 짚긴 했군그래! 허긴, 그런 인식 정도는 그 당시에 이미 다수 시민이 갖고 있긴 했지. 무슨 해코지를 당할지도 모를 위험성을 무릅쓰고 그걸 작품에 써서 출간한 건 물론 가상하지만, 그걸 썼다고 해서 실제로 뭔가 달라진 게 없잖아! 더는 신이 이끌어 주시지 않는 '형이상학적 노숙성'의 시대에 루카치가 소설에 부여한 '전망성'이 잘 제시된 것도 아니고, 그건 그냥 현실에 대한 비판 정도에 그쳤군!

갑: 응, 그건 그래. 아무튼, 이제 소설이란 걸 써 세상에 내어놓아 봤자 읽어 주는 독자도 거의 없어! 현실이 소설보다 더 흥미진

진한 드라마니까 말이야.

을: 그렇지만, 2024년 6월에 이미 그런 비판적 견해를 소설 안에 표출해 놓은 작가가 누군지, 그 소설의 제목이 뭔지 정도는 알고 싶기는 하네.

갑: 그다지 유명하지 않은 무명작가야! 어쩌다가 우연히 내 손에 들어온 소설이라 그저 한번 훑어보다가 마침 눈에 띈 대목이지. 작중 서술자가 현직 대통령과 그 수하들을 가리켜 '괘씸하다'라고 말하고 있는 걸 보면, 꽤 나이가 든 작가 같기도 하고…….

을: Y가 친위쿠데타를 일으켰다가 실패한 지금은 '괘씸하다'는 말도 이미 맞지 않네그려! 자기 마음에 들지 않는다고 야당 국회의원들과 비판적 민주 시민들을 '종북좌파'로 몰아 '척결'하겠다며 비상계엄을 선포했다가 실패했잖아. 어차피 소설은 이제 한물갔어. 현실이 소설보다 더 엽기적이니 말이야.

갑: 그러니, 이제 나도 이놈의 소설 공부를 집어치울 때가 된 듯하이. 하지만, 어차피 배운 '도둑질'이 이것뿐이라 이런 걸 아직도 공부라고 하고 있다네. 금수(禽獸)와 악귀들이 판을 치는 세상이니, 시나 소설이란 게 무슨 힘이 있겠어?

을: 여보게, 너무 비관하진 말게! Y 같은 비열한이 생기는 것도 결국 따지고 보면 그런 법비(法匪)들이 고시 공부하느라 법전 뒤적여 본 이래로는 책이라곤 전혀 안 읽은 탓 아니겠나 싶으이. 그래도, 이 사람아, 자네 같은 지식인이 눈 똑바로 뜨고 정의의 편에 서줘야 하지 않겠나?

2024년 12월 21일(토)

23. H 대통령권한대행의 월권

　국회에서 탄핵소추안이 가결되어, 한남동 대통령 관저에서 헌법재판소의 탄핵 인용을 기다리고 있는 Y 대통령의 처신이 구차스럽고 비겁해서 많은 민주 시민들이 속을 끓이고 있다.
　아직도 대통령 관저에 들어앉아 경호실의 보호를 받고 있으면서, 공수처의 소환장이나 헌법재판소의 공문 수취를 거부하고 있는 Y 대통령에 대해 담당 수사 기관과 헌법재판소의 속수무책이 안타깝다.
　탄핵소추안 가결까지는 간신히 달성했지만, 그 뒤의 여러 공적 조치들이 '지리멸렬한' 가운데에 주가가 폭락하고 환율이 하락하고 있어서 민주 시민들의 마음이 탄다.
　이런 판국에 대통령권한대행 H 국무총리는 민생법안에 거부권을 행사하는 한편, 대통령의 요식행위에 불과한 3명의 헌법재판관 임명을 보류하는 등 구정권의 입장을 그대로 견지하고 있다. 아, 이 나라가 상자 어니도 사려는가?

2024년 12월 22일(일)

24. '남태령 대첩'

　오늘 새벽 4시경에 완산 녹두님이 내 꿈에 현현하셨다.
　"이겼다! 130년 만의 승리로구나!" 완산 녹두님이 말했다. "우금티에서, 구미란에서, 장흥 석대들에서 계속 지기만 하다가 진도까지 쫓겨갔던 우리 농민군이 130년 만에 마침내 남태령을 넘었네. 개벽이야! 암, '다시 개벽'이지!"

이상하게도 이 말만 기억나고, 내가 무슨 대답을 했는지는 기억이 잘 나지 않는다. 해골의 형상이었는지 녹두관의 흉상 모습으로 나타나셨는지조차도 기억나지 않는다.

내가 다시 잠이 들었다가 깨어났을 때는 이미 아침 9시가 훨씬 지나 있었다. 나는 커피를 끓이다가 꿈 생각이 나서 서 시인에게 전화를 걸었다.

"아, 선생님, 새벽에 완산 녹두님이 나타나셨지요?" 서 시인이 물었다. "당연히 남태령 대첩 때문이겠죠. 완산 녹두님이 참 기뻐하셨지요?"

"서 시인도 완산 녹두님을 보셨나요?"

"물론이죠! 그래서 저도 전화드리려다가 어차피 오늘 저녁에 만나 뵙는다 싶어서……. 실은 희경이가 남태령에서 밤을 꼴깍 새고 이제야 집으로 들어서는 바람에……."

"희경 양이요?" 내가 놀라서 물었다. "10대와 20대의 '청녀'들이 어디 따로 있는 게 아니라 바로 우리 곁에도 있었네요!"

"이따 저녁에 봬요! 희경이도 기꺼이 함께 가겠대요. 선생님의 그 '형이상학적 노숙성'이라는 개념 설명 때문에 그 애가 갑자기 선생님의 광팬(狂fan)이 됐어요!"

"겸연쩍어하며 오지 않으려고 할 것 같아서 걱정이었는데, 참 잘됐네요. 이따 저녁에 봐요!"

"사람들 많은 파티에 초대하시는 것도 좋지만, 이번 월요일 점심

때, 단둘이 좀 만났으면 좋겠어요. 꿈도 서로 좀 비교해 보고······."

"그날 점심때에는 약속이 있어요. 정년퇴임하는 후배들을 만나기로 오래전부터 약속이 되어 있거든요. 일단 오늘 저녁에 만나, 상의하십시다!"

매년 이맘때에 나는 내 우거인 낙도재(樂道齋) 근처에 있는 이탈리아식 레스토랑 겸 카페 '안더나흐의 추억'에다 가까운 친구들과 지인들을 저녁 식사에 초대해서 일종의 송년회를 열어 왔다. 올해는 나라의 정치판이 혼란스러운 바람에 송년회 준비를 깜빡 잊고 있다가 뒤늦게서야 깨닫고 번개팅 비슷한 만찬 자리를 마련했다. 그게 오늘 저녁 6시다. 나의 지음(知音)의 친구이며 한국 독문학계에서 라이너 마리아 릴케에 관한 권위자인 C 대학 A 명예교수는 아마추어 판소리 명창이기도 해서 이 모임에 없어서는 안 될 단골손님이다. 그 외에 S 대 독문과의 후배 L 교수, 『파우스트』 강의 수강자 5명, 서선숙 시인과 그녀의 딸 희경 양, 그리고 성호 이익의 『곽우록(藿憂錄)』을 줌(zoom)으로 강의해 주시는 젊은 S 선생님 등 도합 10명의 손님을 모셔 놓았다. 나는 '안더나흐의 추억'의 윤 사장님께 이탈리아식 코스 요리와 포도주 5병을 미리 주문해 놓고 날이 어두워지기 전에 일찌감치 '안더나흐의 추억'으로 갔다. 나야 손님들을 다 알지만, 오늘의 내 손님들끼리는 서로 모르는 사이도 있어서 좌석 안배를 잘해야 했다. 두 독문학자인 A 교수와 L 교수, 그리고 『곽우록』의 S 선생님, 이렇게 셋이서 우선 한 테이블에 앉게 하고, 『파우스트』 강의의 어른 수강생 4명을 위해서도 테이블 하나를 배치했으며, 신중식 군과 서 시인 모녀, 그리고 나, 이렇게 넷이서 한 테이블에 앉는 것으로 계획하고, 내가 미리 집에서 이름표를 마련해 가지고 와서 세 테이블의 각 좌석에다 종이접이 이름표를 세워 놓았다.

6시가 가까워지자 서선숙 시인 모녀가 제일 먼저 나타났다. 서 시인의 딸 김희경 양은 실존주의에 관해 얘기했던 그날 이미 보았으니, 이제 나와는 구면이라, 내게 반가이 인사를 했는데, 그녀는 어머니를 닮아 키가 제법 크고 오늘도 눈빛이 그윽해서 아름다웠다.

"아, 어서 와요!" 내가 반갑게 웃으며 말했다. "리포트는 다 끝났지요? 겸연쩍다며 오지 않을지도 모르겠다고 걱정했는데, 씩씩하게 잘 왔어요, 고마워요, 환영합니다!"

"희경이가 그날 이래 선생님의 광팬이 됐어요." 서 시인이 전화로 했던 말을 되풀이했다. "실존주의에 대한 선생님의 간단명료한 설명에 감동했대요."

이렇게 말하며 서 시인은 종이 명패가 세워져 있는 세 개의 테이블을 한번 죽 훑어보는 것이었다.

그때 최영숙 님 등 『파우스트』 강의의 수강자들이 한꺼번에 들어왔다. 나는 그들을 4인 테이블로 안내하고는 자기 이름표가 보이지 않자 약간 머쓱해 보이는 신중식 군에게 말했다.

"신 군은 오늘 저녁에는 어머니 곁을 잠시 떠나 딴 자리에 한 번 앉아 봐요!" 내가 그를 나의 옆자리, 즉 희경 양 앞자리로 안내하고는 말했다. "청년들끼리 대화하는 것도 괜찮을 듯해서 이 자리를 생각해 봤는데, 어색해하지 말고 서로 자연스럽게 얘기를 나눠 봐요. 이쪽은 김희경 양인데, K 대학 철학과 1학년생이고, 이 청년은 신중식 군으로 그림(Grimm) 동화를 연구하고 있어요. 참, 신 군은 대학은 이미 졸업했지? 어디 자신이 직접 소개해 봐요!"

그때, C 대학의 A 교수와 S 대학의 L 교수가 어디 도중에서 만났는지 함께 얘기하면서 들어오고 있었다. 나는 그들에게 다가가면서 말했다.

"아, 바쁘신데, 이렇게 산꼭대기까지 올라와 줘서 고맙습니다." 이렇게 말하면서 나는 두 사람을 그들의 자리로 안내했다. 마침 S 선생님도 도착해서 나한테로 다가왔기 때문에, 나는 S 선생님을 그들 두 독문학자에게 소개했다. "여기는 내가 성호의 『곽우록(藿憂錄)』을 한문 강독으로 배우고 있는 재야 사학자 S 선생님이십니다. 그리고, 이쪽은 C 대학의 A 명예교수님이시고, 이분은 S대 독문과의 L 교수님이십니다."

윤 사장님이 세 테이블을 두루 돌아다니며 포도주잔마다 적포도주를 조금씩 따르고 있었다. 나는 『파우스트』 수강자들에게로 다가가 말했다. "네 분 숙녀님들은 우선 이렇게 한 테이블에 앉으시도록 했습니다. 하지만, 저녁 식사 이후에는 자연히 좌석 이동도 생기니까 우선은 친숙하신 분들끼리 편하게 담소하시기 바랍니다."

"우리 아들이 웬 아름다운 아가씨 앞에 앉아 있는 걸 보니까, 괜히 내 가슴이 다 두근거리네!" 최영숙 님이 말했다. "아가씨 옆에 앉아계신 분은 누구시죠?"

"지난봄에 전주 갔을 때 만난 시인입니다." 내가 미소를 띤 채 대답했다. "오늘 제가 따님과 함께 초대했습니다."

첫 코스인 버섯 수프가 모든 손님 앞에 배식된 채 식어가고 있을 듯해서 나는 포도주잔을 들고 일어서서 인사말을 했다.

"안녕하십니까? 시국이 혼란스럽고 날씨도 찬데, 이렇게 산꼭대기까지 걸음해 주셔서 대단히 감사합니다. 오늘 제가 이렇게 저녁 식사

자리를 마련한 것은 저의 형편상 여러분들을 집에서 대접할 처지가 못 되기 때문에, 저에 대한 평소 여러분들의 따뜻한 우의에 대해 일 년에 단 한 번만이라도 보답하고 싶어서입니다. 아무쪼록 많이 드시고 환담해 주시기 바랍니다. 마침 시국이 매우 불안합니다. 국가와 시민 사회에 큰 죄를 저지르려다가 실패해서 탄핵소추를 당하고도 아직 전혀 반성할 줄 모르는 Y 대통령과 그의 수족들이 여전히 발호하고 있습니다. 다행히도, 어젯밤에 우리 농민들이 트랙터를 몰고 남태령까지 진군했다가 경찰의 저지선에 막히자, 우리의 2030 청녀들이 대거 응원군으로 참가했으며, 수많은 민주 시민들이 선결제를 통해 식품과 음료, 난방 도구 등을 제공함으로써, 매서운 한파를 국민 공동으로 물리친 '남태령 대첩'을 이루어 내었습니다. 1894년 우금티에서의 패배, 그리고 1895년에 접어들어 장흥 석대들과 진도에서의 궤멸 이래 우리 농민군이 거둔 최초의 대첩입니다.

축배를 들겠습니다. 제가 '남태령!'이라고 말하면, 여러분은 '대첩!'이라고 외쳐 주시기 바랍니다.

'남태령!'"

"대첩!"

이어서 피자가 나오고, 해물 리소토 그라탱, 안심 스테이크 그리고 볶음밥 등이 차례로 나왔으며, 후식으로는 아이스크림, 커피, 또는 아포가토(Affogato) 중 하나를 선택하게 되어 있었다.

"신중식 군이 참 의젓하네요!" 서 시인이 내게 속삭이듯 낮은 소리로 말했다. "희경이가 약간 당황한 듯해요! 선생님은 정말 장난꾸러기 같은 데가 있으세요. 젊은이들을 저렇게 한 자리에 마주 앉혀 놓으시고는, 속으로 회심의 미소를 지으시는 거죠?"

"뭐, 그냥 그렇게 해놓고 보는 거죠. 그래야 우리 둘이 이렇게 마주 앉아 있는 것도 좀 자연스럽게 보일 터이고……."

"저기 저 여자분들이 바로 선생님의 『파우스트』 강의를 들으시는 분들이죠?"라고 서 시인이 물었다. "문득 저도 선생님의 『파우스트』 강의를 들어야겠다는 생각이 드네요. 모두 미인들이시라 선생님을 빼앗길 듯해서 제가 직접 지키고 앉아 있어야 속이 편할 듯해서요, 하하!"

"아, 시인답지 않으시게 무슨 그런 말씀을!" 내가 말했다. "사람이란 그렇게 해서 지켜지는 존재가 아니잖아요. 아무튼, 함께 공부하신다면 나야 좋지요!"

"아이참, 선생님도! 저도 함부르크에서 신혼 시절을 보낸 사람이어서, 독어를 조금은 이해하기에 선생님의 『파우스트』 강의를 들어보겠단 말을 그렇게 해본 것이랍니다!"

식사가 거의 끝난 듯해서, 내가 자리에서 일어나서 말했다. "여러분, 식사를 좀 하셨는지요? 미흡한 대접인 줄 알고 있습니다. 다행히도 식사 이후에도 한 가지 여흥이 있습니다. 우리 좌중을 좀 흥겹게 만들기 위해 제가 친구 한 분께 특히 미리 청을 드려놓았습니다. 저기 앉아계시는 A 교수님께서는 벌써 20여 년 전부터 우리 전통 예술인 판소리 동초제(東超制)에 입문하셔서 아마추어로서 계속 정진하신 결과, 지금은 거의 프로에 육박하는 가창력을 갖추셨습니다. A 교수님께 한 소리 청해 듣겠습니다. A 교수님, 부탁드립니다!"

"아, 네, 안녕하십니까? 방금 소개받은 A입니다!" A 교수가 자리에서 일어나 오른손에 쥐고 있던 부채를 한번 쫙 펴 보이면서 말했다.

"오늘 이렇게 김일술 교수님께서 좋은 자리를 베풀어 주시니, 저 역시 그 후의에 보답해 드리고 싶은지라, 박록주 제(制) '흥보가' 중 한 대목을 불러보겠습니다. 흠, 에헴! 원래 '일고수 이명창(一鼓手二名唱)'이라는 말이 있어서, 천하의 명창보다 고수가 더 중요한디, 이 자리에는 고수가 없응이께, 여러분 중 남도(南道) 양반 계시혀든 추임새를 넣어주소!

〔아니리〕 놀보가 하루는 비 오는 날 와가리 성음을 내며, "야, 이놈, 흥보야! 너도 늙어가는 놈이 견말에 손 넣고 서리맞은 구랭이 모양으로 슬슬 댕기는 꼴 보기 싫고, 밤낮으로 내방 출입만 자주하여, 자식새끼만 돼지 새끼 이 몰듯, 퍼날듯 허니 보기 싫어 살 수 없다. 그러허니 오늘부터서는 나가서 살아보아라!" "아이고, 형님! 제가 무엇을 잘못하였는지는 모르겠사오나, 한번만 용서하여 주십시오." "쓸데없는 소리 말고, 어서 나가!" 흥보가 기가 맥혀 나가란 말을 듣더니만,

〔중모리장단〕 "아이고, 형님! 동생을 나가라 허니, 어느 곳으로 가오리까. 이 엄동 설한풍에 어느 곳으로 가면 산단 말이오. 갈 곳이나 일러주오. 지리산으로 가오리까. 백이숙제 주려 죽던 수양산으로 가오리까?"

아니리와 중모리장단이 끝나고 흥보가 제 마누라한테 와서, 형님이 나가라신다며 바야흐로 본 가락이 나오기 시작하니, 전주가 고향인 서선숙 시인이 박자에 딱딱 맞게, '잘한다!', '얼쑤!', '좋다!' 등 그

때그때 알맞은 추임새를 넣어 좌중의 흥을 돋우었다. 최영숙 님과 S 선생님도 탁자 모서리를 딱딱 두드려 박자를 맞춰 줄 줄은 알았다.

"이놈, 내가 너를 갈 곳까지 일러주랴. 잔소리 말고 나가거라!" 흥보가 기가 맥혀 안으로 들어가며, "아이고 여보 마누라. 형님이 나가라허니 어느 영이라 거역허며, 어느 말씀이라고 안 듣겠소? 자식들을 챙겨보오. 큰 자식아, 어디 갔나, 둘째 놈아, 이리 오너라." 이삿짐을 짊어지고 놀보 앞에 가 늘어서서 "형님, 갑니다. 부디 안녕히 계옵시오." "잘 가거라."

놀보의 이 인정머리 없는 말을 끝으로 A 교수가 문득 소리를 뚝 끊고 숨이 차다며 그만하겠다고 했다. 좌중에서 큰 박수갈채가 쏟아져 나왔다.

그때 윤 사장이 내게 와서 자리를 옮기셔도 좋겠다고 속삭여 주었다. 내가 좌중을 둘러보면서 말했다. "이제부터는 칸막이 너머에 있는 긴 테이블로 모두 자리를 옮기시겠습니다. 같은 집에서 2차를 힌디고 생각하시고, 각자 술잔만 들고 이동하시면 되겠습니다. 술과 안주, 그리고 포크는 새 좌석에도 따로 준비되어 있습니다. 이번에는 그저 아무 자리에나 섞여 앉는 것이고, 형편에 따라 자리를 자유로 옮겨 다녀도 좋습니다. 처음에 함께 앉으셨던 분과는 가능한 한 떨어지시고, 오늘 처음 보는 분과 함께 앉으셔서 뜻있는 대화를 나누시기 바랍니다."

서 시인은 『파우스트』 강의에 관해 얘기하기 위해선지 최영숙 님과 마주 앉았고, 김희경 양은 A 교수 앞에 앉아서 판소리에 관해 물어보기 시작했다. 『곽우록』의 S 선생님은 서선숙 시인 앞에 앉기를 원했지만, 이미 최영숙 님이 앉아 있었으므로 최영숙 님의 옆자리에 앉을 수밖에 없었다. 나는 『파우스트』 강의의 아름다운 수강자 P 부인 앞에 앉았으며 화장실에 다녀온 독문과 L 교수는 마침 혼자 앉아 있는 신중식 군 맞은편에 앉았다. 서로 자기소개를 하기도 하고, 관심사를 서로 묻고 공통의 화제를 찾아 자연스럽게 대화를 나누기 시작했다.

어느 정도 대화가 진행된 연후에는, 어젯밤의 '남태령 대첩'에 관해 계속 신이 나서 얘기하는 S 선생님의 기백이 넘치는 큰 목소리가 차츰 좌중의 관심을 끌어모으기 시작했다.

"우금티에서 패한 동학농민혁명군이 130년 뒤에 남태령까지 진군한 것입니다!" S 선생님이 목청을 높여 말하고 있었다. "짚신 감발을 한 채 죽창과 쇠스랑을 들었던 그날의 농민혁명군들이 지금은 '전봉준 투쟁단'이란 이름으로 31대의 트랙터를 몰고 남태령까지 진군한 것입니다. 경찰이 제지했으나, 갑자기 20대 청녀(靑女)들이 남태령으로 몰려와 '농민이 최고야'라는 노래를 부르면서 농민들과 같이 추운 밤을 꼴딱 새웠다이겁니다. 갑자기 선결제로 난방 버스들이 남태령으로 달려오고, 커피, 생강차, 대추차, 김밥, 떡볶이, 오뎅, 귤, 핫팩, 담요 등등 온갖 보급품들이 선결제로 배달되어 왔다는 것이죠. 그게 바로 어젯밤의 일입니다. 놀랍지 않습니까?"

"놀랍지요, 놀랍고 말고요!" 서 시인의 신나는 목소리도 또렷하게 좌중에 다 들렸다. "우금티에서의 패배를 130년 만에 뒤엎은 농민들의 승리, '남태령 대첩'입니다!"

"조금 전에 경찰이 남태령 저지선을 해제했다네요!" 줄곧 핸드폰을 들여다보고 있던 『파우스트』 수강반의 U 선생님이 말했다. "앞길이 열리자 농민들이 한남동 대통령 관저를 향해 행진했고, 앞으로 밤

11시 경에는 한강진역에서 서울 시민들과 함께 'Y 대통령 체포'를 촉구하는 시위를 계속할 예정이랍니다!"

"수운 동학의 승리입니다!" 서 시인이 말했다. "우리도 지금 모두 한강진역으로 가 봐야 할 것 같아요!"

S 선생님이 자기 자리에서 일어서더니 나를 바라보면서 말했다.

"김일술 선생님, 잘 먹고 잘 마셨습니다. 그런데, 김 선생님, 우리가 오늘 비록 '콩잎'을 먹지 않고 기름진 음식을 잘 먹었지만, 성호 선생님의 『곽우록(藿憂錄)』의 가르침에 따른다면, '콩잎'밖에 못 먹는 사람도 나라 걱정은 해야 한다는 것입니다. 하물며, 오늘 저녁에 잘 먹고 많이 마신 우리야말로 이제는 '나라 걱정'을 해야 할 책무가 있습니다. 전국 각지에서 상경한 농민들과 그들을 지지하는 서울 시민들이 연대하는 한강진역으로 가서 우리 '곽우(藿友)'들의 나라 걱정을 행동으로 보여줘야지요! Y 대통령과 그 경호원들이 한남동 관저에서 들을 수 있도록 한강진역으로부터 'Y 체포!'를 크게 외쳐 봅시다! 죄송하지만, 저는 지금 당장 한강진역으로 가겠습니다!"

"김 선생님께서는 낙도새로 들어가세요!" 시 시인이 나를 보고 말했다. "저희들은 일단 한강진역으로 가보는 것이 정답일 듯합니다. 'Y 체포!'를 외치는 함성에 한 사람이라도 더 목소리를 보태야 하니까요."

"지금 시각이 밤 10시네요!" 내가 시계를 보면서 말했다. "오늘 모임은 이것으로 그만 끝을 내겠습니다. 시국이 혼란스럽고 급박한 터에, 이 정도의 송년회라도 열 수 있었던 것이 저로서는 천만다행이었습니다. 모두들 귀한 시간을 내주셔서 정말 고맙습니다. 지금 농민들과 서울 시민들이 다 같이 한강진역에 모여 Y의 체포를 외쳐야 할 상황인 듯한데, 일단 오늘 모임을 여기서 종결할 테니, 귀가하시든지 한강진역으로 가시든지 각자 편하신 대로 하시면 되겠습니다. 미안하지만 저는 옷차림도 허술한 데다 잘못하다간 시위하시는 분들에게 오히려 짐이 될 듯해서 일단 저의 우거로 들어가 쉬겠습니다. 하지만, 한강진으로 가시는 여러분들을 마음속으로 응원하겠습니다. 감사합니다!"

2024년 12월 23일(월)
25. 밤을 꼬박 새운 여대생 김희경

아침에 서 시인이 전화했다.

"선생님, 어제는 감사했어요. 그 길로 저는 희경이와 함께 한강진으로 갔습니다. 다른 분들은 집으로 가시고, 그 S 선생님이란 재야 사학자님, 그리고 S대의 선생님 후배라는 L 교수님, 그리고 우리 모녀, 이렇게 4명이 마을버스와 전철을 갈아타 가며, 한강진역에 도착하니, 밤 11시 경이었는데도, 그리고 대단한 강추위에도 불구하고 'Y 체포'를 외치는 민주 시민들로 한강진역 일대가 인산인해를 이루고 있었습니다. 12시가 좀 넘어서 바람이 드세어지고 한기가 뼛속까지 스며드는 듯해서 우리 일행은 그만 각자 귀가하기로 하고 헤어졌어요. 우리 모녀 둘이 정릉 방향으로 갈 택시를 불렀는데, 내가 택시를 먼저 타자 갑자기 희경이가 자기는 조금만 더 있다 가겠으니, 엄마 혼자 먼저 들어가라며 바깥에서 택시 문을 닫아주는 거예요. 그래서 할 수 없이 희경이를 한강진역과 이태원역 사이에 두고 왔는데, 글쎄 이 애가 지금까지도 집에 들어오지 않았답니다."

"전화 연락은 되지요?" 내가 물었다.

"예, 물론이지요! 그렇지만, 이 추위에 바깥에서 또 밤을 새웠으니, 몸이나 성한지, 원! 별별 걱정이 다 되네요!"

"그 신중식이란 청년은 어머니 따라 그냥 집으로 들어가 버린 모양이죠?" 내가 물었다. "그 녀석, 똑똑한 줄 알았는데, 혹시 '이대남'인가? 그럴 때 아가씨를 꽉 붙들어야 하는 건데……."

"아이, 선생님도 참! 아직 청년들인데, 첫 만남에 그렇게 되나요? 선생님이라면, 그렇게 꽉 붙드실 수 있었겠어요?"

"내가 그렇게 못했기 때문에 더욱 아쉬워하는 것 아닙니까? 아무튼, 희경이가 참 장하네요! 만나면, 칭찬해 주고 싶군요!"

"점심 함께하시겠어요?" 서 시인이 물었다. "아, 참! 후배님들과 무슨 약속이 있으시다 그러셨던 것 같네요?!"

"예, 선약이 있습니다! 우린 곧 또 따로 만나요!"

○ 독문학자들의 인문학적 내공

오후 1시에 인사동 '선천집'에서 S대 독문학과 후배 둘을 만나기로 되어 있었다. 번개팅으로 어제도 만난 바 있는 S대 독문과의 L 교수가 2025년 2월 말에 정년퇴임을 앞두고 있어서 그동안 수고했다는 의미로 진작부터 내가 점심에 초대해 놓은 참이었다. 공식적 퇴임 일시는 내년 2월 말이지만, 사실은 이미 정년을 한 것이나 거의 다름이 없다. 대학 교수란 직업은 사실상 학기 단위로 영위되는데, 이미 마지막 학기 강의가 끝나고, 크리스마스와 신정을 지나면, 두 달 월급만 남았을 뿐, 사실상 퇴임한 것이나 진배없다. 그래서 내가 L 교수의 정년

퇴임을 미리 축하하려는 만남이다.

L 교수 외에도 그의 S대 독문과 동기동창으로서 이번에 마찬가지로 A 대학에서 정년퇴임을 하게 되어 있는 J 교수도 함께 인사동의 어느 한정식집에 초대해 놓았다. 내가 마을버스와 전철을 갈아타는 과정에서 접속이 제대로 잘 이루어지지 않아서 10분쯤 늦게 도착했더니, 둘이 먼저 와 나를 기다리고 있었다.

"L 교수는 어제 보고 오늘 또 보는군! 본의 아니게 이렇게 연달아 만나게 되니, 미안해요!" 내가 우선 L 교수를 보고 말했다. 그리고는 J 교수에게 악수를 청하며 말했다. "J 교수, 오랜만일세! 정년 퇴임을 축하하네!"

한정식을 주문하고 나서 술은 무슨 술을 마실까 하고 물어보았더니, 둘 다 우물쭈물, 대답이 빨리 나오지 않았다. 그래서 내가 축배는 들어야 할 테니 일단 막걸리 한 병만 주문하자고 제안했다. 둘 다 왕년에는 두주를 불사할 만큼 마셔댄 사람들인데, 그동안 건강이 썩 좋지는 않은 모양이었다.

"모진 세월이 자네들이라고 어찌 가만히 놔뒀겠는가! 그동안 수고가 많았네! 독문학이란 학문이 아무리 열심히 해도 별로 표시가 나지도 않으면서, 실은 사람 잡는 학문일세! 그동안 참 노고가 많았네. 자, 우리 축배를 드세! 참 수고들 했네. 고맙네!"

"선생님은 참 여전하시네요!" J 교수가 말했다. "그 힘찬 목소리 하며, 아직도 기운이 저희보다 더 넘쳐나시고, 술도 여전히 잘 드십니다!"

"아, 아닐세! 겉 보기엔 멀쩡해도 심신이 많이 쇠했어요. 방금 들은 말도 잊어먹고, 조석으로 가끔 굴신이 어려울 때도 있다네!"

"그건 저희들도 마찬가집니다." L 교수가 말했다. "우리 둘처럼 특별히 무슨 운동을 하지 않는 사람들은 노쇠 현상도 빨리 오는가 봅니다. 선생님은 아직 산행도 하시니, 저희보다 오히려 더 강건하십니다."

"천만에! 나이는 못 속이지. 자네들도 이젠 퇴임하니까 부디 일을 좀 줄이고, 일단 심신을 좀 편안히들 하시게. 둘 다 학교에서, 그리고 우리 학회를 위해, 많은 일을 해 오신 것을 내 잘 알고 있네. 장하이! 우리 학문이란 것이 남이 보기엔 쉬운 듯 보여도 실은 독일의 철학과 역사, 유럽의 전반적 정세 등 여러 방면으로 살피고 챙겨야 할 구석이 아주 많아서, 평생 꾸준히 노력하지 않으면 어느 사이엔가 시대에 뒤처지기 쉽지. 게다가 미국식 신자유주의 교육 이념을 그대로 갖고 온 우리나라 교육학자들과 교육부 관리들이 이른바 '수요자 중심의 교육'을 한다면서, 그 실행 과정에서 가장 힘 없고 만만한 우리 독문학을 한때는 불요불급(不要不急)한 학문의 대표적 예로 적시해서 공격한 시절도 있었지. 그래서, 나와 자네들이 중등교육 현장에서 '패배자들'이 돼 버린 제2외국어 교사들의 대변인 역할을 하느라고 생고생을 많이 했잖은가. 같은 어문학, 같은 인문학을 하던 대학 동료들이 고난에 처한 우리 독문학을 돕거나 지원해 주지는 않고 자기네들 살 궁리만 하더니, 지금은 그들 자신도 다 '패배자'로 추락한 꼴이 되었지 않은가!"

"그 당시 선생님께서 단기필마로 우리 학문을 지키고자 동분서주해 주신 걸 저희 후학들은 잘 알고 있습니다." L 교수가 말했다. "지금 Y 대통령의 이런 폭거도 어떻게 보면, 다 인문학을 죽여놓은 후과로 볼 수도 있을 듯합니다."

"저도 L 교수와 같은 생각입니다!" J 교수가 말했다. "지난 2월 16일에 알엔디(R&D) 예산 삭감에 항의하는 카이스트(KAIST) 졸업생의 입을 틀어막은 것도 참 기가 막히는 사건이고, 말을 안 듣는 전공의들을 '처단'하겠다는 계엄포고문의 언어 구사도 개탄할 일이죠! 나라의 기강을 뒤흔드는 중죄를 저질러놓고도 사죄하기는커녕 오히려 거짓으로 버티고 있는 작금의 이 행태도 다 인문학을 죽여놓은 후과일 듯합니다. 혹자는 이게 다 인문학자들이 제구실 못 한 결과라고 꾸짖을지도 모르겠습니다만, 이 신자유주의 교육 세력은 인문학자들이 올바르게 가르칠 여건과 기회를 주지도 않은 채, 일찌감치 우리들의 기를 꺾어놓았습니다. 회고하자면, 저희들도 참 억울한 세대죠. 힘을 한번 써 보지도 못한 채, 친미·친일의 신자유주의 세력에 의해 패배자로 몰리다가 어느새 퇴임해야 하니까 말입니다."

"참, 선생님, 전(前) 정보사령관 N이라는 민간인의 수첩 얘기 들어보셨나요?" L 교수가 내게 물었다. "어제 체포된 예비역 장군 말인데요."

"그건 또 무슨 얘긴가?" 내가 물었다. "어제와 오늘 내가 좀 바쁘게 지내느라고 뉴스를 미처 못 챙겼는데?"

"이번 쿠데타의 실질적 기획자라 할 K 국방장관의 심복이었던 모양입니다." J 교수가 L 교수의 말에 대한 보충 설명을 하기 시작했다. "N이란 그 퇴역 장군이 안산의 어느 햄버거집에서 2차에 걸쳐 현역 장성들과 회동하여, 이번 비상계엄을 사전 모의한 정황이 드러났습니다. 그의 수첩에서 계엄 전후의 여러 실행 계획이 기록되어 있었다는 수사상의 비밀이 유튜버들에 의해 세간에 나돌고 있습니다. 북방한계선이나 휴전선에 고의로 북침을 해서 전시 상황을 만든 다음, 비상계엄을 선포한 직후에 100여 명의 반체제 인사들을 '수거'하여, 배에 태운 다음, 서해상으로 나가 몰래 수장하고는, 그 작전을 수행해 준

요원들까지도 폭파, 제거해 버린다는 엽기적 시나리오가 어제와 오늘 SNS를 타고 항간에 나돌아다닙니다. 그래서, 시민들의 일상적 모임에서도 누구는 '수거 대상'이라느니, 누구는 '수거 대상자 리스트'에 아직 오르지도 못한 풋내기 민주 투사라느니 하는 기막힌 농담들조차 오가는 중이죠."

"'수거'란 말은 원래 쓰레기를 두고 하는 말 아닌가?" 내가 말했다. "허, 이것 참 말세로고!"

"언어의 타락이죠!" J 교수가 말했다. "쿠데타 세력 전체가 우리 말을 더럽히고 있습니다. 우리 인문학자들, 특히 어문학자들에게는 참을 수 없는 모욕 그 자체입니다."

"여보게들, 그런 모욕이 어디 어제오늘만의 일인가? 그런 모욕을 견디면서 지금까지 정말 잘 버텨왔네! 장하네! 정년퇴임이 결코 인생의 종착역이 아닐세. 앞으로 30년의 세월이 더 남아 있다고 생각하시고, 그 긴 시간 동안 과연 무엇을 더 성취할 수 있겠는가를 지금부터 면밀한 계획을 세워 실행에 옮기도록 하시게! 나는 우리 독문학이, 그리고 그것을 끝까지 버리지 않고 지켜온 자네들이 자랑스럽네. 내가 할 말인지는 모르겠네만, 나는 자네들에게 오늘 이 자리에서 고마움을 표하고 싶네. 나의 이 고마운 마음을 받아들 주시게. 지난 12월 7일의 한국독어독문학회의 정기총회에서 자네들이 발표하기로 뜻을 모은 그 시국 성명서 초안을 잘 읽었네. 우리나라에 각종 학회가 수없이 많지만, 그중 우리 한국독어독문학회가, 내가 알기로는 가장 먼저, 아마도 유일하게, 민주·정의·평화의 정신에 따라, Y 대통령의 친위쿠데타를 강력히 규탄하는 성명서를 내었으니, 그 얼마나 떳떳하고 자랑스러운 일인가? 한국정치학회 같은 데서 제일 먼저 그런 성명서가 나올 법한데, 어찌하여 한국독어독문학회에서 제일 먼저 그런 성명서가 나왔겠나? — 그것은 우리 학문의 정신이 우리 사회의 불의에 대해 가장 예민하게 반응하고, 우리의 정의감이 대학 사회에서 가장 생생하게 살아서 작동하고 있다는 방증이 아니겠는가! 그것을 바로 자네들이, 그것도 '불요불급'의 낙인이 찍혀 오랫동안 고난의 길을 걸어온 자네들 독문학자들이 이끌어내었으니, 이 어찌 장하지 않은가! 우리가 비록 피상적으로 보기엔 대한민국 사회에 무슨 가시적인 학문적 성과를 내어놓진 못했다 할지라도, 우리 학문의 단단한 내공이 이 땅의 살아있는 인문학 정신을 우리 사회에 떳떳하게 보여준 것이네. 말하자면, 억울했던 '패배'의 아픔이 우리의 내공을 더욱 키워준 결과이기도 하지! 자, 우리 비록 나이가 들어 주량이 줄었지만, 한잔하세! 축배를 드세! 고맙네!"

2024년 12월 24일(화)

26. '세상에서 가장 아름다운 인간 크리스마스트리!'

성탄 전야여서 서 시인과 둘이서 '안더나흐의 추억'에서 저녁 식사를 함께하기로 했다.

"희경 양은 어디 두시고?" 내가 혼자 나타난 서 시인을 보자 물었다.

"희경이는 약속이 있다며 이른 오후에 벌써 집을 나가던데, 차림새로 미루어 보건대 틀림없이 광화문에 시위하러 가는 것 같았어요. 말려도 말을 들을 것 같지 않아서, 선생님의 저녁 식사 초대는 아예 말도 꺼내지 못했답니다. 실은 어미인 저도 함께 광화문으로 가고 싶었거든요."

"잘하셨네요! 희경이는 여기 '안더나흐의 추억'에 있는 것보다 광화문에 가 있어야 마음이 편할 듯합니다. 남태령에서부터 한남동을 거쳐 광화문에까지 이르는 이들 청소녀들의 키세스 초콜릿 모양의 처절하고도 아름다운 시위 사진을 보면, 나와 같은 노인은 미안하고 안타까워서 저절로 눈시울이 뜨거워집니다. 그런데, 국민의힘 소속의 다선 국회의원이라는 어떤 인간은 전봉준 투쟁단의 트랙터 행진과 그들 농민들을 응원하러 달려간 청소녀들의 활약에 대해 '몽둥이가 답'이라는 발언을 했다고 합니다. 트랙터를 타고 항의하러 온 농민들을 몽둥이로 구타한다는 발상도 큰 문제지만, 거기로 달려가 시위에 동참해 준 청소녀들에게 몽둥이를 들이댄다는 상상이 어찌 꿈에라도 가능할까요? '다시 개벽'의 시대가 도래한 것을 감지하지 못하는 구세대의 '시대착오적 둔감성'을 가장 추악하게 드러내는 이런 인간이 이 나라의 국회의원이라니 기가 막힙니다."

"이, 선생님, 진정하세요! 꼭 그런 사람만 있는 긴 아니에요. 오늘 저녁 경복궁역 3, 4번 출구에서 시위하고 있는 키세스들을 가리켜, '세상에서 가장 아름다운 인간 크리스마스트리!'라고 페이스북에 올린 사람도 있으니까요!"

"참 아름다운 표현이네요! 그게 누구지요?"

"『유령의 시간』이란 소설을 써서 한국전쟁 전후의 분단 상황하에서 한 가족이 겪는 비극을 명징하게 그려낸 K라는 작가인데, 저의 친구죠."

"아, 나도 그녀의 다른 작품을 읽은 적 있어요. 한국군에 의한 베트남 민간인학살을 다루었더라고요. 중요한 테마죠. 비록 용병으로 참전했다 하더라도 베트남에서 저지른 우리 국군들의 죄행은 우리 국민이 베트남 국민에게 반드시 사죄해야 한다고 생각합니다. 우리 국민이 일본 국민에게 과거의 잘못에 대해 사죄를 요구하는 것과 같은 이치지요. 그러나저러나 대통령권한대행 H 국무총리는 K 여사 특검법안에 대해 거부권을 행사했을 뿐만 아니라, 헌법재판소 재판관 후보 3명을 여야가 다시 합의해 오라며 임명을 보류하고 있는데, 이는 대통령권한대행으로서 분명 그 권한을 넘어선 요구이며 지나친 정치적 참섭입니다. 민주당과 W 국회의장은 26일까지 기다렸다가 그래도 그가 3명의 헌법재판관을 임명하지 않으면, 그를 탄핵하겠다고 하는데, 나는 당연히 그래야 한다고 생각합니다. H 국무총리의 이런 작태가 다 Y 대통령의 탄핵이 헌재에서 인용되는 것을 막기 위한 정치적 술수 아니겠습니까?"

"그야 물론이죠!"

"변호사인지는 잘 모르겠지만, S란 자가 '지금 Y 대통령은 공수처 수사에 응하는 것보다는 탄핵 평결에 대한 대비가 우선일 수밖에 없다'라며, 공수처 수사에 불응하겠다는 Y 대통령의 입장을 전달하고 있는데, 이런 자가 갑자기 무슨 자격으로 언론 앞에 나타나서, 자격이 정지되어 공관에 칩거 중인 대통령의 대변인 노릇을 하고 있는지, 그리고 언론은 왜 이런 작자의 발언을 중요하게 보도하고 있는지 모든 것이 희대의 크나큰 사기극 같기만 합니다!"

"아이고, 선생님도 참! 오늘 크리스마스이브에 선생님과 기분 좀 내려고 했는데, 정치 얘기 때문에 다 글렀네요! 하긴, 요즘은 어딜 가나 다 이런 얘기뿐이죠. 한 명의 불한당 때문에 온 나라가 다 생 몸살을 앓고 있는 꼴입니다. 어때요? 우리 산책 삼아 경복궁역으로나 한번 나가 보는 건?"

"음, 그것참 좋은 생각이네요!" 내가 말했다. "희경이한테 가서 위문왔다고 하면 서로가 반갑고 기쁠 듯하네요! 여기서 피자라도 한 판 포장해 갖고 가십시다!"

2024년 12월 26일(목)
27. 시간강사의 고통

시간강사로 오래 분투해 온 C 박사가 어느 대학의 전임교수 채용 공고에 응하기 위해 내게 추천서를 부탁해 왔다. 그런 형식적인 서류가 아직도 응모서류에 포함되는 모양이었다.

추천서 작성을 마친 나는 그녀에게 전화를 걸어 점심 식사에 초대할 테니, 미안하지만, 내 집 근처인 '안더나흐의 추억'으로 와 달라고 했다. 그녀가 탄탄한 실력을 갖추고 있는 재원임에도, 아직도 전임교수가 되지 못한 사실에 대해 조금이나마 위로의 말을 해주고 싶었다.

지금까지 시간강사로서 수고했다는 내 위로의 말을 고맙게 듣고 있더니, 갑자기 C 박사가 눈물을 글썽이면서, '요양보호사 교육'이라도 받아서 새로운 직업 전선에 뛰어들 것을 심각히 고려 중이라는 고백을 해 왔다.

구체적으로 아무런 도움도 줄 수 없는 터에 후학을 섣불리 위로해 주려고 했던 나는 가슴에 격렬한 통증을 느꼈고, 이 나라 대학에서 인문학을 강의하고 있는 시간강사의 고통을 다시 한번 통감했다.

"C 박사!" 나는 컥 막혀 오는 목구멍으로 가까스로 침을 넘기며 말했다. "요양보호사도 중요한 직업이네. 아마도 C 박사는 많은 고민 끝에 사회봉사가 가능한 이 일을 배울 생각을 했을 듯하군. 하지만, C 박사는 우리 독문학 분야에서 오랜 내공을 쌓아 온 인재입니다. 일단 강의실에 들어가면, 정교수와 시간강사의 구별도, 남녀의 구별도 사라지고, 오직 '학자'로서의 사명감, 그리고 젊은 학생들의 '스승'이라는 책임감만 작동할 뿐이잖아요! C 박사가 배우고 익힌 레싱과 헤르더, 괴테와 쉴러, 토마스 만과 브레히트, 헤세와 카프카의 정신을 이 땅의 청년 학생들에게도 가르쳐 줘야죠. 부디 조금 더 용기를 내어 자신의 전공 학문을 좀 더 소중하게 생각해 주기 바랍니다. 이 혼란스러운 나라가 인문계 시간강사의 고단한 삶을, 그리고 현실적으로 엄존하는 남녀 차별을 가까운 장래에 개선해 줄 수 있을 것 같지는 않네요. 미안해요! 나 같은 기성 인문학자들이 그때그때 제 할 일을 다 찾아서 해 놓지 못한 죄가 커요!"

이런 말은 결국 후진들에게는 아무 도움도 되지 않는다. C 박사에게 추천서를 건네주고 집에 들어와 다시 책상 앞에 앉았으나, 번역 일조차 계속할 수 없을 정도로 심히 마음이 뒤흔들린다. 지금 나라가 이 지경인데, 인문계 시간강사의 상황을 개선해 달라는 요구가 먹혀들 것 같지 않으니, 더욱 더 슬프다! 어찌 시간강사뿐이겠는가? 시간강사 이외에도, 내가 절실하게 역지사지해 볼 수 없는 많은 사회적 약자들, 예컨대 시간제 아르바이트로 내몰리고 있는 청년들, 비정규직 노동자, 장사가 되지 않는 영세 자영업자들 – 아, 누가 이들의 절망적 상황을 귀담아들어 주고, 그들에게 진심으로 따뜻한 위로의 말 한마디라도 해줄 수 있을 것인가?

지금 이 판국의 정치인들에게 그런 기대를 할 수 있는가? 아무튼, C 박사에게 건넨 내 위로의 말은 무의미했던 듯했다. 그래도 내게 남은 의미 있는 일이란? '역관'으로서 조용히 번역 작업에 매진하는 것일까? 마음이 이리 요동을 치니, 정말이지 오막살이 집에 붙여놓은 '낙도재(樂道齋)'란 현판이 아깝다.

2024년 12월 28일(토)
28. C 대통령권한대행에게 거는 기대

○ C 권한대행, 똑똑히 처신하라!

'요식행위'에 불과한 대통령의 헌재 재판관 임명을 — 요상한 구실을 덧붙여 — 거부해 온 H 대통령권한대행이 드디어 국회의 탄핵소추를 받아 일단 직무정지 상태에 들어가고, 국무위원의 서열에 따라 이제 새 대통령권한대행이 된 C 경제부총리에게 온 국민의 이목이 쏠리고 있다.

C 대통령권한대행은 경제부총리이기 때문에 H 국무총리 식의 시간 끌기 작전이 나라의 경제를 곤두박질치게 할 것이라는 사실을 누구보다도 잘 알 것이니, 헌재 재판관 3명을 즉각 임명할 것으로 기대된다. 하지만, 그 또한 내란 수괴 Y가 임명한 현 정부의 각료이기에 정부 내의 다른 동료들은 물론이고, Y 대통령의 내란에 동조하고 있는 국민의힘 의원들의 심한 압력을 받고 있을 것이기에, 우리 민주 시민들은 이 문제에 대해 낙관할 수만은 없을 듯하다.

C 권한대행은 중차대한 기로 위에 서 있다. 그의 결정이 나라의 운명을 좌우할 정도로 중차대하다. 그가 오직 국민만 바라보고 정의로운 결단을 내려주기를 바라는 마음 간절하다.

만약 그가 그릇된 결단을 내린다면, 우리 민주 시민들이 그를, 그리고 국무위원 전체를 용서하지 않을 것이다. 그때 국회의장은 국무위원 전원의 탄핵에 나서야 할 것이며, 그때는 우리 민주 시민 전체가 거리로 나서야 한다.

국민의힘이라는 사이비 '국민의' 정당 소속 국회의원들은 비상계엄을 일으켜 국회의장과 야당 대표를, 그리고 여당 대표까지도 체포하려던 내란수괴 Y를 아직도 두둔, 옹호하고 있다. 그들 '국민의 적' 소속 의원들과 자신들의 내란 공모죄를 덮으려는 국무위원들은 정말 후안무치의 극치를 보여주고 있다. 무려 164년 전에 수운 선생이 말씀하신 '각자위심(各自爲心)'하는 인간들의 표본이 되고 있다.

국민은 안중에도 없고 오직 풍향계와도 같이 권력의 향방에만 관심이 있는 이런 이기주의자들은 더는 필요 없는 '다시 개벽'의 시대가 왔다. 구시대는 이미 종언을 고했는데도 시대착오적 정치인들은 아직도 자신들의 상황을 올바르게 인식하지 못하고 있다. 혹은, 깨달았지만, 자신들의 권력과 이권을 지키고자, 밝아오는 새날의 햇빛을 잠시라도 가려 어둠의 시간을 연장하고자 안간힘을 쓰고 있는 것일까?

새해가 다가온다, 새날이 밝아온다, 개벽의 시대가 열린다. 낡은 것은 그만 사라져라. 젊고 새로운 청년들이 온다, '다시 개벽'의 새 세상이 열린다. '이미 개벽'이다!

C 권한대행, 똑똑히 처신하라! 나라의 운명이 잠시 그대의 결단

에 달려 있을 뿐, 설령 그대가 그릇된 결정을 내리더라도, 이 도도한 시대의 파고를 오래 막지는 못하리라. 민주시민들의 피 끓는 외침, 청년들의 뜨거운 노래와 춤, 그리고 그들의 자유에의 청순한 의지가 뒷걸음치는 그대들을 절대 용서하지 않을 것이다. 청년들뿐만 아니라, 너희 꼴불견에 신음하고 있는 나 같은 힘없는 노인들까지도 다 죽이고 나서야 너희 금수들만의 나라를 만들 수 있을 터인데, 너희는 정말 그 길을 택하려는가? — 늙고 힘없는 한 노인이 민주 시민의 자격으로 그대 C 대통령권한대행에게 엄중히 묻는 바이다.

(2025년 12월 28일, 페이스북에 전체공개로 올린 글)

이 글을 페이스북에 올려놓고 나니, 마음이 착잡하다. 나에게 혹시 닥쳐올 사악한 해코지나 정치적 위해 때문에 내 결기가 위축되는 것이 절대 아니다. '역관'으로서의 내 소임에 머물지 못하고, '역관'의 한계를 훨씬 벗어난 발언을 공표했다는 자괴감 때문이다. 그러나, 이 발언이 혹시나 이 급박한 시국에 조금이라도 도움이 될까 싶어서 밤늦게까지 이 글을 어렵게 썼다. 늙은 몸이 떨리고 갑자기 발이 시리다는 것을 느낀다. 어서 자리에 누워야겠다.

2024. 12. 29(일)
29. 무안 공항 여객기 사고

아침에 일어나 TV를 켜니, 방콕발 제주항공 여객기가 전남 무안 공항에서 동체착륙을 시도하다가 화염에 휩싸였다는 충격적인 보도가 나오고 있었다.

새 떼를 피하지 못한 듯하다는 추정 보도가 뒤따르고 있었다.

181명의 탑승객 중 2인의 승무원들만 살아남고, 179명(승무원 4명 포함)이 사망한 대형 참사다.

아, 하늘은 어찌 이 불행한 나라에 또 이런 혹독한 시련을 주시는가?

C 대통령권한대행은 1월 4일까지 일주일 동안을 국민애도기간으로 공표하였다. 사고를 당한 희생자들과 그 유족들에게 조의와 위로를 당연히 표해야 하지만, 권한이 정지되어 관저에 칩거하고 있는 Y 대통령도 위로 담화를 발표하는 것을 보면, 어딘가 일이 크게 꼬이는 느낌이다. 내란죄의 수괴가 비행기 사고 희생자들과 그 유족에게 조위와 위로의 담화를 발표하다니! 이것을 보도해 주고 있는 언론도 정상이 아닌 듯하다.

2024년 12월 31일(화)

30. 「허묘(虛墓)」

감기기가 조금 있는 채, 서 시인과 함께 산행에 나섰다.

"쉬셔야 하는데, 산행하시는 것 아녜요?" 서 시인이 말했다. "하긴, 집에서 칩거하시는 것도 근육을 잃게 되어 결국 건강을 해칠 것 같네요. 기왕 나오셨으니 조금만 올라가시지요. 힘드시면 그냥 내려가기로 하고요!"

"고마워요! 누가 아픈 사람을 데리고 산행까지 해주겠어요?"

"이보다 더한 것도 해 드릴 수 있답니다. 선생님은 아주 소중한 분이세요!"

"누구에게요?"

"저한테요! 그리고, 완산 녹두님께도! 나아가서는, 이 땅에 사는 모든 사람들에게도요!"

"고맙긴 한데……. 난 그럴 만한 사람이 못 됩니다. 서 시인이야말로 내게 정말 소중한 사람이 되었소! 최근에는 하루에도 몇 번이나 서 시인을 생각하게 되고, 희경이도 생각하게 됩니다. 늘 일만 열심히 해오던 나한테는 참으로 드문 현상이오."

"정말요?" 서 시인이 말했다. "그렇게 말씀해 주시니, 참 기쁘네요! 부족하지만, 제가 선생님 곁을 지켜드리고 싶습니다, 제가 선생님께 방해가 되지 않는 한에서요."

"내가 서 시인께 아무것도 해줄 수 없다는 건 아시지요? 육체는 자연의 법칙에 따라 쇠해 버렸고, 정신도 이따금 가물가물해요. 그런데도 욕심을 줄이지 못하고, 뒤늦게 번역 작업을 맡아놓아 노년의 이 시간을 모두 바치고 있지요. 괜히 내 근처에 얼씬거리다가 송장을 칠지도 모릅니다!"

"그래도 괜찮아요, 저는! 필요하지도 않고 급하지도 않은 시를 쓰는 일보다는 일단 선생님을 도와드리고 싶어요. 좀 이상하게 들릴지 몰라도, 선생님의 진가를 알았다고나 할까요, 이래서 아마도 완산 녹두님도 선생님의 귀한 가치를 알아보신 것 같습니다만……."

"시인이 시를 써야지요!" 내가 말했다. "꼭 시를 계속 쓰시기 바랍니다.

허묘

서선숙

드레스덴과 함부르크의 공통점은?
— 독일의 도시?
맞아요. 그렇지만, 쉬지 않고 흐르는
엘베강의 물길도 잊지 마세요.

지금실과 효창공원의 공통점은?
— 한국의 명당 길지!
맞아요. 그렇지만, 텅 비어 있는
유택(幽宅)도 상상해 보세요!

동학농민혁명군 총관령(摠管領)의 허물도
대한의군(大韓義軍) 참모중장의 허물도 아니어요!

우리 모두의 허물,
허묘랍니다.

"아, 선생님이 그 보잘것없는 시를 외우고 계시다니요! 정말 감동이네요!"
"보잘것없는 시란 없지요! 시란 시는 다 좋은 시고, 진실의 반향(反響)이지요. 이 시는 이 땅 위에서, 이 하늘 아래서 살아가는 사람들을 사랑하는 시인의 노래죠. 이런 시인이 시를 희생하고 저를 돕는 걸 난 절대 원하지 않습니다. 참, 물어보고 싶었는데, 함부르크와 드레스덴의 공통점 말이에요. 그건 저 같은 독문학자한테도 어려운 지리 문제인데, 서 시인이 그걸 어떻게 아셨지요?"

"제가 함부르크에서 신혼 시절을 보낸 사람이잖아요! 어느 주말엔가 남편이 손수 운전해서 저를 드레스덴까지 데리고 갔었습니다. 왜 하필 이렇게 먼 드레스덴까지 왔느냐고 물었더니, 남편이 엘베강의 물을 가리키면서 말하는 거예요. 엘베강의 물길을 아는 것이 독일이란 나라를 이해하는 데에 중요하다고요! 그래서, 엘베강의 하구 함부르크에 사는 사람은 엘베강 상류의 도시 드레스덴을 꼭 봐야 한다나요."

"아, 그랬군요! 아무튼, 우리 각자가 자기 일을 잘해 나가면서 각자가 나름대로 곱게 늙어간다면, 좋겠습니다. 희경이 좋은 사람을 만나 결혼하는 것도 보고 싶고요. 참, 신중식 군은 사윗감으로 어때요?"

"똑똑한 데다 착하고 신중한 청년이던데요?" 서 시인이 말했다. "희경이는 괜찮게 생각하는 듯한데, 남녀관계에선 일단 남자 쪽에서 여자를 좋아해야죠. 우리 둘 사이도 그런 것 같아요! 선생님, 저를 좋아하세요? 소중하게 생각하는 것만으로는 아직 좀 부족해요. 선생님 자신이 저를 진정 좋아하시냐 그 말입니다!"

"물론 좋아하지요!" 내가 분명히 말했다. "그렇지 않고서야 서 시인의 시를 외우고 있겠어요?"

"그럼 됐어요! 그 외에는 아무것도 중요하지 않아요! 제가 듣고 싶은 말을 들었으니, 오늘은 우리 이만 하산해요! 갑자기 어디 좋은 데로 가서 따끈한 수프에 제대로 된 양식을 먹고 싶네요!"

둘이 하산하던 중, 서 시인이 핸드폰을 보더니 Y 대통령 체포영장이 발부되었다고 했다.

우리가 정릉의 어느 양식집에 들어가 안심 스테이크를 먹는 동안, C 대통령권한대행이 헌재 재판관 3명 중 2명만 임명했다는 소식이 전해졌다.

"대통령권한대행이란 자가 '요식행위'에 불과한 대통령의 헌재 재판관 임명권을 참 요상하게도 비틀었네요!" 서 시인이 말했다. "C 후보와 J 후보만 임명하고 진보적 판사로 알려진 M 후보는 임명을 보류했답니다."

"후보를 선별 임명한다는 것은 명백한 월권 내지는 위법으로 보이네요. 선별 임명을 한 것을 보면, 물러난 H 대행보다 C 대행이 더 간교한 것 같습니다. 헌재에서 Y 대통령의 탄핵안이 인용되지 못하고 기각될 것을 기대하는 현 내각 전체의 교묘한 술책으로 보이기도 합니다. 도대체 Y 대통령의 권한이 정지된 마당에 그가 임명한 각료들이 아직도 그를 음양으로 위요하고 있으니, 이건 참으로 기막힌 상황이라 할 수밖에요. 그 많은 각료 중 단 한 명도 사표를 제출하지 않고 장관직을 계속 유지하고 있는 것도 내게는 참으로 기이하게 보입니다."

"아, 갑진년이 어서 저물었으면 좋겠어요!" 서 시인이 말했다. "그래서, 이 비열한 비상계엄 정국이 하루빨리 완전히 극복되었으면 합니다. 도처에 박혀 있는 Y 대통령의 부하들이 너무나 철면피하고도 막무가내입니다. 그중에도 특히 국민의힘 K 원내대표의 언행은 온통 거짓과 위선의 극치를 보여주고 있습니다. 그들의 언어는 시인에게는 모멸감을 줍니다."

"아, 갑진년이여, 어서 가라!" 내가 말했다. "을사년이여, 민주 대한

민국의 해로 어서 밝아오라! 그리고 무엇보다도 서 시인이 계속 시를 쓰고, 이 '역관' 김일술이 괴테의 『파우스트』 번역을 완결하는 그런 생산적인 을사년이 되기를!"

2025년 1월 1일(수)
31. "'전주화약'이 우리 현대사의 출발점이여!"

번역에 몰두하다가 새벽 1시에야 자리에 들었는데, 금방 완산 녹두님이 현현하셨다.

"새해가 을사년이란 것은 알고 있남?" 완산 녹두님이 농부의 얼굴로 내게 물으셨다. "을사늑약 120주년이고, 광복 80주년이며, 무엇보다도 전봉준 장군님과 내가 죽은 지 130년이 되는 해랑께."

"예, 알고 있습니다!" 내가 공손히 대답했다. "그런데, 지금은 무엇보다도 이 나라의 운명이 풍전등화인 듯하오니, 부디 완산 녹두님께서 도와주시기를 간절히 빕니다."

"난들 왜 도와주고 싶지 않겠남?" 완산 녹두님이 말했다. "그래서, 이렇게 자네들한테 가끔 나타나는 것이다만, 요컨대 자네들 자신이 간절히 원하지 않고서는 우리 영령들은 안타깝기만 하지 직접 도와줄 수는 없당께! 그래서, 오늘 내가 자네한테 말하고 싶은 것이 있당께. '녹두관'을 찾는 사람들은 대개 학생들이거나 일반시민들이지라. 그래서, 자네는 '녹두관'에 찾아온 이 나라 식자(識者)들 중 나한테 가장 큰 슬픔과 진심 어린 위로의 뜻, 그리고 공경하는 마음을 보여준 사람이었당께. 내 자네를 믿기 때문에, 이 을사년 벽두에 꼭 말해 주고 싶은 게 있어서 자네를 찾아온겨. 자네도 알다시피 나는 죽어서도 해골이 일본 홋카이도까지 건너갔다가 되돌아온 몸이지라. 내 어찌 원수 일본인들을 잊을 수 있겠남? 그래서 하는 말인디, 1894년의 동학농민혁명이 — 그중에서도 특히 전주화약(全州和約)이 — 우리 현대사의 출발점이여! 당시 일본 외무성 관료들과 일본 육군 세력이 가장 두려워한 것이 바로 전주화약을 통한 동학도들의 자치력 확보였지라. 그래서, 그들은 동학도 초멸(剿滅)을 당시 그들의 최대 과제로 여기고 자신들의 신식 무기를 앞세워, 결사 항쟁하는 우리 동학농민혁명군을 우금티, 구미란, 장흥 석대들, 해남, 진도까지 내몰며 섬멸 작전을 감행한 것이랑께. 만약 동학농민혁명군이 동북쪽으로 도주하다가 러시아 쪽으로 간다면, 장차 러일전쟁을 앞두고 있던 일본으로서는 큰 화근을 키우는 일인지라 일본은 동학 패잔병들을 한반도 서남해안 한쪽으로만 내몰아서 '모조리 살육'하는 이른바 동학군 '초멸작전'을 전개한 것이랑께. 이렇게 을사늑약 10년도 전에 이미 그들은 이 땅의 혼과 기운을 타고 봉기한 동학도들을 그야말로 '모조리 살육'했지라. 1894년 10월 27일, 히로시마 대본영(총지휘자: 일본 천황)의 카와카미 소로쿠 병참총감이 이토 스케요시 인천남부병참총감에게, 동학농민군을 '모조리 살육하라.'고 명령했다는 것은 내가 이미 말했구만이라. 그다음 날인 10월 28일, 미나미 코시로(南小四郎) 토벌대대(3개 중대+본부중대)가 한국으로 출발했지라. 그 후에는 '반일이라는 후환이 다시 일어나지 않도록, 체포한 동학농민군은 전부 살육하라'는 것이 일본군의 동학농민군 토벌의 기본방침이 된당께. 자네도 아다시피 나는 동학농민혁명군에 대한 일본의 이러한 초멸 작전의 희생이 되어 진도에서 잡혀 효수당했고, 그후 내 해골이 '채집'되어 홋카이도까지 갔다가 우여곡절 끝에 환국(還國)한 몸이제. 자네도 들은 바 있었지만, 이 무렵부터 '남녘 사람', 또는 '남도(南道) 사람'이란 단순히 남쪽에 사는 사람이라는 의미 이외에, 도륙당하지 않고 '살아남은 사람', '앞으로' 이 나라를 짊어질 사람이란 의미도 지니게 되었지라. 동학혁명 이후에 강증산(姜甑山)이 꺼진 불씨를 살리고자 한 말이고, 그 후 김지하도 〈남녘사람 뱃노래〉에서 그런 뜻을 말했구만이라.

왜놈들에 의해 좌절된 동학농민혁명에서 '살아남은' 사람들이 일으킨 혁명이 바로 1919년의 3·1혁명이지라. '3·1운동'이라 하지 말거래잉! 그것은 일본 사학자들과 우리 대한민국 출범 시의 친일 관변(官邊) 사학자들이 잘못 정착시킨 개념이랑께. 동학의 제3대 교주 의암(義庵) 손병희 등이 일으킨 3·1혁명은 상해의 대한민국 임시정부를 낳았고, 동학접주이기도 했던 김구와 동학도 집안의 후예였던 여운형 등이 상해 임시정부의 법통이었는데, 미군정과 이승만으로 인해 유감스럽게도 동학의 법통이 올바르게 승계되지는 못했지라. 하지만, 그 정신만은 면면히 이어져, 1960년 4·19혁명과 1980년 5·18 광주민주화운동, 1987년이 6월항쟁, 2017년의 촛불혁명, 그리고 지금 2025년 벽두까지 이렇게 평등·반일·민주·자주·평화·생태의 정신으로 살아서 '빛의 혁명'이 태동하고 있는 것이여.

자네는 1964년 굴욕적 한일회담을 반대하던 3·24학생시위 때에는 머리에 경찰 곤봉을 맞아 목숨을 잃을 뻔했잖여. 그 4월에는 김지하, 주성윤, 하길종 등과 '최루탄문학동인회'의 멤버로 활약했고, 연이은 6·3학생투쟁에서는 한때나마 앞장서서 독재와 싸운 인물이 아니던감? 그날 6월 3일에도 군사독재자 박정희가 계엄을 선포했고, 그 이튿날 자네가 검거를 피해 멀리 주문진으로 피신했던 일을 설마 잊은

겨? 그런 자네가 지금 번역 일에 몰두하고 있는 것을 내가 나쁘게 생각할 수는 없다만, 만약 자네가 '역관'이란 핑계를 앞세워, 이 땅 위에서 면면히 이어져 온 동학농민혁명정신의 계통 아래에 선 자신의 숨은 사명을 소홀히 한다믄, 내 자네를 절대 용서하지 않을 것이구만이라. 자네가 참여한 6·3학생투쟁은 산업화를 위해 겨레의 숙적 일본에 푼돈을 구걸하던 박정희 군사독재 정권에 항거한 것이잖여. 자네가 젊은 날의 그 피 끓던 정의감과 민주 정신을 배반하고 한갓 '역관'이란 이름 뒤에 숨으려 한다믄, 그것은 나 같은 동학농민군 희생자들뿐만 아니라, 남도 사람, 남녘 사람, 아니, 이 땅의 민주 시민 전체에 대한 배반이랑께. 자네의 첫 소설에는 아직 동학은 언급이 안 되고 있지만, 그 대신 참된 유가(儒家)의 정신이 배어 있던데, 그것은 동학 창도 이전의 수운 선생의 정신적 토양이기도 하구만이라. 근디, 자네가 파우스트의 정신을 올바르게 공부한 '역관'이라믄, 어찌 '남녘사람'에 대해 유가의 후예가 당연히 지녀야 할 태생적 빚을 외면할 수 있단 말인감? 내 자네에게 촉구하니, 2025년에는 번역은 하되, 제발 '역관'이란 이름 뒤에 숨으려 하지 말고, 크게는 겨레의 자주적 현대사를 바로 세우는 데에 기여하고 작게는 냉전체제와 분단 상황의 극복에 최선을 다하며, 낡은 반공 이데올로기를 무기로 민중들을 옥죄고 수탈하는 지금의 이 시대착오적 지배세력을 무너뜨리는 데에 힘을 보태길 바란당께. 매천(梅泉) 황현을 아는감? 나라가 망해가는 데도 아직도 세계정세와 국운을 오판한 나머지 우리 동학패들을 '동비(東匪)'라 부르며 무찔러야 할 대상으로 잘못 보았지라. 나중에 경술국치(庚戌國恥)를 당하여 나라가 왜놈들에게 망하자 자진(自盡)함으로써 자신의 오판을 속죄하긴 했다만, 자네는 이 나라의 지식인으로서 부디 현재 이 나라의 시대적 상황을 올바르게 판단하길 바란당께.

근디 말이여, 1894년의 동학농민혁명과 '전주화약' 이래 을사늑약, 한일 강제 병합, 3·1혁명, 해방과 분단, 대구 및 영천 등 경북지역의 10월 항쟁과 제주도 4·3항쟁, 한국전쟁과 이승만 독재, 4·19혁명, 박정희와 전두환의 군사독재, 5.18민주화운동과 촛불혁명을 거쳐, 지난 12월 3일의 시대착오적 계엄선포로 인한 현재의 탄핵 국면에 이르기까지 — 이 땅의 기나긴 민주화 과정의 뿌리에 동학농민혁명정신이 있다는 사실을 자네 자신이 일단 확실하게 믿고, 그다음에는 자네의 그 믿음을 널리 전파하랑께! 그런 다음에는 자네 자신이 그 실천에 앞장서라 그말이여! 이 전파와 실천의 도정에는 거대한 적이 있으니, 그 적은 바로 지금도 냉전과 반공을 고수하고, 분단을 고착화하려는 친미·친일 세력이지라.

세계사에서는 이미 냉전 시대가 종언을 고했는데도, 우리 남한에서만은 아직도 냉전과 분단 상황에 기대어 자신의 이익을 취하려는 친미·친일 세력들이 나라를 좌지우지하고 있구만이라. 내가 보기에 자네가 이 상황을 직시하고 있는 듯해서 나는 자네를 지목하여 이 나라가 처한 세계사적 상황과 국내 정세를 잘 살펴가면서 이 나라의 진로를 바로잡아 주기를 바라는 것이지라.

이것이 자네에게 바라는 나의 큰 기대랑께. 그다음에는 작은 부탁이 하나 더 있는디, 자네는 부디 서선숙 모녀를 잘 보듬어 주길 바래잉. 서선숙이 내 외가의 자손이란 말은 이미 했잖여! 그들 모녀야말로 내가 진정으로 아끼고 사랑하는 '남녘 사람', 강증산과 김지하가 말하는 '죽지 않고 살아남은 사람', 한 많은 남도의 백성이기 때문이구만이라."

내가 무엇인가 더 말해 보고자 말문을 열려고 했지만, 완산 녹두님은 이미 사라지고 없었다.

꿈이라 하기에는 완산 녹두님의 연설 투의 말과 표정이 너무나 힘차고 생생했기에, 나는 시간이 너무 늦었지만 ─ 혹은 너무 일렀지만 ─ 서 시인께 전화를 걸었다.

"여보세요?" 서 시인이 금방 전화를 받았다.

"자지 않았어요?" 내가 물었다. "방금 완산 녹두님이 내게 다녀가셨소!"

"제게도 오셨어요!" 서 시인이 말했다. "올해가 을사년이고, 전봉준 녹두와 자신의 130주년 기일(忌日)이 곧 올 것이라는 말씀이었어요."

"내게도 그런 말씀이 있었어요. 그런데, 혹시 이 독거노인을 잘 좀 보살펴 주라는 말씀은 없었소? 허허, 농담이요!"

"아이, 선생님도 참!" 서 시인이 말했다. "선생님은 자신이 생각하시는 것보다 훨씬 더 강자세요. 그리고, 설령 약자라 하더라도, 아주 건강하시고 지나치다 싶으리만큼 독립적인 분이신데, 새삼 무슨 보살핌이 필요한 분이 아니시잖아요? 제게는 희경이를 잘 키우라는 말씀이 있었어요. 희경이가 너무 아름답고 장한 '이 땅의 딸'이라나요! 저는 그 애가 제 딸이라고만 생각했지, '이 땅의 딸'이라고는 한 번도 생각해 본 적이 없었거든요. 그래서, 일순 약간 섭섭하기도 했지만, 완산 녹두님이 가시고 나서야 비로소, 그 말씀이 제 마음에 너무 자랑스럽게 다가왔어요. 저의 딸에서, 문득 '이 땅의 딸'로 승격이 되었으니, 그 어미는 진정 기뻤답니다!"

"나도 기쁘네요!" 내가 말했다. "날이 새거든, 우리 셋이 만나서 서로 축하하면서 을사년을 맞이합시다. 을사늑약 120주년도 단단히 기억해야 하겠지만, 광복 80주년을 축하해야 하니까 말입니다. 무엇보다도 '이 땅의 딸'로 승격된 희경에게 축하를 해줘야지요! 새날이 밝으면, 내 다시 전화하리다!"

하지만, 새해 첫날 늦잠에서 깨어나니, 내가 콧물감기가 심한 환자가 되어 있음을 알게 되었다. 새해를 이렇게 아픈 몸으로 맞이하기는 또 처음이다.

Y 대통령의 체포영장을 집행하지 못하고 꾸물거리는 공수처 때문에, 그리고 C 대통령권한대행의 헌재 재판관의 선별 임명 때문에, 민주시민들의 불평불만만 무성한 새해 첫날이다.

청사(晴蓑) 백낙청 선생의 신년사가 어느 경로를 통해선지 이메일의 첨부파일로 내게까지 전달되었다. 새해 첫날이라 특히 마음을 내어 곰곰이 읽어보았다. 청사 선생이 2006년부터 한반도 통일을 위해 내걸고 계신 '변혁적 중도주의'라는 개념은, 완벽한 통일정책은 못 된다고 할지라도, 이 땅에서 통일을 논의하는 사람들이 반드시 짚고 넘어가야 할 하나의 중요한 이정표임은 확실한 듯하다.

'변혁적 중도주의'는, '변혁'과 '중도'라는 두 개념이 섞여 있어서 일종의 형용 모순으로 읽힐 수도 있겠지만, "'변혁'은 한반도 체제의 변혁이고, '중도'는 이를 달성하기 위해 국내의 온갖 단순 논리를 넘어서는 중도세력을 확장해 나가자는 것이기에, 변혁과 중도가 상충할 이유가 없는 것"이라는 청사 선생 자신의 설명도 설득력이 있다.

청사 선생은 통일의 전(前) 단계로서 우선 "국가 대 국가의 연합",

즉 좀 느슨한 "남북연합"을 상정한다. 그다음 '중도주의'라는 것은, 오늘날 미·중 갈등을 통해 공산주의와 자본주의라는 양극 체제가 어느 정도 빛을 잃은 마당에, 우리 한국인 고유의 '동학혁명적 평화주의', '3·1혁명의 비폭력 원칙', 그리고 '평화적 촛불시위' 등에 기반한 최근의 '한국적 평화주의'의 발전된 어떤 형태가 어느 날 갑자기 빛을 받을 수도 있겠다는 것이 청사 선생의 생각인 듯하다.

따라서, 청사 선생의 '변혁적 중도주의'는 우리가 일단 우리의 새로운 통일논의의 출발점으로서 고맙게 새겨볼 만한 관점이라는 것이 나의 생각이다. 국제적 기회가 올 때마다 남북분단체제에 살짝 '변혁'을 가하고, 남한의 '평화주의적' 중도 세력을 조금씩 확장해 가는 일 ― 이런 두 차원의 작업을 ― 청사 선생의 오랜 모색의 토대 위에서 ― 계속해 나가는 것이 중요할 것이다.

'자유민주주의로의 통일', 또는 '흡수 통일'을 구두선처럼 외우면서 실은 통일을 아예 원치 않는 사람들이 너무나 많다. 아무튼, 우리는 중국이나 북한에 성급하게 접근할 필요는 없지만, 늘 깨어 있는 지성으로 분단 상황을 변혁시킬 기회를 엿보는 동시에 평화·생태주의적 중도 시민의 기반을 확장해 나가고자 하는 민주시민으로서의 지혜로운 지향(志向)이 필요하리라.

이런 의미에서도 Y 대통령과 그의 지지자들이야말로 가장 거추장스럽고도 위험하기까지 한 반통일세력이며, 청사 선생의 '중도주의'를 확장해 나가는 데에도 큰 장애가 되므로 가차 없이 청산해야 할 시대착오적 세력이다.

서 시인에게 전화해서, 감기 때문에 우리의 만남을 며칠 연기하자고 했다. 형편없이 변성된 내 목소리가 이미 그 제안의 불가피함을 입증했을 것이다. 나 자신도 그녀들을 만나지 못해 무척 아쉽다.

2025년 1월 3일(금)
32. 공수처와 경호처의 대치 상황

아침에 공수처가 Y 대통령 체포 작전을 개시했다. 그러나, 관저 정문은 간신히 통과했지만, 관저 바로 앞에서 경호처와 대치 중(오전 10시 현재)이라 한다.

Y 대통령은 끝까지 그 저열하고 비열하며 비루한 행태를 보임으로써, 이 꼴을 목도하는 민주 시민들이 기가 막혀 말을 잃을 지경이다.

공수처 30명과 경찰 인력 120명이 투입되어, 체포영장을 집행하고자 했으나, 10시 30분 현재 경호처장이 수색 불허 입장을 고수하고 있다고 한다.

공조본(공수처와 경찰의 공조 수사 본부)은 경호처 인원들과 대치 중이었으나, 5시간 30분 만인 1시 30분에 그만 철수했다.

허망하다! 이를 지켜본 민주 시민들은 허탈과 분노에 할 말을 잃는다.

공수처의 무력 · 무능함과 C 대통령권한대행의 기회주의적 처신이 다 같이 국민 분노의 대상이다.

2025년 1월 6일(월)

33. '한강진 대첩'

1월 3일부터 오늘까지 3박 4일 동안의 '한강진 대첩'에 대한 S 시인의 다음과 같은 글이 페이스북에 올랐다:

"매트, 핫팩, 무릎담요, 은박덮개 등을 보내준 사람들, 택배기사님들, 퀵서비스 노동자분들, 도로와 거리 곳곳을 깨끗이 청소해 주신 분들, 무대 음향 노동자분들께, 그리고, 꼰벤뚜알 프란치스코 수도회에서도 도움의 손길을 보내주심에 감사드립니다.
해방의 광장, 투쟁의 광장, 연대의 광장이 한강진이었음을 잊지 않겠습니다."

나의 댓글:
"장하십니다, 그대들 혹한을 이겨낸 민주 투사들이여! 눈사람보다 더 순정하고 키세스처럼 달콤하며 겨울밤 응원봉처럼 찬연한 아름다운 젊은이들이여! 미안합니다! 사랑합니다! 함께합니다!
다시 개벽을 이미 개벽으로 바꾸어 놓은 그대들 젊은이들이여, 고맙습니다!
우리는 반드시 이길 것입니다!"

2025년 1월 7일(화)

34. 석대들에서 도망치다!

우금티에서 한번 전투를 치르고 점고를 마친 녹두장군이 나를 부르시고는, 초산(楚山, 손화중 장군의 호)께 전할 서찰이 있으니 이걸 갖고 나주로 내려가라, 그리고, 거기서 그 어른을 돕고 있으라는 말씀을 하셨다는 얘기는 이미 한 것 같구만이라.

그래서 내가 단신으로 나주에 도착한 날이 12월 18일(음력 11월 22일)이었는디, 마침 그날 손화중 장군과 최경선 장군을 위시한 오권선(나주), 이방언(장흥), 이은중(함평), 배규인(무안), 국문보(담양) 접주 등의 동학농민 연합군이 나주성을 포위하고 결전을 앞두고 있더구만이라. 나는 손 장군께 인사를 드리고 전 장군의 서찰을 전해드렸지라. 그것을 다 읽고 잠깐 생각에 잠기던 손 장군이 나를 이방언 장군께로 데리고 가더구만이라. 이방언 장군은 인천 이씨의 오랜 세거지인 장흥군 용산면(蓉山面) 묵촌(墨村) 출신으로서, 1894년 5월 27일(음력 4월 23일)의 장성 황룡존 전부에서 장대를 사용하여 관군에게 승리하자, '장태장군'이라는 별호까지 얻은 용장이었는데, 내가 원평집강소에서 일할 때 이방언 장군을 한두 번 뵌 적이 있었지라. 이방언 장군도 나를 알아보시고, 손화중 장군의 뜻에 따라 내가 자기 휘하에서 일하도록 흔쾌히 허락하셨지라.

그 이튿날인 12월 19일(음력 11월 23일), 우리 동학군은 나주 북문 밖의 함박산에 진출해 있었는디, 민종렬 나주목사가 우영장 이원우와 함께 옹성막(甕城幕)에 올라 수성군을 독려하는 모습이 육안으로도 관찰되더랑께. 12월 20일(음력 11월 24일), 오시(午時)에 민종렬은 도통장

정석진에게 출격을 명령, 미시(未時, 오후 2시 경)에 남산 앞에 도착, 남산촌 들판에서 마침 소를 잡아 밥을 먹고 있던 우리 동학농민군에게 화포로 공격해 왔지라. 식사 중에 갑자기 공격을 당한 우리 농민군의 시체가 쌓여 서로 포개질 정도였당께. 12월 21일(음력 11월 25일)에도 관군이 대완포와 천보총으로 사격을 해 오니, 우리 농민군은 하는 수 없이 흩어졌고, 나는 이방언 장군을 따라 장흥 쪽으로 갔지라. 그 도중에 나는 손화중 장군이 농민군을 해산하시고 고창으로 숨어드셨다는 말을 전해 들었당께. 그뿐만 아니라, 12월 21일(음력 11월 25일)에는 원평 구미란전투에서, 12월 23일(음력 11월 27일)에는 태인 성황산에서 우리 동학군이 잇달아 패배했다는 비보가 들려오는 거야. 이것은 일본에서 온 후비 제19대대장 미나미 코시로(南 小四郎)가 스나이더 소총(사거리 800미터)과 캐틀러 연발 기관총(사거리 500미터)이란 새로운 무기를 사용하면서, 우리 관군을 아울러 지휘하고 있기 때문이라는 무서운 소식이 함께 들려왔지라. 기껏해야 3분에 한 발을 쏠 수 있는 소수의 화승총(사거리 200미터)과 대부분 농기구나 죽창을 지닌 농민군이 이런 신식 무기를 감당할 수 없음은 너무나 명백했당께.

이방언 휘하 장흥농민군은 12월 21일(음력 11월 25일)부터 1895년 1월 6일(음력 1894년 12월 11일)까지 회령진성 무혈입성(12월 21일), 홍양현 일시 점령(12월 23일-26일), 벽사역 점령(12월 30일), 장흥부 함락(12월 31일-1895년 1월 1일), 강진현 함락(1월 2일), 병영성 함락(1월 5일-6일) 등 6연승을 거두었지만, 1월 5일(음 12월 10일)에 드디어 일본군 후비보병 19대대와 이규태의 통위영 군, 그리고 이진호의 교도중대 등 일본군 및 관군 연합군이 나주성에 들어왔어여. 전라 병영 함락 소식에 그들은 조·일 연합군을 편성하고, 장흥토벌작전에 돌입하게 되었으며, 악명 높은 미나미 코시로 19대대장이 연합군 부대의 총지휘를 맡고, 나주 관아에 앉아 작전 명령을 내리기 시작하지라. 이때부터 조선 동학농민군을 초멸(剿滅)하라는 히로시마 대본영의 지시가 가차없이 실행되는 것이여.

1895년 1월 6일(음력 12월 11일), 동학농민군을 초멸하려는 일본군과 관군, 그리고 민보군이 각 방면에서 장흥을 포위하고 조여들어 왔으며, 동학농민군은 1월 9일(음력 12월 14일) 결국 석대들에서 최후의 결전을 맞이하게 되었당께. 그날 이른 새벽, 이방언 장군이 나를 자기 막사로 불러, '자네를 아껴 어떻게든 미래의 동학군 지도자로 살려두려는 전봉준 장군의 뜻'이라며, 석대들 전투에 참전하지 말고 '도망쳐 어떻게든 살아남아라'고 하시며, 나주 쪽으로 가다가는 민보군에게 잡힐 테니 절대 그쪽으로 갈 생각은 말고, 일본 해군이 해상도 봉쇄하고 있겠지만, 어떻게든 회진 포구로 가서 배를 얻어 타고 진도 쪽으로 도주하라는 말씀이여. 그러면서 장태 장군은 내 어깨를 두 번 두드려 주시더랑께. 나는 그만 울컥 눈물이 솟아나서, 황급히 이방언 장군의 가슴에 내 얼굴을 파묻었지라.

"자, 날이 밝기 전에 어서 떠나라! 부디 몸조심해서 꼭 살아남아라. 우리는 자네에게 우리 동학군의 미래를 부탁하는 것이니라!" — 이것이 이방언 장군의 작별 인사였고, 장군은 나를 막사 밖까지 데리고 나와서는 떠나지 않으려는 내 등을 부드럽게 떠다밀어 주셨지라.

나는 소석대산까지는 도망갔지만, 차마 그곳을 그냥 떠나지는 못하고 거기 야산 위에 한동안 숨어서 석대들을 내려다보고 있었어여.

'나 이 김일술이란 사나이는 누구인가? 장군님들은 왜 나를 살려 두고자 이다지도 애를 쓰시는가? 장가도 못 간 채 일찍이 경향 각지를 헤매다니며 한문을 배우고, 장사를 한다며 일본 문자와 영어 알파벳을 익히고, 주판으로 셈을 하고 회계 장부를 작성하는 법을 배웠지. 중국, 일본, 아라사, 그리고 영국, 불란서, 독일, 미국 등 서양 열강들의 탐스런 먹이로 전락해 있는 조선 왕조의 국제적 위기를 체감하고, 기울어져 가는 왕조의 부패한 관리들의 탐학을 개탄해 왔으며, 궁지에 몰린 민초들의 비명에 같이 울며 분노해 왔다. 잠시 고향에 다니러 갔다가 개남 삼춘에게 붙들려 백산 결진에 참여했다. 그때 함께 죽창을 들긴 했지만, 아직 한번도 백병전에 뛰어든 적은 없이, 막사에서 포고문을 작성하거나 후방에서 군수물자를 조달하는 데에 진력해 왔다. 수운과 해월의 사상에 대한 믿음도 아직은 굳건하지 못하다. 이런 나를 장군님들은 우리 동학군의 미래의 희망으로 살려두고자 하셨다. 이 나란 인간이 과연 그만한 가치가 있을까?'

그렇게 석대들 전체가 피바다로 화하는 처참한 광경을 울면서, 이를 악물고 보아내던 나는, 어느 순간 후딱 정신을 차리고 무조건 뛰었지라. 관산 쪽으로 가는 고개를 넘고자 했으나 이미 관군과 일본군이 개미떼처럼 와글거리고 있었으므로 다시 야산으로 도망치고, 민보군에 쫓겨 이리저리 산을 오르내렸어라. 밤이 되자 세찬 바람의 냉기가 뼈에 사무치는데, 눈발까지 휘날리어, 천지사방을 분간할 수 없었지라. 나 김일술은 전 장군과 손 장군, 그리고는 이방언 장군의 원대한 배려로 질긴 목숨을 건진 듯했지만, 끝내는 이렇게 엄동의 관산 속을 방향도 모르고 헤매다가 굶고 얼어 죽을 지경에 이르렀어여. 그 뒷얘기는 나중에 또 계속해 줄 것이구만.

2025년 1월 8일(수)

35. 우리가 파악하는 진리란 색색으로 분광된 그 반조(返照)에 불과하다

새해 들어 처음으로 『파우스트』 강의가 있는 날이었다. 내가 문화 공간 '길담'의 강의실에 들어서니, 서 시인과 그녀의 딸 희경 양도 수강자로서 거기 와 앉아 있었다. 서 시인이 오겠다는 말은 얼핏 들은 적이 있었지만, 희경 양이 어머니와 함께 와서 강의실에 앉아 있을 줄은 전혀 상상하지 못했다.

오늘은 『파우스트』의 제2부가 시작되는 날이다. 파우스트가 그레첸과 그 아기, 그녀의 어머니와 오빠 등 네 생명을 죽인 중죄를 짓고 나서, '망각의 잠'에서 깨어난 직후에, 그가 다시 태양과 무지개를 바라보며 독백하는 유명한 장면을 설명할 차례다.

파우스트

위를 쳐다보자! — 우뚝 솟은 거대한 산봉우리들이	4695
벌써 지극히 장엄한 시간을 알려주는구나.	
산봉우리들이 그 영원한 빛을 먼저 누리고,	
나중에야 그 빛은 우리를 향해 내려온다.	
지금 높은 산의 낮은 초록 풀밭에	
새로운 광휘와 밝음이 베풀어지다가	4700
그것이 한 계단씩 아래로 내려오더니, —	
태양이 떠오른다! — 그런데 유감스럽게도 벌써 눈이 부셔서	
나는 아픈 눈의 고통을 온몸에 느끼며 몸을 돌려야 한다.	

그러니까 이런 것이구나, 어떤 간절한 희망이
최고의 소망에 드디어 도달했다고 믿는 순간,　　　　　　　　　4705
성취의 문이 활짝 열려있는 것을 보는 그 순간,
그러나 그 순간에, 저 영원한 근원으로부터
엄청난 양의 불꽃이 솟구쳐 나와, 우리는 당황해서 거기 멈춰 서 있게 되는 것이다.
우린 생명의 횃불에 불을 붙이고자 했건만,
불바다가 우릴 둘러싼다, 이 무슨 불이란 말인가!　　　　　　　　4710
활활 타오르며 우릴 에워싸는 이것이 사랑인가? 증오인가?
고통과 기쁨이 무섭도록 번갈아 찾아오기에
우리는 다시 지상으로 눈을 돌려,
첫새벽 안개 베일 속에 몸을 숨긴다.

그러니 태양이여, 부디 내 등 뒤에 머물러 다오!　　　　　　　　4715
절벽에서 콸콸 쏟아져 내리는 폭포수를
나는 점증하는 환희심으로 바라본다.
폭포는 아래로 내려올수록
수천수만 갈래로 흩어져 쏟아져 내리고
공중 높이 수많은 물거품을 쏘아 올린다.　　　　　　　　　　　4720
하지만 얼마나 아름다운가, 이 폭풍우에서 생겨난
색색의 무지개가, 변하면서도 또 지속적으로,
둥그렇게 하늘에 걸려 있는 모습이란!
때로는 선명하게 그려놓은 듯하다가도 때로는 공중에 흩어지면서
향기롭게 시원한 물보라를 주위에 흩뿌리는 그 모습!　　　　　　4725

이 무지개는 인간의 지향적 노력을 비춰주는 거울이다.
이 무지개의 의미를 잘 음미해 보라, 그러면 그대는 더 자세히 이해하리라,
우리가 파악하는 인생이란 색색으로 분광된 그 반조에 불과하다는 것을!

『파우스트』 제1부에서 '작은 세계'를 탐구하다가 득죄(得罪)한 파우스트가 제2부에서 다시 '큰 세계'를 탐구하기 위해서는 이른바 '망각의 잠'이란 중간 과정을 거쳐야 한다. 그 '망각의 잠'이 없다면, 이미 네 생명을 죽인 죄인 파우스트의 일거수일투족이 모두 비열한 죄인의 행동에 지나지 않게 보여서 '큰 세계'의 고상한 탐구가 불가능해질 것이기 때문이다.

아무튼, 이제 '망각의 잠'에서 갓 깨어난 파우스트는 해 뜨는 장면을 바라보다가 사랑인지 증오인지 알 수 없는 강력한 태양의 불꽃에 눈이 부셔 태양을 등지게 되고 그 태양광으로 인하여 생긴 찬연한 무지개를 바라보면서, 우리 인간이 "파악하는 인생이란", 즉 우리가 볼 수 있는 진리의 빛이란 태양광이 "색색으로 분광된 그 '반조'(返照)에 불과하다는 것"을 깨닫게 된다.

내가 여기까지 설명했을 때, 희경 양이 질문을 했다.
"선생님, '반조'라는 말이 어렵네요. 원어로는 'Abglanz'라고 되어 있던데, '광휘(Glanz)'와는 어떻게 다른가요?"
"아, 정말 좋은 질문이네요!" 내가 말했다. "'Abglanz'는 'Glanz(광휘)'에서 떨어져 나온 것, 즉 '광휘의 편린(片鱗)'이란 의미지요. 그렇지만, 지금 태양의 광휘가 무지개로 분광된 편린이라는 의미니까 의역해서 '되비치는 빛', 즉 '반조'로 번역한 것입니다. 내가 여기서 이것을

'색색으로 분광된 그 반조'로 번역한 것은 물론 미흡한 번역이지만, 지금까지의 번역판들에서 보이던 오역들보다는 조금 나아졌다고 자부하고 싶답니다."

"칸트의 인식론이 살짝 연상되네요." 희경 양이 말했다. "우리 인간은 '물 자체'는 인식할 수 없고 '현상들'만 인식할 수 있을 뿐이라는 논설 말입니다. 저의 엉뚱한 생각일는지요?"

"아, 철학도로서 당연한 연상입니다!" 내가 대답했다. "칸트가 우리 인간은 '물 자체(Ding an sich)'는 볼 수 없고, 다만 그 '현상들(Erscheinungen)'만 볼 수 있다고 했지요. 그것을 괴테는 여기서 문학적으로 표현했다고 볼 수 있겠습니다. 물론, 괴테가 이것을 꼭 칸트한테서 배운 것 같지는 않습니다. 이 정도 깨달음은 아마도 그 당시의 식자들 사이에는 이미 공유된 인식이 아니었을까 싶네요."

"희경이가 오늘 잘 왔네!" 서 시인이 딸을 보고 이렇게 말하고는, 연이어서 좌중을 둘러보며 말했다. "무지개는 아름답고 선명해서 인간의 '지향적 노력을 비춰주는 거울'이기도 하지만, 곧 공중에 흩어지고 말지요. 진리에의 접근 불가능성과 인간 인식의 한계를 태양광과 무지개로 비유해서 설명하고 있는 이 대목만 올바르게 이해해도, 우리 모녀가 오늘 여기 온 보람을 느낄 수 있을 듯합니다."

"그럼요! 참 잘 오셨어요!" 최영숙 님이 말했다. "환영합니다. 두 분이 오시기 전에도 우리 다섯 명의 수강생들은 선생님의 이 강의야말로 너무나 귀한 강의인데, 우리 다섯 명만 이 자리에 앉아서 그 말씀을 독점해서 누리고 있다는 사실이 늘 과분하다고 느꼈답니다. 이런 강의를 들으면, 절대로 Y와 같은 불한당이 나올 수 없죠. 아무튼, 오늘 아름다우신 모녀분이 이 자리에 합류하시니 무척 반갑고 기뻐요. 환영합니다! 앞으로도 꼭 나오세요. 결석하지 마시고요!"

최영숙 님이 웃으면서 이렇게 환영하는 말을 하자, K 님, P 님, U 님도 가볍게 손뼉을 치며 즐겁게 웃었다. 신중식 군만 무슨 깊은 생각에 잠긴 채 약간 무표정하게 앉아서 자기 앞에 놓인 찻잔을 응시하고 있었다.

2025년 1월 15일(수)
36. Y 대통령 체포

공수처와 경찰이 오늘 아침 드디어 Y 대통령 체포영장의 집행에 다시 나선 모양이다.

경찰이 새벽 4시 30분경부터 3,200명을 투입, 충돌 없이 관저 내로 진입, 오전 10시 현재 체포 형식 및 절차 협의를 진행 중이라 한다.

Y 대통령의 친구로 자처하는 S란 자가 또 언론 앞에 나와서, 경호 이동이 준비되는 대로 Y 대통령이 오늘 중에 경호차를 타고 공수처로 출발하겠다는 의사를 발표했다고 한다.

10시 40분경 차량들이 관저를 출발, 공수처로 향했는데, 공조본의 발표에 의하면, '내란수괴 혐의'로 10시 33분에 Y 대통령에 대한 체포영장을 집행했다는 것이다.

한편, 10시 53분 공수처에 도착한 Y 대통령 측은 담화를 발표하고, "수사기관이 거짓 공문서를 발부해 국민을 기만하는 불법을 자행했지만, 불미스러운 유혈사태를 막기 위해 공수처 출석에 응했다"라고 하면서, "응원하고 많은 지지 보내주신 데에 감사"한다고 말했으며,

"저는 불이익을 당해도 국민이 이런 일 당하면 안 된다, 안타깝게도 이 나라에는 법이 모두 무너졌다"라고 개탄했다고 한다.

국민께 한마디 사과도 없고 일호의 자기반성도 없는 이런 지저분한 언행에 대해 민주시민은 정말 경악할 수밖에 없고 아무 말도 입 밖으로 나오지 않는다. 가히 언어도단의 지경이 된다.

2025년 1월 17일(금)
37. 심화(心火)는 심화(心和)로 꺼라!

시국이 너무 어지럽다. 거기에 한번 마음을 빼앗겨 함께 휩쓸리면, 심사가 어지러워 아무 일도 손에 잡히지 않는다.

이런 와중에 잠시 마음을 진정시킬 수 있을까 하고 도올 선생의 동경대전을 읽다가 수운의 '제서(題書)'라는 시가 눈에 들어왔다.

약방문을 얻기도 약을 구하기도 어려운 듯하나(得難求難)
사실 이건 어려운 게 아니다(實是非難).
마음을 화평케 하고 기를 온화하게 하라(心和氣和).
그러고는 봄의 화평을 기다리도록 하라(以待春和).

1863년에 피부병이 유행해서 도인들이 약방문을 청해 오는지라, 수운 선생께서 붓을 들고 화제를 써 주시려다가, 문득 이런 시를 그들에게 써 주셨다는 도올의 해설이 덧붙여져 있어서, 시를 이해하는 데에 기본적 도움을 받은 연후에, 내가 약간만 달리 번역해 보았다.

나의 아전인수(我田引水)식 해석일지도 모르겠으나, 지금 이런 시운(時運)에는 내게 딱 알맞은 '처방전'이 아닐까 싶다.

트럼프든 Y든, 말과 처신이 참되지 않은 사람을 두고 괜히 속을 태우거나 단정치 못한 말을 입에 올리지 말고, 우선 조용히 자기 마음속에 하느님을 모시고[內有神靈], 바깥으로는 자신과 하느님의 기운을 일치시켜[外有氣化], 수심정기(修心正氣)를 통해 마음을 잘 다스리면서, 다가오는 봄의 조화를 기다리자[無爲而化].

나는 금세 마음이 좀 진정되어 서 시인한테 다음과 같은 문자를 보냈다.

심화기화 이대춘화(心和氣和 以待春和) - 동경대전에 나오는 수운의 시구인데, 추악한 금수(禽獸)들이 날뛰는 세상을 앓고 있는 나와 같은 환자한테는 괜찮은 처방 같습니다.

금방 답이 떴다 — "수운 선생의 '제서(題書)'라는 시에 나오는 말씀이지요? Y 같은 인간의 언행을 보며 얻은 심화(心火)를 조용히 끌 수 있는 훌륭한 처방전이네요! 하지만, 선생님은 번역에 집중하시는 것이 더 효능이 있을 듯! ㅎ"

하지만, 오늘도 추운 노변에서 이 난국을 돌파하기 위해 싸우고 있는 젊은이들을 생각하면, 같이 참여하여 함께 싸우든지, 선결제를 통해 따뜻한 어묵 한 그릇이라도 보내주든지, 무엇이든 해야 할 것 같은 마음이다.

2025년 1월 18일(토)
38. 산중 극락

갑오년 당시 우리 동학농민군이 제일 서러웠던 게 뭔지 알겄냐? 관리들의 탐학도, 왕조의 몰락도 아니었당께. 왜군의 신식 무기 앞의 절망도 진짜 정답은 아니랑께. 패잔병이 되어 고향으로 돌아가는 길에 다 같은 농투산이들인 민보군을 겁내야 하는 상황이 제일 서러웠제.

수운과 해월이 반상(班常), 양천(良賤), 적서(嫡庶), 남녀, 빈부의 차별을 없애자는 평등사상과, 사람을 하늘같이 모시자는 사인여천(事人如天) 사상을 근간으로 하는 동학의 도(道)를 널리 펴시자, 그 가르침이 특히 농민, 소작농, 머슴, 노비 출신에게는 큰 복음이었지라. 그래서 동학농민군 중에, 농민은 물론이지만, 서출(庶出), 소작농, 머슴, 노비, 재인(才人) 등 당시 억울하게 차별받던 사람들이 많았당께. 그래서, 그들 중에는 평생 쌓였던 울분을 더는 참지 못하고, 수운과 해월, 그리고 동학 접주들의 '불살생'의 가르침에도 불구하고, 동학군으로서 양반 지주나 옛 주인이나 향리(鄕吏)를 징치하거나 그들의 재물을 강탈하는 사건이 자주 발생했지라. 이러한 동학도들의 섣부른 '설분' 행위들에 대해 반감과 위기감을 느낀 양반 지주층이나 유생들, 그리고 향리들은 유회군(儒會軍), 또는 민보군(民堡軍)이라는 일종의 민간 자위대(自衛隊)를 결성하여 동학농민군의 행패에 대항하고자 했는디, 이 조직의 구성원들도 대개는 지방 양반 및 유생들과 향리들의 휘하에 있는 소작농, 소작 독립 노비들 등이었지라. 이들 민보군은 동학농민군을 만나는 족족 잡아서 불문곡직하고 잔인하게 죽였는디, 가난하고 힘없는 백성들끼리 서로 반목하고 적대시한 이런 말 못할 비극이 이 땅 위에서 벌어진 것이여.

동학농민군이 패잔병이 되어 고향으로 돌아가야 하는 상황에서, 일본군이나 관군을 피해 어느 농가에 들어가 끼니나 잠자리라도 구걸해야 하는데, 방방곡곡에서 오히려 민보군의 추격과 색출을 받게 되니, 가엾은 동학농민혁명군 패잔병들이 숨을 곳, 끼니를 얻어먹을 곳이 없게 된 것이지라. 현대식으로 말하자면, 빨치산이 그 지지기반을 잃은 셈이지라. 아니, 지지기반을 잃었다기보다는 거꾸로 오히려 그 지지기반과 싸워야 하는 처지인 거이라.

내가 그날 장흥 소석대산에서 나주 쪽으로 도망을 갔더라면, 십중팔구는 나주 인근의 야산이나 들편에서 나주 민보군에게 붙잡혀서, 나주 초토영 앞의 그 "680구의 시체"의 '산더미'에 보탬이 되었을 것이랑께. 소석대산에서 해변을 향해 도망치던 내가 가장 무서워하면서 피해야 했던 것은 일본군도, 관군도 아닌, 바로 그 민보군이었당께. 그들은 야산에도, 마을 고샅에서도 눈에 불을 켜고 동학군 패잔병들을 노리고 있었으니께 말이여! 이렇게 나는 엄동에 허술한 옷차림으로, 민보군의 수색과 탐색을 피해, 방향도 모르는 채, 밤중에 장흥의 관산을 이리저리 오르내려야 했구만이라! 살을 에이는 듯한 추위에 산속을 헤매다가, 아무것도 먹지도 마시지도 못한 채 몸이 얼어 거의 기진

한 상태에서 언뜻 한 점 불빛을 본 것 같았지라. 그때 나는 이제는 민보군이고 뭐고 더는 무서워할 여유도 없이 본능적으로 그 불빛을 향해 비틀비틀 걸어갔지라. 그러다가 어느 순간 내가 더는 내 몸을 지탱하지 못해 픽 엎어지는 것 같았는데, 그 순간 나는 '아, 여러 장군님들이 동학의 미래를 위해 살려두고자 하셨던 이 목숨이 여기서 이렇게 허망하게 죽는구나!'라고 어렴풋이 생각했지라.

내가 눈을 떴을 때는 어떤 토방에 나 혼자 따뜻한 이불을 덮고 고이 누워 있더랑께. 여기가 어딘가? 어째서 내가 이렇게 편안히 누워 있는가? 내가 그렇게 누운 채 정신을 차리고 주위를 살피니, 어떤 여자의 방에 홀로 누워 있는 것 같았지라. 토담방의 쑥 들어간 벽장 안에 울긋불긋한 여인의 치마와 저고리들, 그리고 삼베 띠와 닭의 깃털 같은 것들이 많이 걸려 있었지라. 그때 누군가가 방문을 열고 들어오는 듯해서 난 엉겁결에 그만 다시 눈을 꼭 감아버렸어야. 어떤 향내 같은 것이 내 코끝을 스쳤어라. 내 느낌에 부드러운 여자 손이 내 가슴 위에 얹히는 듯했어여. 여자가 자기 얼굴을 내 얼굴에 가만히 갖다 대는데, 바깥에서 들어온 사람의 얼굴이 차서 나는 그만 소스라쳐 눈을 뜨고 말았제.

"깨어나셨수?"

"아, 여기가 어디오? 그리고 당신은 뉘시오?"

"정신이 좀 드요? 어젯밤에 여기 당집 앞까지 와서는 픽 하고 엎어지더구만이라. 나는 방금 씻김굿을 해서 잘 보내드린 귀신이 도로 돌아온 줄 알고 기겁을 했당께! 얼어서 꾸덩꾸덩 해진 빨랫감처럼 몸이 완전히 굳어 있었지라. 숨이 아주 끊어져 있었쟈. 나는 언 빨래가 꺾어지는 듯이 쩍쩍 소리를 내는 사람 몸을 간신히 자리에 눕혀 놓고 삼신 할매한테 이 사람을 살려달라고 빌었제. 그런데, 이미 숨이 끊어져 삼신할매도 칠성님께 빌어야 했다제. 원래 생명줄이 곧 끊어질 사람으로 점지되어 있었다지라. 삼신 할매가 칠성님께 빌고 또 빌어서 한 보름이라도 생명줄을 연장받았디야. 그래서 억지로 물을 조금 입에 넣어 주었더니, 한참 뒤에 간신히 숨결이 돌아오는 것 같더구만이라. 누구시지라? 어제 석대들이 온통 피바다가 되얏다더니, 거기서 관산에 숨어든 동학농민군 겉은디, 이 아래 마을 사람들한테 들키면, 살아남지 못해유! 죄 민보군이니께라우. 강냉이죽을 쒀 놨는디 좀 드실랑가?"

여자는 내 대답을 기다리지도 않고 일어서더니, 부엌에 가서 강냉이죽 한 그릇과 퍼런 김치가 든 종발과 수저를 올린 동그란 외상을 들고 다시 돌아왔지라. 그사이에 나는 일어나 앉아 있었제. 온몸이 뻐근하고 기운이 없기는 해도, 강냉이죽 한 그릇을 혼자 먹을 힘은 남아 있더구만이라.

"보시다시피, 난 당녀지라. 무녀란 말이랑께. 꾸딩꾸덩히 얼은 몸을 간신히 안돈해 놓고 이따금 숨이 꼴깍거리는 사람의 얼골을 내려다보자니, 여장을 하면, 여자로도 믿을 만큼 참 고운 귀상이더구만이라. 칠성님의 국자에서 물방울을 받아서 숨이 돌아온 사람의 입에 넣어주며 부디 살려주시기를 비손 비손했더니, 우선 목숨을 구해 주시긴 하지만, 남은 명이 길지는 않다고 가르쳐 주셨다오. 여기 나한테서 한 이틀 쉬었다가 사람들 눈을 피해 회진 포구로 내려가서 배를 구해 타고 진도 쪽으로 가세여. 그래야 거기서 다시 농민군들도 만날 수 있을 테지라."

아, 여보게, 김일술 교수! 90년 만에 내 해골이 고국에 돌아왔을 때, 사람들은 나 완산 녹두 김일술이 서른이 넘도록 여자도 모르고 죽은 몽달귀신일 듯하다며 불쌍하게들 생각하더구만이라. 하지만, 내가 장가를 못 든 것은 맞지만, 관산 속의 그 당집에서 몽달귀신은 면했지라. 내가 나타나면, 늘 재미 없이 동학 얘기만 했제? 오늘은 그 당집에서 내가 몽달귀신을 면한 얘기라도 해불까 싶어야!

그 당집에서 이틀밤을 지내는 동안, 나는 이 세상의 온갖 기쁨을 다 맛본 듯했당게. 씻김굿을 한 백설기와 인절미도 남아 있어서 먹을 것이 부족하지도 않았고, 무엇보다도 요와 이부자리가 하나밖에 없어서 여자와 한 이불 밑에서 잘 수밖에 없다는 것이 좋았어여. 처음에는 좀 서먹하고 어색했지만, 내 전신이 무엇인가 뭉클거리는 존재와 완전히 딱 붙어 혼연일체가 되어 누워 있다는 사실이 몹시 신기하기도 하고 기분도 무척 좋았지라. 사실 난 그럴 때 어떻게 해야 되는지도 잘 모르고 있었당게. 하지만, 그냥 가만히 있기만 해도 될 건 다 된다는 것이 너무 신기하기만 했어야. 내 아랫도리의 그것이 엄청나게 부풀어 올라 있었기에 내가 좀 부끄러운 성해서 그냥 가만히 있었는디, 그게 어디 미끌거리는 데로 갑자기 쑥 들어가 버리더라니까! 두 몸이 하나로 거의 딱 붙어 있었는디, 어디에 또 그런 빈틈이 있었는지 신기했지만, 다소 민망하기도 해서 가만히 있으니까, 여자가 몸을 약간 비트는디, 내 물건이 저절로 나왔다가 다시 또 들어가는 것이여. 한참 그렇게 수없이 들락날락 하다가 마침내 나도 여자도 힘이 다해서 그만 픽 나뒹굴게 되야부렀어야.

나는 여자가 너무 귀엽고 고마워서 손으로 여자의 귀밑머리를 쓸어주면서 여자의 입술에 내 입술을 갖다대었는디, 여자의 혀가 쏙 나오길래 그 혀를 정성스럽게 빨아주고, 또 귀와 목덜미 여기저기를 핥아 주었당께. 그 동작이 얼마나 자연스럽게 나오던지 난 속으로 혹시 내가 나쁜 놈이 아닐까 하는 생각이 드잖여. 어디서 배운 것도 아닌디, 이 짓을 이렇게 잘도 하고 있는 걸 보면, 내가 진작부터 어디 옳지 않은 구석이 많았던 놈 아닐까 싶더구만이라.

더 놀라웠던 사실은 내가 푹 자다 깨어보니, 한밤중인디, 여자가 내 품 안에서 고이 자고 있는게지라. 나는 그 짓을 한번 더 하고 싶어서 내 굵어진 물건을 여자의 사타구니 근처로 무작정 디밀어 보았지만, 그게 잘 안 되더랑께. 한참 하릴없이 그러고 있는데, 여자가 잠결에도 자기 손으로 내 물건을 끌어가서 어디엔가에 갖다넣어 주었지라. 그러자, 이제는 내가 온통 설레발을 치면서 그 여자를 끌어안았다가 놓아주었다 했고, 입으로는 온통 그 여자의 입술과 혀, 귀와 목덜미를 빨고 핥았지라.

이렇게 극락과도 같은 이틀 밤이 지난 이른 새벽이었지라. 그 여자가 갑자기 날 깨우더니 날 더러 이제 떠날 때가 되었다며, 자기의 속옷과 치마저고리를 입혀 나를 여자로 변장을 시킨 다음, 회진 포구로 함께 내려가야 한다는 것이여. 내가 여자와 함께 그 당집을 나오면서 희미한 달빛에 얼핏 보니, 문 앞에는 '삼신당'이라는 비뚤비뚤한 글씨의 나무 간판이 붙어 있고, 당집이 기대고 서 있는 큰 바위의 한쪽 벽면에 울퉁불퉁한 사람의 얼굴이 새겨져 있었제. 달빛 아래 힐끗 훑어보니, 아래쪽에 치마주름이 새겨져 있는 것으로 봐서 마애 삼신 할매인 듯했어야. 그 삼신 할매한테 그 여자가 두 손을 모아 비는 바람에 나도 엉겁결에 합장을 하고 고개를 숙였지라. 그다음 그 여자가 나를 데리고 아직 어두운 산길을 내려가서 회진포에서 덕도 가는 배를 태워주고는, 진도까지 갈 노자까지 챙겨 주더구만이라.

"이름이 뭣이요?" 내가 조그만 배에 올라타기 전에 나지막한 소리로 물었지라. "갑자기 이리 이별을 재촉하니, 이름도 모르고 헤어지겠소잉!"

"무안에 볼일 보러 간 박수 남편이 오늘 돌아오는 날이기도 해서 작별을 재촉한 것이랑께. 이제 늙어서 일도 못 치르는 위인이 질투심은 또 엄청 많아서, 둘이 마주치면 제법 귀찮을 듯해서랑께. 순이! 남필순이랑께. 여자 이름이 숙이 아니면 순이지, 뭐! 잘 가소! 부디 몸조심 하시요잉!"

그때, 나는 내가 여장을 하고 있다는 사실을 깜빡 잊고서 사람들 보는 앞에서 그 여자를 껴안으려고 했지만, 그 여자가 재빨리 내 손을 잡고 다정한 자매가 아쉬운 작별 인사를 하는 듯한 모양새를 만들어 보이는 것이었당께.

2025년 1월 19일(일)
39. 조선의 여인 이옥봉

공수처 발표에 의하면, "새벽 2시 50분경 서울서부지법이 Y 대통령 구속영장을 발부"했다고 한다.

Y 대통령 측은 "사법의 종말이자 민주주의의 종말"이라고 발표했다.

비상계엄 발표 47일 만에, 헌정사상 현직 대통령이 처음으로 구속되었다. 이로써, Y 대통령은 체포 기간 포함해 최대 20일간 구속 수사를 받게 되었는데, 검찰은 그를 2월 3일까지는 기소해야 한다고 했다.

내 생각으로는 너무나 당연한 사필귀정의 결과인데, 이것이 그렇게도 어려운 과정을 거쳐야 했는가 의문이며, 지금 탄핵 반대 집회를 하는 시위자들이야말로 보수가 아니라 공화국 법치의 근간을 뒤흔드는 암적 존재들이 아닐까 싶다.

아침 10시에 Y 대통령 지지자들이 서울서부지법 건물에 난입해서 유리창을 깨고 청사 안으로 난입, 불법 폭력을 자행하는 사태가 발생했다는 보도다.

가히 폭동 상황이었는데, 경찰이 시위대를 해산했으나, 경찰관 42명이 부상(중상 5명, 경상 37명)을 입고, 난동자 82명이 체포되었다고 한다.

비상계엄 선포 이래의 혼란 상황이 아직도 계속되고 있는데, 그만큼 Y 대통령 지지세력의 저항이 만만치 않다는 방증이기도 하다.

시대착오적 비상계엄을 일으킨 엄청난 범법자에 대한 징치가 법의 해석과 적용을 둘러싸고 필요 이상으로 오래 질질 끌더니, 종국에는 말도 안 되는 거짓과 뻔뻔스러운 자기변명을 목도하게 되는 한편, 그의 지지자들이라는 무리의 광란극까지 보기에 이르렀다. 이에 나는 도무지 생산적 일을 하기 어려운 기막힌 무기력 상태에 빠져들고 말았다. 세상에 이런 거짓말쟁이, 위선자, 사기꾼이 있을 수 있는가? 시대착오적인 비상계엄을 일으킨 범법자를 대놓고 지지하는 자들이 갑자기 한꺼번에 이렇게 많이 나타나다니! 평소에는 다 어디에 숨어 있다가 이렇게 부끄러운 줄도 모르고 자신들의 추악한 진면목을 뻔뻔스럽게도 세상 앞에 드러낸단 말인가?

　이런 무기력 속에서 내 책상 위에 옆으로 쓰러질 듯 쌓여 있는 '읽어야 할 책들'의 탑을 바라보자니, 지레 질려서, 나는 가장 최근에 포장을 뜯기만 해놓은 장정희의 소설『옥봉』을 일단 그저 한번 훑어나 본다는 것이, 뜻밖에도 앉은 자리에서 그만 다 읽고 말았다.

　　○ 장정희의 장편소설『옥봉』(도서출판 강, 2020)을 읽고

　유려하고도 도저한 문장들은 여인이 쓴 글이라 믿기 어려울 정도로 독자를 사로잡는 힘이 있었다.

　　분합문을 모두 걷어 올려 천장의 들쇠로 고정하고 나면, 앞뒤가 트여 널찍한 정자가 되는 대청마루는 사방에서 달려든 바람으로 인해 한낮에도 더위를 잊을 만큼 시원했다.

　이 작가는 요즈음 사람들은 상상하기도 힘든 옛 양반 가옥의 구조와 쏨쏨이를 소상히 알고 있을 뿐만 아니라, 분합문을 천장의 들쇠에 고정했을 때, 대청마루가 정자처럼 되어 '사방에서 바람이 달려들어' 시원했다고 서술하고 있다. 우리 문화에 대한 탄탄한 지식이 엿보이고 거침없고 탁 트인 감각적 묘사가 돋보인다.

　왕가의 후손인 이봉의 서녀로 태어난 옥봉은 태어날 때 어머니를 여의고 갓난아기로 이봉의 집에서 침모 두만네의 젖을 먹고 자라

나는데, 소녀 때부터 길쌈, 바느질 등 집안 살림에는 관심이 없고 시문에 재주를 보여 아버지 이봉의 사랑을 받는다. 그러나, 이봉의 본처 장씨로부터는 '천한 것'이란 말을 들으며, 어릴 때부터 서녀의 설움을 많이 받는다. 그녀는 자신의 신분적 한계를 깨달은 나머지, 시를 사랑한다고 소문이 난 조원이란 인물의 소실로 들어가기로 결심하고 아버지 이봉의 도움을 받아 기어이 그의 소실이 된다. 조원으로부터 아기를 임신하자 장차 그 아이가 또 서자로 살아가며 온갖 설움을 받을 것을 원치 않았기 때문에 아기를 낳지 않고 부자(附子)를 써서 지워버린다.

옥봉은 조원의 소실로서 사랑을 받고 자신의 시재(詩才)로써 조원과 그의 친구들을 기쁘게 하기도 했다. 그러나, 내외 주인이 모두 출타하고 옥봉이 혼자 집을 지키고 있던 어느 날, 파주(坡州)에 있는 조씨 가문의 선영을 지켜오던 산지기의 아낙이 주인댁을 찾아와 울며불며 자기 남편이 탐학한 관원들에 의해 소도둑으로 몰리게 되었다며 주인댁의 구원을 간청해 왔다. 산지기 아낙의 이 딱한 사정을 듣고, 옥봉이 생각다 못해 파주 목사에게 제출할 소상(訴狀)을 한 장 써주었다.

세숫대야를 거울로 삼고
물로 기름 삼아 머리를 빗습니다.
이 몸이 직녀가 아닐진대
어찌 제 남편이 견우(牽牛)이겠습니까?

아낙의 남편이 '소를 끌고 간(牽牛)' 도둑이 아니라는 말을 이보다 더 간결하게 호소할 수는 없으리라. 파주 목사는 하는 수 없이 농부를 풀어주었지만, 그 후 조원에게 이 소장을 들이대며, 조사해 본 결과 조원의 소실인 옥봉이 이것을 써 주었다더라고 빈정댔다. 때는 당쟁이 극심하여 남명 조식 계열의 북인이었던 조원이 처신을 극도로 조심해야 할 상황이었다. 그래서 조원은 재주가 가볍게 날려서 부덕(婦德)을 지키지 못했다 하여 옥봉을 자기 집에서 내친다.

쫓겨난 옥봉은 자신이 밥벌이라도 할 수 있는 일이 아무것도 없다는 사실에 절망했다. 물레며 길쌈, 자수나 바느질 같은 아녀자의 일은 지금까지 옥봉이 배워온 일이 아니었다. 몸이 부서지라 노력해서 살아가던 당대의 곤궁한 여인들과는 달리, 양반가의 그늘에서 책을 읽고 시를 지으며 살아왔던 하얗고 가녀린 손으로는 끼니를 해결할 수 있는 방도가 없었다.

옥봉은 느꼈다. 무당의 신내림 같은 저 말들을 쏟아내지 않고서는 자신을 다독일 수 없음을! [……] 자신을 사지로 내몬 것이 시였듯, 자신을 구원할 수 있는 것 또한 오직 시뿐이라는 것을! [……] 시를 쓰리라! [……] 서녀로서 첩실로서 온전하지 못했던 내 삶에 온점 찍어주기 위해 기어이 써야만 하리!

옥봉은 시를 쓴 종이에다 기름을 발라 자기 몸을 휘감은 채 바다에 뛰어드는데, 그녀의 시체가 멀리 중국의 해변에까지 도달한 모양이어서, 옥봉의 불우한 삶으로부터 불후의 시가 남아 중국에까지 알려졌다.

평생 이별의 한이 병이 되어,
술로도 못 달래고 약으로도 다스리지 못하네.
이불 속 눈물이야 얼음장 밑을 흐르는 물과 같아
밤낮을 흘러도 그 누가 알아주나.

'이불 속 눈물'이 '얼음장 밑을 흐르는 물'이라. 이런 비유 하나에도 조선 여인 이옥봉의 온갖 슬픔과 설움이 다 들어있고, 이 땅의 여인들이 겪어낸 말 못 할 고초와 정한이 다 스며들어 있다.

이렇게 작가 장정희는 조선조에 여인으로 태어난, 그중에서도 또 서녀로 태어나고 한 남자의 소실로 살면서, 불후의 시를 남긴 시인 이옥봉의 슬프고 한 많은 삶을 도저한 문체로 그려내었다. 이것은 비록 소재는 옛 조선 사회에서 가져왔으나 현대 우리 사회에도 아직 그 의미와 호소력을 지닌 여성적 글쓰기이며, 우리 시대의 중요한 '여성 예술가소설'이기도 하다.

이런 작품 하나만 읽었어도, 2025년 정월에 이 땅을 휩쓸고 있는 터무니없는 거짓말과 뻔뻔스러운 자기변명을 추잡히게 늘어놓는 저런 구시대적 마초(macho)의 모습은 면할 텐데 말이다.

작가 장정희의 다음 작품이 기대된다. 그것은 틀림없이 재미있게 읽히면서도, 현재의 우리 삶의 방식에 대하여 많은 문제점을 자각하게 만드는 '여성적 글쓰기'일 것이다.

(2025년 1월 19일, 페이스북에 올린 글)

이 글을 페이스북에 올려놓고 보니, 장편소설 『옥봉』의 줄거리를 간결하게 요약하느라고, 이 소설의 또 하나의 곁가지라 할 수 있는 옥봉과 두만의 애틋한 사랑에 대해서는 미처 언급하지 못한 사실이 뒤늦게 생각난다. 종장 무렵에 조원의 집에서 쫓겨나 고립무원한 신세가 된 옥봉에게 두만이 찾아와 자신과 함께 그만 고향으로 돌아가자고 애원한다. 이미 스스로 목숨을 끊을 결심이 서 있던 옥봉은 그 제안을 거절하면서, 두만에게 '나를 주마.'라고 제안하지만, 두만은 '싫습니다.'라는 대답을 남기고는 그냥 떠나간다. 자신의 예술가적 최후를 앞둔 시인 옥봉과 순정의 농사꾼 두만 사이의 이 '처절하게 아름다운 사랑과 이별'을 그려놓은 작가 장정희는 아마도 이 땅의 여인들의 삶과 사랑의 본성을 가장 애절하게 인식한 작가로 기억될 듯하다.

2025년 1월 22일(수):

40. 죄인 파우스트의 구원의 문제

오늘의 『파우스트』 강의에서는 최영숙 님을 비롯한 여러분의 요청에 따라, 『파우스트』라는 작품의 종장, 즉 죄인 파우스트의 구원의 문제를 앞당겨 살펴보도록 하겠습니다. 연속 상영되는 영화관에 들어가 영화의 끝 장면을 먼저 보더라도 결국에는 작품을 이해하는 데에 별 문제가 없듯이, 괴테의 작품 『파우스트』의 제2부 제5막을 먼저 조금 살펴보는 것도 이 강의의 원활한 진행을 위한 한 방편이 될 수도 있을 듯합니다.

먼저 제2부 제5막에 나오는 '행위자 비극'을 간단히 설명하겠습니다. 파우스트는 메피스토펠레스의 마법의 도움을 받아서, 반역(叛逆)

황제와 전쟁 중인 현 황제를 도와 큰 전공을 세웁니다. 그 논공행상에서 파우스트는 해안의 습지를 봉토로 받게 되지요. 이제 파우스트는 그 습지를 간척지로 개척하는 '행위자(Täter)'로서, 장차 백성들을 거기에 이주시키고 풍족하게 살도록 해주겠다는 포부를 지니고 그 실행에 나섭니다. 그 과정에서 그는 "현명한 뜻으로 행해져/ 백성들에게 넓은 거처를 마련해 준/ 인간 정신의 걸작품을/ 한눈에 내려다보기 위하여", 즉 자신의 업적을 만족해하면서 그 결과를 한눈에 관망할 수 있는 전망대를 확보하기 위하여, 필레몬과 바우키스라는 노부부가 평화롭게 살고있는 언덕을 탐냅니다. 그래서 그는 메피스토펠레스에게 언덕 위에 살고있는 노부부를 다른 곳으로 이주시키라는 명령을 내립니다. 이에, 메피스토펠레스는 마법의 불꽃으로 노부부의 오두막과 예배당, 그리고 언덕 위에 서 있는 보리수 등을 모두 태워버리자, 결국 노부부와 마침 그들의 손님으로 거기에 유숙하던 젊은 방랑자도 불길에 타죽게 됩니다. 필레몬과 바우키스라는 노부부는 원래 오비디우스의 『변신』에 나오는 인물들인데, 인간으로 변장해서 마을에 내려온 제우스와 헤르메스를 그 마을 주민들 중 유일하게 잘 대접한 보상으로, 홍수에서 살아남고, 한날한시에 죽게 해 달라는 그들의 소원도 받아들여집니다. 괴테는 오비디우스의 이 에피소드를 성경에 나오는 아브라함과 사라의 이야기, 또는 롯(Lot)의 이야기와도 관련지어 연상하게 함으로써, 인간의 오만스러운 욕망의 종말을 보여주고 있습니다. 같은 이름의 노부부 필레몬과 바우키스에게 마침 청년 방랑자라는 손님이 있도록 만든 것도 오비디우스와 성경의 원상(原狀)을 상기시키기 위함임은 말할 것도 없습니다.

아무튼, 세 사람이 모두 살해된 사실을 뒤늦게야 알게 된 파우스트는 메피스토펠레스에게 화를 냅니다.

> 내가 말할 때 너희는 귀가 먹었더란 말이냐?   11370
> 대토(代土)해 주려고 한 것이지 강탈하려던 것이 아니었다!
> 경솔하고도 난폭한 짓을 저지르다니!
> 저주할 일이로다! 이 저주는 너희가 나누어 받아야겠다.

이렇게 파우스트는 자신의 "성급한 명령에 너무 신속한 거행이 뒤따랐음"을 깨달았지만, 이미 너무 늦은 시점이었습니다. 제1부의 그레첸 비극에서 4명의 목숨을 희생시킴으로써 득죄했던 파우스트가 제2부에서 '행위자'로서도 또 3명의 목숨을 빼앗은 죄인이 된 것인데, 이것이 바로 모든 '행위자'의 ─ 모든 정치인들과 행정관료들의 ─ 전형적 득죄 과정이기도 합니다. 즉, '나는 잘하려고 했으나, 부하들이 내 뜻을 곡해해서 일을 그르쳤다'라는 정치가들의 상투적 변명이 연상됩니다.

이제 파우스트는 자신을 찾아온 '근심의 여인'에 의해 눈이 멀게 되고, 메피스토펠레스의 부하들이 자신의 무덤을 파고 있는 삽질 소리를, 간척지를 만들기 위한 백성들의 삽질 소리로 잘못 듣고서, 드디어 다음과 같은 말을 입 밖에 내게 됩니다.

> 나는 이렇게 모여 일하는 군중을 보고 싶다,
> 자유로운 땅 위에서 자유로운 백성들과 더불어 살고 싶다,   11580
> 그렇다면, 순간을 향해 내 이렇게 말해도 좋으리라,
> 멈추어라, 너 참 아름답구나!

여기서 파우스트는 마침내 어느 순간을 향하여 "멈추어라, 너 참 아름답구나!"라는 말을 입 밖에 내긴 내고 말았습니다. 비록 가정법의 조건절이 선행되어 있어서, 파우스트가 정말 그 순간에 만족했는지는 법적으로 논란의 소지가 없지 않지만 말입니다!

이어서 곧 파우스트가 죽자, 메피스토펠레스는 부하들에게 공중으로 "파닥거리고 하늘거리며 날아오르는 것", 즉 파우스트의 '영혼'을 휙 낚아채라고 명령합니다. 하지만, 바로 그때 공중에서 영광이 내리비치며 천사 합창대가 내려옵니다. 그들이 노래를 부르고 장미꽃을 뿌리면서 내려와 파우스트의 주위를 맴돌자, 악마의 부하들은 물론 그들을 독려하던 메피스토펠레스조차도 천사들의 아름다움에 매료되어, 잠시 '천박한 욕정'과 '허망한 연정'에 사로잡힌 결과, 그만 파우스트의 영혼을 놓치고 맙니다.

그래서 천사들이 파우스트의 영혼을 천상으로 인도하는데, 일반적으로 상정되듯이 그 장소가 하느님 앞의 최후의 심판장이 아니라, 독사들에게는 의외로, 영광의 성모 마리아와 그 곁에서 참회하고 있는 여인 그레첸이 거하는 곳입니다.

그레첸

보세요, 그이가 지상의 온갖 낡은 인연의 끈을 벗어던지는 모습을! 그리고
천공(天空)의 기운이 서린 옷자락으로부터는   12090
젊음의 첫 힘이 솟아나고 있네요!
제가 그이를 인도하도록 허락해 주셔요,
그이가 새날의 햇빛에 아직은 눈부셔하고 있으니까요.

영광의 성모

자, 가자! 더 높은 영역으로 따라 올라오너라!
너 있는 곳 예감하면, 그도 뒤따라올 것이니라.

파우스트를 인도하고 싶은 그레첸의 간절한 소망을 짐짓 모르시는 듯, 영광의 성모는 그녀를 한층 더 높은 영역으로 데리고 가십니다. 이어서, 『파우스트』의 대미를 장식하는 저 유명한 '신비의 합창'이 울려 퍼집니다.

영원하고도 여성적인 것이   12110
우리를 이끌어 올리는도다!

여기서 중요한 것은 '영원하고도 여성적인 것(das Ewig-Weibliche)'의 정확한 해석인데, 형용사 두 개가 각각 명사화된 '영원한 것(das Ewige)'과 '여성적인 것(das Weibliche)'이 다시 한 개의 복합명사로 된 것인데, 괴테의 이 개념을 '영원히 여성적인 것(das ewig Weibliche)'이라고 번역한다면, '영원한 것'을 그냥 '영원히'라는 부사로만 해석해서 '여성적인'이라는 형용사에 갖다 붙였기 때문에 미묘한 부분적 오역이 됩니다. 아무튼, 이 '영원성 및 여성성'이라는 괴테의 개념을 확실히 설명한다는 것 자체가 정말 '영원한 숙제'입니다. 그럼에도, '영원성'과 '여성성'을 복합명사로 쓴 것은 틀림없으니, 그 해석은 늘 '영원성 및 여성성'을 휩싸고 도는 그 어떤 지고한 추상명사일 것입니다. 후세를 낳는 것도, 인류의 미래를 이어가는 것도 여성입니다. 더욱이

'영광의 성모'와 '속죄하는 여인' 그레첸은 온갖 고통을 다 겪고 나서 마침내 영광의 자리에 오른 지고지순한 여성의 상징으로서 그녀들의 '여성성'은 파우스트와 같은 죄인을 구원하고 인간으로 완성시킬 수 있는 '은총(Gnade)'을 품고 있다는 것입니다.

『파우스트』의 이 종교적 결말은 정통 기독교 신학에서 조금 벗어나 있으며, 여기서는 심지어 약간 불교적인 색조까지도 감지됩니다. 즉, 파우스트의 '영혼'의 묘사는 불교의 아뢰야식(阿賴耶識)을 연상시키고, 그의 영혼이 '심산유곡'의 여러 단계를 오르는 과정은 불교에서 영가(靈駕)가 사왕천, 도리천, 야마천, 제석천 등 여러 천(天)을 오르는 것을 연상시킵니다. 아마도 괴테는 『파우스트 전설』 등에서 보이는 종래 파우스트의 기독교적 '지옥행'을 지양하고, 인간의 죄책과 그 극복 및 구원의 과정을 보다 설득력 있는 '인류 보편적 종교성'을 통해 제시하고자 했던 것으로 보이는데, 이것이 또한 괴테의 위대성일 것입니다.

2025년 1월 23일(목)

41. 여성의 자비심과 희생정신

"김일숙 교수, 잘 지냈는감?" 완산 녹두님이 말했다. "어제 내가 김일술 교수님의 『파우스트』 강의는 어떻게 진행되는지가 궁금해서, 그리고 희경의 짝이 될지도 모른다는 그 신중식이라는 청년을 내 눈으로 직접 한번 보고 싶어서, 잠시 길담서원의 강의 현장으로 가 봤는디, 김 교수가 '영원하고도 여성적인 것'에 대해 말하는 것을 나도 잘 들었어야. 서양 사람 괴테는 여성의 사랑을 결국 '은총'으로 보는 것 같던데, 이 땅에서의 여성의 사랑은 내 생각으로는 '자비심과 희생정신'이 아닐까 싶더구만이라.

'얼음장 밑을 흐르는 물'과 같은 이 땅의 여인네들의 '이불 속 눈물'을 상상할 수 있는 감수성이 있어야 이 땅이 낳은 진정한 사내라 할 수 있겠제잉!

근디, 요전에 내가 얘기해 준 그 무녀 필순이 말이여, 나는 가끔 그 남필순이란 여자가 내게 베풀어 준 그 사랑에 대해 생각해 본당께. 내가 필순의 당집 앞에까지 간신히 도달했지만, 기가 다하고 몸이 얼어서 그만 퍽 엎어졌을 때, 그 여자는 자신이 방금 씻김굿을 해서 저승으로 보내준 동학농민군의 영혼이 도로 돌아온 줄 알았던 모양이쟈. 아무튼, 비슷한 사내가 또 하나 그 여자를 찾아왔는데, 숨이 그만 꺼져 있는 것이여! 그래서 필순은 삼신 할매께 빌었지라, 이 사람의 목숨을 살려달라고. 이에 삼신 할매는 또 칠성님께 빌었는데, 칠성님은 그 사람의 명이 벌써 다했을 텐데 동학의 여러 장군님들이 그의 목숨을 아껴서 지금까지 살아있는 것이라면서, 이제는 정말 칠성판이 다 닳았는데, 그래도 필순이가 그렇게까지 정성을 다해 비손하니, 우선 당장은 목숨을 붙여 주겠다고 하신 모양이잖여. 이 김일술이 곧 죽을 운명이란 걸 필순도 알고 있었지라. 그때 필순이 느낀 것은, 비록 다른 동학군 남자이긴 했지만, 또다시 들이닥친 동학군 패잔병 김일술에 대한 연민이었지라. 필순이 그를 위해 해줄 수 있는 게 아무것도 없잖여. 그래서 필순은 그를 자비심으로 보살펴 주고 희생정신으로 안아준 것이지라. 그 전날 굿으로 번 돈을 그에게 노자로 다 내주어 그의 도주를 도운 것이잖여. 그게 나 이 동학농민군 김일술에 대한 무녀 남필순의 사랑, 나를 위한 그 여자의 '자비심'과 '희생정신'이었당께. 내가 그걸 깨닫는 데에도 정말 오랜 시간이 걸렸구만이라. 귀신이 되고 나서도 한참 있다가 간신히 깨달았으니께 말이여!

괴테 선생이 그렇게 오랜 세월을 거쳐 마침내 깨달은 '여성'의 위대성과 영원성을 이 나 김일술도 다른 길을 통해, 약간 달리 깨달은 것이여. 괴테가 맞고 내가 틀린 것도 아니고, 내가 맞고 괴테가 틀린 것도 아니겠지라! 다만 그와 나는 발을 딛고 살아온 땅과 머리 위에 이고 산 하늘이 달라 약간씩 달리 느낀 것 뿐이겠구만이라.

새벽에 여성의 본성에 관한 완산 녹두님의 깨달음을 듣고 그것을 제대로 소화하는 데에 새로운 기력이 필요했던 까닭인지, 나는 대낮이 다 되어서야 간신히 깨어났다.

Y 대통령이 공수처의 신문(訊問) 자체를 거부하자, 공수처는 Y 대통령의 내란 사건을 검찰에 조기 이첩함으로써, 공수처의 무능이 만천하에 노출되었다.

헌재의 4차 변론기일이 종료되었다. Y 대통령은 헌재의 최종진술에서 다수를 차지한 야당이 "22개월간 총 29차례"나 탄핵을 발의했다며 야당의 잘못을 질타했다. 하지만, 내가 어디서 읽은 바에 의하면, Y 대통령 자신은 취임 후 총 25건의 법률안에 대해 거부권을 행사했고, 김 여사 특검법에 대해서만도 세 차례 거부권을 행사했다. 그러니, 그가 야당의 잦은 탄핵안만 탓할 것이 아니라, 야당과의 타협을 근본적으로 거부한 자신의 과오를 먼저 반성해야 했을 텐데, 그는 원래 그러한 자기반성을 할 수 없는 인간이었고, 궁지에 몰렸을 때의 상황 돌파 능력이 원천적으로 없는 '문제적 인간'이라 하지 않을 수 없다.

헌재에서 그는 자신이 계엄선포 당일 밤에 "인원을 끌어내라"라고 지시한 것이 아니라, "요원을 끌어내라"라고 지시했음을 강조했으며, '인원'이란 말은 평소 자기가 잘 쓰지 않는 단어라고 했다. 지나가던 소가 웃을 얘기다! 일반적으로 '요원을 철수시켜라!'라고 지시하지 '요원을 끌어내라'라고 지시하겠는가 라고 따져 묻고 싶지만, 이 '문제적 인간'에게 우리말에서 명사와 동사의 연어관계(連語關係, collocation)를 들이댈 만한 가치가 있을까 하는 의심이 먼저 든다. 또한, Y는 금방 그 자리에서 '인원'이라는 단어를 여러 번 사용함으로써 방금 했던 자신의 진술이 거짓말임을 스스로 입증하고 말았다. 이 인간한테는 그저 사람대접을 접고 있어야 속이 편할 듯하다.

2024년 1월 24일 (금)
42. '사람바다[人海]'의 아름다운 윤슬

서선숙 시인이 오후 3시부터 여의도 국민의힘 당사 앞에서 민예총 주최로 '국힘 해체 쇼'라는 시위에 참여하고 있는데, 희경이도 함께 있으니, 한번 나와보시지 않겠느냐는 전화를 해 왔다.

마침 며칠 집에서 번역만 해 왔기 때문에 잠깐 외출하는 것도 나쁘지 않겠다 싶어서 여의도 국민의힘 당사 앞으로 나가 보았다.

시위 현장에 희경 양이 아주 키세스 청녀(靑女)의 복장을 한 채 저만치 홀로 앉아 있었고, 서 시인은 조금 떨어진 무슨 담장 앞에 임시

깔개를 깔고 앉아 있다가 일어서며 나를 반겨 주었다.

"다행히도 몹시 추운 날씨는 아니네!" 내가 혼잣말처럼 말했다. "아무리 내란수괴를 배출했다고는 하지만, 남의 정당을 보고 해체하라고 요구하는 시위는 좀 심한 것 아닌가?"

"아이고! 바로 그런 자기비판이 탈이에요, 탈! 놈들은 아주 대놓고 거짓말을 하고, 마구 배신하고, 술수를 쓰면서, 아무런 거리낌도 없이 폭력을 자행하고 있는데, 그런 점잖은 말씀을 하고 계시니, 원!"

"그저 그렇단 말이지요!" 내가 멋쩍게 대답하고는 희경 양에게로 다가가 앞만 바라보며 무슨 노래를 나직이 따라 부르고 있는 그녀의 귀에다 대고 제법 큰 소리로 말했다. "아, 정말 키세스가 다 됐네!"

"안녕하세요, 선생님!" 희경 양이 말했다. "엄마한테서 들었어요, 오신다고 해서 기뻤습니다!"

"이렇게 혼자 시위하는 것도 좋지만, 전화로 신중식 군을 불러보는 게 어떨까 싶네?"

"중식 오빠요? 마마보이라서 선뜻 올 것 같지가 않더라고요. 데모야 뭐 각자 자기 생각대로 하는 거죠!"

"선생님이 한번 전화해 주세요!" 서 시인이 언제 왔는지 옆에 서서 듣고 있다가 끼어들었다. "희경이가 늘 혼자 이렇게 앉아 있는 게 안쓰러워서요. 청년이 하나 옆에 있으면, 제 마음이 좀 든든할 듯합니다."

"아이, 엄만 좀 가만 계세요!" 희경 양이 말했다. "전화해야 한다면, 제가 할게요. 선생님께서는 안 하셔도 돼요. 지금 생각하니, 다음 주 『파우스트』 강의 끝나고 저녁 먹을 때 직접 물어보죠, 뭐!"

"그렇게 해 봐요!" 내가 말했다. "중식 군은 그림 동화의 세계에 너무 깊숙이 빠져 있는 듯해요. 누군가가 그의 사회의식이라고나 할까,

정치의식을 살짝만 건드려만 줘도, 동화 속 인물처럼 화들짝 깨어날 겁니다."

그때 민예총의 K 총무님과, 한국작가회의의 사무총장이며 길동무 재단의 상임이사인 S 시인이 지나가다가 내게 인사를 했다. K 총무님은 어디론가 바삐 가시고, S 시인은 서 시인과도 구면인지 인사를 나누더니, 우리 둘을 커피 부스로 데리고 가서 차 대접을 했다.

거기서 나는 원평 집강소에서 만났던 동학 실천가 C 님과도 반갑게 마주쳤다. 서 시인도 C 님과는 이미 전주 등지의 동학 모임에서 여러 번 만나 잘 아는 사이여서 서로 반갑게 인사를 나누는 모습이었다. 일이 바쁜 S 시인은 다시 어디론가로 갔지만, 우리 셋은 담장 앞의 원래 자리로 되돌아와 앉았다. 그러고는 꽤 오랜 시간 시국에 관해, 그리고 동학에 관해 서로 얘기를 나누었다.

완전 방한복 차림으로 은박지를 깐 바닥에 작은 석불들처럼 앉은 키세스 청소녀들은 저 앞 무대 위에서 기타를 치며 노래하는 가수의 음악에 맞추어 온몸을 미세하게 좌우로 움직이며 춤 동작을 대신하고 있었다. 그 미세하고도 아련한 움직임이 마치 사람바다[人海]의 윤슬처럼 은은하고 아름다웠다.

나는 서 시인 모녀와 C 님을 근처의 바비큐 집에 초대해서 돼지목살 구이와 맥주를 대접했다. 그러고는 아직 감기가 완전히 가시지 않은 것을 핑계로 나 혼자 일찍 귀가했다.

맥주를 마신 탓에 번역 일은 엄두도 못 낸 채, 밤 9시에 벌써 잠자리에 들어야 할 듯하다.

2025년 2월 5일(수)

43. 남녀 차별 철폐는 수운과 해월의 가르침

『파우스트』 강의가 있는 날이다.

강의실에 조금 늦게 들어갔더니, 분위기가 화기애애하였다. 최영숙 님이 8자 모양의 독일식 과자 브레첼(Brezel)을 손수 구워와서, 모두들 함께 나눠 먹으면서 기분 좋게 차를 마시고 있었다. 신중식 군과 김희경 양이 각자 어머니 곁에 앉아 있는 것이 아니라, 오늘따라 입구의 문간 자리에 마주 보고 앉아 있었는데, 얼핏 눈치를 보자니, 어머니들과 그 친구님들이 청년 둘을 일부러 그렇게 앉혀 놓고 사이좋게 지내도록 은밀하게 떠받드는 듯한 분위기였다.

나는 그런 분위기는 모르는 체하면서 브레첼이 짭짤하게 잘 되었다고 찬탄했고, 카모마일 차를 한 모금 마시고는 이내 강의에 들어갔다.

그런데, 곧 다음과 같은 대목이 나왔다. 헬레네와 파우스트가 급격히 가까워지는 장면을 바라보면서, 합창대 여인들이 노래를 부르는 대목이다.

합창대
  여자들이란 남자들의 사랑에 익숙하지만,
  상대를 선택할 처지는 아니지요.
  그러나 그들은 남자들에 관해서는 전문가들이죠.
  그래서 그들은 금발 곱슬머리의 목동에게든,
  빳빳한 검은 수염의 목신에게든,
  기회가 닿는 대로,

팽팽하게 부푼 몸뚱이를
똑같이 나누어줍니다.

청년들과 함께 읽기엔 약간 민망한 대목이기는 했지만, 나는 좌중에다 대고 물었다.

"이 대목을 보면, 마치 여성은 남성에 대한 선택권이 없는 것처럼 되어 있습니다. 여기서 괴테의 여성관을 살펴볼 수 있을까요?"

"아닙니다!" 뜻밖에도 희경 양이 단호하게 대답했다. "여기서 합창대라 포로로 잡혀 온 트로이의 여인들입니다. 그 여인들이 자기들의 특수한 노예적 상황을 말하고 있는 것인데, 이런 특수한 대목에서 평소 괴테의 여성관을 읽어내고자 하는 것은 적절하지 않다고 생각합니다."

"정말 올바른 판단입니다!" 내가 말했다. "여기서는 패전한 진영의 여인들이 포로가 되어 승자들의 노리개가 되던 고대의 어떤 특수 상황이 서술되고 있습니다. 평소에 괴테가 지니고 있던 여성관이라고 해석해서는 안 되지요. 그러면, 최영숙 님, 어떻게 생각하세요? 영숙 님이, 만약 미혼이시라면, 그리고 마음에 드는 총각을 만나셨다면, 영숙 님이 먼저 손을 내밀 수도 있다고 생각하십니까? 혹은, 남자 쪽이 손을 내밀 때까지 기다리시겠습니까?"

"제가 젊었을 때는" 최영숙 님이 미소를 띤 채 대답했다. "기다렸을 것 같아요. 하지만, 지금은 시대가 달라졌잖아요? 그래서, 여자도 먼저 손을 내밀 수 있다고 생각합니다."

"다른 분들은 어떻게 생각하세요?" 내가 좌중을 둘러보면서 물었다. K 님은 가능하다면, 남자 쪽에서 먼저 손을 내밀도록 분위기를 만들어 보겠다고 말했다. 하지만, P 님과 U 님, 서 시인, 그리고 희경 양은 남녀 어느 쪽이든 먼저 호감을 느낀 쪽이 손을 내미는 것이 자연스럽겠다는 의견을 표명했다.

"신중식 군은?" 내가 중식 군을 보면서 미소를 띠고서 물었다. "중식 군은 어떻게 생각해요?"

"남녀 어느 쪽이든 먼저 호감을 느낀 사람이 손을 내미는 것이 맞을 듯하네요." 신중식 군이 대답했다. "그러나, 그것은 이론상 그렇다는 것이고, 실제로 그런 상황이 되었을 때, 제가 어떻게 행동할 것인지는 잘 모르겠네요."

"그 말 참 잘했어요!" 내가 신중식 군을 보고 말했다. "그런 상황에 마주쳐서 남녀가 실제로 어떻게 행동하느냐 하는 것은 이론대로는 잘 안 될 겁니다. 하지만, 우리가 한 가지는 분명히 짚고 넘어가야 합니다. 남녀 중 어느 쪽이 먼저 의사 표시를 해야 한다는 그런 관념적 차별은 없어야 한다는 원칙입니다. 남녀 간에 약간의 '차이'는 있을 수 있지만, 결코 원천적 '차별'이 있어서는 안 되기 때문입니다. 남녀 차별 철폐는 수운과 해월의 가르침이기도 합니다. 아, 오늘은 제가 엉뚱한 소리를 너무 많이 했네요. K 님, 읽으실 차례지요? 그다음 번역문을 읽어 주시겠습니까?"

2025년 2월 11일 (화)

44. 대책 없이 너무 열성적으로 가르치는 것도 죄가 된다

어제 치과에서 어금니를 빼고, 가글 약을 타왔는데, 오늘 아침 가글을 하다가 그 액을 무심결에 그만 꿀꺽 삼켜버렸다. 잠시 뱃속이 어지러웠지만, 물을 많이 마신 결과인지 다행히도 큰 탈 없이 그냥 넘어가는 듯하다.

이것 참, 치매기가 생겼나 보다! 가글을 하다가 그걸 꿀꺽 삼키다니! 정신을 어디 두고 사는지, 원!

이런 혼란스러운 날, 사랑하는 제자 Y 박사의 부고가 왔다. 제자를 먼저 보내는 참담한 심정이라 문상은 자제하고 부의금만 전했다.

아까운 제자가 나보다 먼저 세상을 뜨는구나! 착하기만 한 성격에 괜히 독문학을 전공해서 평생을 시간강사로서 곤궁한 생활을 감내하다가 특별한 학문적 성과나 영광도 없이 이렇게 일찍 세상을 떠났다. 독문학을 사랑하여 여러 주요 시인과 작가를 연구한 그의 삶과 그러한 삶에 따라다닌 가난이라는 숙명 — 오늘 그가 이 세상을 떠남으로써 그의 짧은 생애는 과연 어떤 의미를 남겼을까? 모든 것이 허망하다는 생각에 가슴이 아린다. 고(故) Y 박사의 명복을 빈다.

젊은 시절의 나 자신의 죄책도 없지 않은 듯하다. 학생들이 약간의 불성실한 태도만 보여도 절대로 용납하지 못하던 청년 교수 시절, 대학생이 숙제를 안 해 오거나 시험 때에 옆 사람의 답안지를 기웃거리기만 해도 지레 무슨 중죄인 취급을 하곤 했다. 회화와 기본 문해력을 가르치는 초급 독일어 시간에도 텍스트에서 어떤 단어 하나를 실마리로 삼아 비민주적 인간 유형을 지적해 내고 군사 독재자의 행태를 맹공함으로써 학생들의 비민주적 사고에 미리부터 경종을 울린 것까지는 그런대로 이해해 줄 만한데, 이것을 가르치는 방식과 태도에 약간의 초조감과 억압적 분위기가 섞여 있었던 듯했다. 후일 학생들의 장래를 위한 아무런 배려나 대책도 없이 자기 전공의 중요성을 너무 열성적으로 강조했다. 이런 것도 죄가 된다는 것을 그때는 미처 몰랐다.

2025년 2월 14일(금)
45. 진도에서 체포, 효수되다!

전번에는 회진의 어느 포구에서 무녀 남필순과 헤어지는 장면까지 얘기 했제?

어부로도 보이는 뱃사공은 나를 포함한 다섯 명의 손님들을 덕도까지 데려다주고는 거기서 미리 기다리고 있던 몇몇 손님들을 태우고는 다시 회진으로 돌아가는 듯했지라. 그래서 나는 필순이가 말해 준 대로 덕도에서 다시 해남이나 진도 쪽으로 가는 배를 수소문해 보려고 어디 물을 만한 사람을 찾으려는데, 어떤 남자가 슬며시 내 곁에 다가와서 낮은 소리로 말했지라.

"저 혹시 원평집강소의 김 도집님 아니시오?"

"누구시길래 김 도집에 대해 물으시지요?"

"아, 도집 어른이시네요잉. 변복하고 계셔서 처음에는 못 알아뵈었당께요! 저는 손화중 장군 막하에 있던 손병수라요. 손 장군님 서찰 갖고 원평 갔을 때, 뵈었지라. 요 얼마 전에 나주에서도 잠깐 먼 빛으로 뵌 적이 있었당께요. 지금 우리 신세가 도망자들이라, 혹시 진도로 가시자면, 저와 동행하시면 되갔구만이라우."

그제서야 내가 그 청년을 유심히 살펴보았더니, 안면이 있는 청년이었다. 나는 그를 만난 것이 반가웠고 우선 마음을 터놓고 얘기할 수 있는 길동무를 만난 것만도 기뻤지라. 손병수는 원래 정읍 사람인데, 손화중 장군의 친척으로 입도했다제. 최근에 그는 나주 전투 중에 진도 출신 동학농민군인 밀양 손씨 한 사람을 알게 되었다는데, 그 종씨를 통해 손병수는 진도에서 계속 싸우자면, 진도 고군면 마산리의 손행권 장군을 찾아가면 된다는 말을 들었다는 것이었제.

그래서, 우리 둘은 회진 덕도에서 해남 마량으로 가는 배를 얻어탔고, 마량에서는 다시 뱃길로 진도 고군면 해변으로 갔지라. 우리 둘은 나주 다시면에 사는 부부로서 시모(媤母)의 병환 때문에 오랜만에 고향인 진도 의신면 금갑리로 가는 길이라고 둘러대곤 했지만, 다른 한편으로는 기회가 생길 때마다 은밀히 묻고 또 물어서 고군면 마산리로 들어가 손행권 장군을 찾았지만, 모두들 쉬쉬하며 동학군과 민보군을 다 꺼려하고 무서워하는 상황이라 손 장군 찾는 일은 그만 포기하고, 근처 마을의 김 모(某) 씨가 큰손이어서 손님을 잘 대접한다기에 일단 그 집을 찾아들어 갔지라. 마침 그 집 주인이 손행권 장군의 행방을 은밀히 물어보는 '우리 부부'한테 약간의 호의를 보이면서 잠시 자기 집에서 쉬어가는 것을 허락하는 것이었지라. 근디 말이여, 우리 둘이 하인의 안내를 받아 막상 그 집 뒷채로 들어가 보니, 뜻밖에도 진도의 동도들을 여러 명이나 만날 수 있었지라. 우리는 서로 반기며, 동학도인들을 잡기 위해 성밖으로까지 나다니는 진도 수성군들을 밤중에 습격할 방도를 의논하고 그 준비를 하기 시작했지라. 그런데, 낯선 사람들이 그 집에 드나든다는 소문을 입수한 민보군 수십 명이 갑자기 그 집을 포위해서 조여오니, 힘이 장사고 칼싸움에 능한 손병수만 담을 뛰어넘어 민보군 여러 명을 치고 나서 겨우 도주했을 뿐, 나머지 인원들과 그 집 주인 김 씨는 꼼짝없이 민보군에 붙잡히는 몸이 되고 말

앉었어여.

우리들이 민보군에 포박을 당해 진도부 안으로 끌려가 보니, 진도 부사가 직접 나서서 우리 일행 10여 명을 구타, 고문을 하게 하고 일일이 문초한 다음, 수괴와 병졸, 그리고 단순 동학교도를 구분해서, 일단 다 옥에 가두더구만이라. 그때 여장을 하고 있던 나 김일술은 특히 주목을 받게 되어, 저고리를 확 벗겨보더니 남자로 탄로나자 두 손을 펴 보게 해서 남자 손 치고는 너무 고운 손 마디가 드러나자 금방 '중간 수괴급'으로 분류가 되었지라. 근디, 막상 옥에 들어가 보니, 손병수와 내가 그렇게 애써 찾고 있던 손행권 장군이 이미 그 안에 갇혀 있더라고! 아무튼, 먼저 잡혀온 사람들의 말을 종합해 보니, 진도 부사 윤석신이란 자가 나주의 민종렬을 모범으로 삼아, 진도에도 수성군을 조직해서, 조금이라도 동학도로 의심이 가는 사람은 모두 잡아들여 옥이 터져나갈 정도로 많이 가두어 놓았다는 것이여. 그래서, 부사는 이규태 통위영장과 일본군이 도착하면, 그 죄인들의 숫자를 자랑함으로써 자신의 수성(守城)의 공을 조정에 알려, 장차 입신출세할 길을 찾고 있는 놋된 놈이라고 모두들 쑤군거리고들 있더구만이라.

1895년 1월 26일(음력 1월 1일), 경군(京軍)과 일본군 1개 지대가 진도 벽파진에 상륙했다는 풍문이 옥중에까지 돌더니, 그 이튿날 아침에 과연 진주 부내(府內)가 떠들썩하고 뭔가 소란스러웠지라. 그들이 정말 진도 부내에 들어온 것이었당게.

'양호 도순무영 별군감(兩湖 都巡撫營 別軍監)'이란 직책을 받아 경병(京兵)인 통위영(統衛營)의 장병들을 이끌고 '동학란'을 평정하기 위한 경군(京軍)의 선봉장으로 진도까지 온 이규태(李圭泰)가 진도에 와 보니, 진도 부사가 너무 많은 인원을 비도(匪徒)라며 옥에 가두어 놓고 자랑스럽게 보고를 하는 것이잖여. 이규태로서는 곤혹스러운 노릇이었던 것이, 같이 온 일본군은 장군급 한 둘만 나주로 압송하는 것을 원칙으로 하고, 동학군과 그 교도들이라면 현장에서 무조건 도륙하고 있는 판이었는데, 이렇게 많은 백성들을 모두 동학 비도라고 했다가는 이 많은 무고한 백성들이 모두 살해될 판이었지라. 이규태는 비도들의 난을 '진압하라'는 임무를 받았지, 그들을 '모두 도륙하라'는 임무는 받지도 않았고, 그럴 생각은 차마 없었지라. 그래서 그는 진도 부사를 은근히 나무라면서, 동학 '비도'가 아닌 사람들을 가려내어, 가능한 한 많은 인원을 풀어주었지라. 이규태의 이러한 처리를 못마땅하게 관찰하고 있던 일본군 대위는 옥 안에 남아 있던 동학도들을 모두 장터에 끌어내어 총살하고, 그 시체를 남문 밖에 내버렸지라. 그중에도 '중간 수괴급'으로 분류된 손행권 장군과 나는 함께 남문 성벽 위에 목이 내걸렸어여.

남문 밖에 수많은 시체가 썩은 냄새를 풍기므로 사람들이 남문에 효수되어 있던 수급들과 남문 밖에 쌓여 있던 썩은 시체들을, 덕병리에서 분토리나 정자리로 넘어가는 고개인 솔개재(率溪峙, 현 진도군 진도읍 교동 5길)에 내다버렸다는 얘기가 오늘날 진도 사람들에게 구전되어 내려온다잖여.

하지만, 시체들과 수급들 위에 흙이라도 덮어주었는지는 분명하지 않당께. 아마도 흙을 너무 적게 대강만 덮어놓은 탓에, 세월의 풍우에 인골이 햇볕에 노출되기도 하고 풍우에 씻기기도 했겠지라.

그로부터 10년이 지나 을사늑약(1905)이 강제된 그 이듬해, 즉 1906년에 한 일본인이 진도에 오는데, 그의 이름은 사토 마사지로(仕

藤政四郞)였고, 그가 솔개재에서 내 해골을 '채집'했지라.

사토 마사지로는 일본 홋카이도 대학의 전신(前身)인 삿포로농(農)학교 제19회 졸업생으로서, 졸업식 때 "제군이여, 대일본제국의 희망이여, 대망을 품고 대륙으로 진출하라! 세계가 그대들을 기다리고 있노라!"라는 교장의 열띤 훈화를 듣고 크게 감격한 나머지, 한반도를 거쳐 만주까지 가서 러일전쟁에 참전했어여. 그는 특히 우수한 사람도, 특히 열등한 사람도 아니고, 특히 좋은 사람도, 특히 나쁜 사람도 아닌 보통 일본인으로서, 어디까지나 대일본제국에 충성하는 황국 신민(臣民)이었지라. 비록 러일전쟁 때의 병사로서 말고는 대륙으로까지 진출하지는 못했지만, 일제 통감부가 운영하던 목포 면화재배 권업(勸業) 모범장(模範場)의 기수(技手)로 취직해서 반도(半島)까지는 진출했지라. 1906년 9월 20일에 목포의 권업 모범장 기사들이 진도의 면채종포(棉採種圃) 소작인들을 위한 '장려금 시상식'에 참석하기 위해 진도에 출장 온 날, 사토도 함께 진도로 왔지라. 그때, 그가 솔개재에서 내 해골을, 마치 곤충 채집하듯이, '채집'해 간 것으로 추정된당께. 내 해골이 구체적으로 언제, 누구를 통해 삿포로농학교로 선달된 것인지는 특정할 수 없지만, 아마도 식민지 지배를 위한 인종학이 융성하던 20세기 초, 그러니까 그가 내 해골을 '채집'한 1906년 가을에 이미 내 해골이 그의 모교인 삿포로농학교에 전달되었다고 봐야 하겠구만이라.

1995년 7월 25일 홋카이도대학 문학부 후루카와(古河) 강당 인류학교실 옛 표본고(標本庫) 정리 작업 중 사람의 두개골 6개가 발견되었는데, 그중 하나가 내 해골이었제. 발견된 그 이듬해인 1996년에 내 해골은 한승헌 변호사 등 여러분들의 노력으로 '무명 동학농민군 지도자 유해'라는 이름으로 5월 30일에 국내로 봉환되었제. '채집'된 지

90년 만의 환국이랑께. 홋카이도대학에 인골문제조사위원회가 발족되기는 했다지만, 결국 이 위원회는 모든 심층적 진상은 철저히 은폐했지라. 특히, 내 유골을 발견한 아다치 아키라(吉崎昌一) 교수(1995년 3월 정년퇴임)가 재임 중 자신의 연구실에 방치돼 있던 유골에 관한 모든 답변과 취재를 회피하고 있다는 사실은 이런 사건에 대한 일본인들의 소극적 처신을 대표하며, 우리 한국인으로서는 심히 유감이 아닐 수 없었지라.

그후 우리나라에서 내 해골에 묻은 흙과 진도 솔개재의 흙을 조사한 결과, 그 성분이 일치하는 것까지는 확인이 되었지만, '30~40대 한국인 남자'로 추정되는 그 해골이 구체적으로 어디 태생인 누구인지는 특정되지 못했다잖여. 진도 사람들은 진도 출신의 동학농민군 박중진 장군의 유해라는 주장을 했지만, 박 장군 후손의 DNA와 내 해골의 그것의 친연성이 특정되지 않았지라. 그 뒤에도, 내 해골을 전주 역사박물관에 임시 보관해 둔 채, 내 고국 사람들은 그것을 어디에 안치하느냐를 두고 다투기 시작했지라. 1999년부터 2000년까지는 진도에서 안장하겠다고 나섰으나 무산되었고, 2004년에는 정읍 황토현에서 내 해골을 안장하겠다고 나섰으나 무산되었으며, 2005년에 진도에서 안장을 재추진했으나 예산을 확보하지 못해 또 무산되자, 2013년에는 김제 구미란 전적지 안장이 추진되다가 국비 조달에 실패하자 또 무산되고, 2014년에는 정읍 황토현 전적지 안장이 재추진되었으나, 문화재청의 거부로 또 무산되었지라. 2015년부터 동학군 전승지인 완산 투구봉 안장이 추진되어, 2019년 6월 1일 내 해골은 '환국 무명 동학농민군 지도자'란 이름으로 드디어 전주 완산공원 녹두관에 안장되었당께. 전북대 영문과 이종민 교수 등의 헌신적 노력에 힘입어 내 해골은 환국하고도 무려 23년의 세월을 기다려서야 드디어 안장되었구만이라.

그 사이에 지자체 간에 별별 다툼도 많았고, 내 해골을 그대로 보관 전시하느냐, 매장하느냐, 화장하느냐를 두고도 여러 논란이 끊이지 않았지라. 결론부터 말하자면, 유골 보존은 현행 형법 161조 위반이라는 문화재청의 유권해석이 나와서, 결국 내 유골이 원형 그대로 녹두관 경내 판석묘에 안장되었어여. 나는 이에 만족하니, 부디 이제부터는 쓸데없는 다투기를 그만두기를 간절히 바라는구만이라.

다시 한번 강조하지만, 내가 진도의 박중진이건, 백산의 아무개건, 지금실의 김일술이건, 나주나 장흥의 아무개건, 그건 지금 내게는 아무 의미가 없당게! 편의상 김일술이라 해서 자네한테는 정말 미안혀잉! 내가 진정 바라는 건 내 '백년만의 귀향'이 어느 한 고을로 국한되지 않는 것이며, 내가 다하지 못한 삶을 온 국민이 함께 살아주시는 것이구만이라.

2025년 2월 15일 (토)

46. '남녘 사람'의 큰 금도(襟度)

광주에서는 탄핵 찬반 집회로 금남로가 광주민주화운동 이래로 다시 한번 정치적 열기의 도가니로 화했다는 보도다.

특히, 대구와 부산 사람들이 버스를 대절하여 대거 광주로 몰려가서, 광주에서 탄핵 반대 집회를 개최한 모양인데, 아마도 그들은 이렇게 해서 광주 시민들의 심기를 크게 건드렸을 것 같다. 이렇게 Y 대통령의 탄핵을 반대하는 광주 집회는 1만 명 정도였다는데, 탄핵을 찬성하는 광주 현지의 민주 시민들과 서울 등지에서 내려간 민주 시민들은 도합 2만 명이었다고 한다.

광주의 민주 시민들은 대구와 부산에서 온 탄핵 반대 시위자들에게 "오신 김에 남도 음식이나 맛보고 가시라! 나중에는 관광객으로 광주에 오시라!"고 했다니, '남녘 사람'의 큰 금도(襟度)가 느껴진다. '남녘 사람들', 즉 관군과 일본군의 동학농민군 초멸(剿滅) 작전에도 살아남은 사람들은 한이 깊어서 오히려 가슴이 넓은가? 아, 완산 녹두님이 생각난다! 한반도 동남쪽 사람들은 대체 무슨 억하심정으로 남녘땅의 한 많은 도시 광주까지 찾아가서 탄핵 반대 집회를 한단 말인가?

2025년 2월 19일(수)

47. 두 젊은이

어제로써 현재 제9차 변론기일이 끝난 모양인데, Y 대통령 측의 억지와 거짓이 도를 넘었다. '대(對) 국민 호소용 계엄'을 한 것이라며, 온갖 증거들을 모조리 인정하지 않으려 하고 있다. 참으로 기가 막힌다. 언어도단이다.

『파우스트』 강의가 제2부 제5막에 접어들었다. 『파우스트』 전편(全篇) 12111행 중 번역해야 할 분량이 1068행만 남아 있다. 참 많이도 왔다. 수강자들도, 강사인 나도 다 수고했다 하지 않을 수 없다.

최영숙 님과 서선숙 님은 비교적 늦게 만난 사이이고 생활 방식과 생각이 서로 다른 사람들인데도, 상대방의 마음을 잘 배려할 줄 알았다. 아마도 처음에는 나에 대한 배려심 때문에 서로 존중하는 태도를 보이는 듯했는데, 요즘에는 두 여인이 정말 마음이 서로 잘 맞는 친구가 된 듯하다.

그동안 신중식 군과 김희경 양은 바닷속에서 큰 바위들 사이를 유유히 유영하는 바닷물고기들처럼 어른들 사이에서 아무 마찰도 없이 서로 잘 지낼 줄 알았다. 어른들은 뭔가 어렴풋이 짐작 가는 바가 없지 않아도 쓸데없는 말은 삼갔다. 모두가 이 두 젊은이가 서로에게서 좋은 점을 발견해서 잘 지내기를 진심으로 바라는 분위기다.

『파우스트』의 어느 대목에서 나는 간혹 둘 중 한 청년에게 우리의 일상과 관련지어 너무 어렵지도, 너무 쉽지도 않은 질문을 하고, 상대방의 의견을 물어보곤 했다. 그들이 대답을 망설이면 어른 수강자들 중 한 사람을 지목하여 의견을 묻는 방법을 택하기도 했다. 요컨대, 나는 그 강의 시간과 연이어지는 저녁 식사 시간이 우리 모두를 위한 성찰과 우리 상호 간의 환대의 시간이 되도록 은밀히 배려했다.

2025년 3월 1일(토)
48. "난 철저한 반일주의자는 아녀!"

간밤에, 정확하게는 오늘 이른 새벽에, 다시 완산 녹두님이 현현하셨다. 해방 직후, 미군정하에서, 그리고 미군정에 빌붙은 이승만 정권하에서 친일파들이 오히려 득세하여, 동학농민혁명 정신과 3·1혁명 정신을 계승한 여운형, 김구 등 독립지사들을 현실 정치에서 배제해

버린 우리 현대사의 비극을 다시 한번 상기시켜 주신 다음, 아주 차분하게 이렇게 말씀하셨다.

"그렇지만, 난 철저한 반일주의자는 아녀! 사실, 나는 일본을 위해서도, 그리고 동아시아 평화를 위해서도, 우선 일본의 역사학자들이 분발해야 한다고 생각혀! 그런 의미에서 고(故) 나카츠카 아키라(中塚 明) 나라(奈良)여자대학 명예교수나 이노우에 가츠오(井上勝生) 홋카이도대학 명예교수 같은 일본의 소위 '자학사관(自虐史觀)'의 역사학자들이 일본 자체에서 더 많이 배출되고 또 주도적 세력을 얻어서, 섬나라 일본의 사람들이 우선 제국주의 시대에 많이 품었던 대륙진출, 또는 반도진출의 꿈을 접고서, 국제적으로 열린 세계시민으로 거듭나기를 간절히 바란당께. 그렇게 되자면, 우선 우리 국민들도 그때까지 기다려 줄 자체 역량과 느긋한 아량이 있어야 하고, 무엇보다도 우리나라 자체가 인류 공동 번영이라는 대의를 추구하는 국제적 문화 및 문명 국가로 성장해야 하지라.

내 비록 살아서는 일본인들과 싸우다가 일본인에 의해 죽임을 당하고, 또 그들에 의해 '채집'된 해골로서 일본 땅에서 90년 동안 암흑 속에서 견뎌내어야 했지만, 지금에 와서 내가 그걸 복수하자는 것은 아니지라. 일본인들의 진실한 반성만 있다면, 아시아의 평화와 인류 공동번영을 위해 우리 대한국민은 일본인을 용서하고 함께 힘을 합해 인류 미래의 평화로운 공영을 위해, 그리고 전지구적 생태 협력을 위해 다 같이 노력해 나가야 하겠지라. 이것이 내가 생각하는 우리 양국의 이상적인 목표임을 잊지 않는 게 중요하지만, 한편 현실적으로는, 일본이라는 우리의 이웃을 위해서라도 우리는 그들의 과거의 잘못을 끊임없이 지적하고 그들의 진정한 반성을 촉구해야 마땅하겠지라. 이게 일본인의 이웃으로서의 우리 한국민이 떠맡은 지난한 과제이며 고달픈 숙명인겨.

오늘이 마침 3·1절이라 자네헌티 이런 내 깊은 속을 꼭 말해주고 싶었구만이라."

"예, 잘 알겠습니다!" 내가 말했다. "하지만, 일제 강점기와 해방 직후에 득세한 친일파의 후예들이 지금 이 나라의 자본과 권력을 거의 독점하고서 그 이권을 놓치지 않으려고 최후의 발악을 하고 있습니다, 우리는 이 싸움에서 반드시 이겨야 합니다, 그러니, 우선 저희들이 이 부당하고도 비극적인 현실을 극복하도록 도와주소서!"

"그래, 그럴 것이야!" 완산 녹두님이 말씀하셨다. "잘 될 것이니, 너무 걱정 말거라!"

내가 너무 기분이 좋아서 완산 녹두님을 안아드리고자 두 팔을 벌렸지만, 어느새 완산 녹두님의 모습은 사라지고 없었다. 꿈을 깨는 순간은 늘 이렇게 허망하다.

지난 2월 25일(화) 헌재가 11차 변론기일을 종료하고 이제 선고만 남아 있다.

국회 측은 탄핵이 인용되어 Y 대통령이 파면될 것을 확신한다고 발표했고, Y 대통령은 그의 최종진술에서 지난해 12월 3일의 그 사건이 "계엄의 형식을 빌린 대(對) 국민 호소"였고, 대통령의 고뇌의 결단이었으며, 국가와 국민을 위한 계엄을 거대 야당이 '내란'으로 규정하는 것은 "대통령을 끌어내리려는 공작"이라고 진술했다. 심지어 그는 "북한의 사주를 받은 민주당의 반역"을 운위하면서, 자신이 대통령의 직무에 복귀한다면, 개헌해서 87년 체제의 개선에 최선을 다하겠고,

대통령은 대외관계에 치중하고 국무총리에게 많은 업무를 위임하는 등 국민통합을 위해 노력하겠다는 때늦은 '정견 발표'까지 했다.

말도 안 되는 상투적 거짓말이긴 하지만, 이것이 아직도 Y 대통령을 위요하고 있는 세력의 논리이기도 함은 명백하다. 시대착오적인 냉전 논리를 앞세워 자신의 비상계엄 선포를 정당화하고 있다는 점에서도 그는 이 나라 수구 세력의 수괴가 틀림없다.

3·1절에 탄핵 찬성, 탄핵 반대 집회로 서울 도심이 생 몸살을 앓고 있다. 국민이 이렇게 두 갈래로 갈려 싸우니, 필경에는 이 나라가 트럼프 미 대통령에게 이용당하고 국제 미아가 되지나 않을까 걱정이다. 참, 이상하고도 불안한 봄이 서서히 다가오고 있다.

2025년 3월 3일(월)
49. 백산과 낙산

'안더나흐의 추억'에서 서선숙 시인과 점심을 함께하고 나서 낙산 공원을 산책했다. 암문(暗門) 근처의 낙산 꼭대기에 이르자 서 시인이 말했다.

"저는 이 낙산이 참 마음에 들어요! 왠지 아시겠어요?"

"글쎄요. 혹시 내가 이 산꼭대기에 살고 있다고 해서 그렇다고 말하려는 건가요?"

"물론 그렇기도 하고요! 하지만, 보다 구체적으로 말씀드린다면, 작년에 전주에 계실 때, 제가 안내해 드린 부안의 백산과 닮은 데가 있지 않나요?"

"어떤 점이? 난 잘 모르겠는데요?"

"해발 50미터도 채 안 되는 백산에 오르면, 내로라하는 전북의 높은 산들이 다 내려다보이죠. 해발 100미터 남짓한 이 낙산에서도 남산, 인왕산, 북악산, 비봉, 보현봉, 백운대, 만경대, 인수봉, 수락산, 불암산, 천마산, 용마산, 아차산, 응봉, 관악산 등등 온갖 높고 낮은 산봉우리들이 모두 파노라마처럼 한눈에 '내려다보여요'. 이른바 '비산비야(非山非野)'인 셈이죠!"

"허, 거참 그러네요!"

"선생님은 자신도 모르게 여기 낙산으로 오셔서 서양학으로부터 동학으로 관심을 돌리셨어요. 여기 낙산에 사신다는 것은 하늘과 땅 사이에서 인간으로서 올바른 역할을 다하라는 천명(天命)을 받으신 것 아니겠어요?"

"아이고, 참, 무슨 그런 거창한 말을! 난 무슨 말인지 알 듯 말 듯하네요. 내가 아는 동학보다 훨씬 더 심원한 말 같기도 하고……."

"시대가 변천함에 따라 삼재(三才) 사상도 동학사상도 끊임없이 재해석되니까요!" 서선숙 시인이 말했다. "이를테면, 최근에 김남수 같은 학자는 동학의 삼칠주(三七呪)를 김지하 등이 말한 '아우라지 관점'으로 변주해서 페이스북에 발표한 적이 있는데, 한번 들어보세요! '칠물금지 원위친견 함현애 천천려 영세불망 여량지(七勿今至 願爲親見 舍玄崖 泉泉慮 永世不忘 餘糧知)'. 김남수 선생과는 페친이라 이 주문의 의미를 좀 상세히 물어본다는 것이 그만 적당한 때를 놓쳐버렸어요. 이 주문을 제 나름대로 대강 해석해 보자면, '칠성님 두레박에서 내리시는 은하 빛 물방울이시여, 이제 내려와 친견하기를 원하옵니다. 아기의 베

넷 슬기와 엄마 마음의 시김새와 억눌린 백성들의 삶을 머금어 하늘 샘과 지상의 샘이 서로서로 보살펴 주시기를! 살아있는 동안 무궁히 이러한 씨알의 지혜, 아우라지의 운화(運化)에 눈떠 있겠나이다!'라는 의미가 아닐까 합니다. 김남수 선생의 이 현대적 '삼칠주'가 바로 낙산 낙도재 선생님의 시대적 사명이 아닐까 혼자 생각해 보았답니다. '칠성님 두레박에서 내리시는 은하 빛 물방울'을 친견하여 아기와 모성과 '억눌린 백성들의 삶'을 끌어안으시고, '하늘샘과 지상의 샘이 서로서로 보살펴 주시기'를 비는 '아우라지의 지혜'에 눈뜬 사람으로 끝까지 사셔야 합니다."

"아, 이것 참, 너무 무거워서……" 내가 그녀의 말을 중간에 막았다. "난 그저 서선숙이란 여인을 좋아한 것뿐인데, 이건 뭐 종교적 의식(儀式) 같잖아요. 난 동학을 이 땅이 낳은 훌륭한 평등 및 민본 사상으로 존중하는 것이지 종교로 믿는 건 싫습니다."

"저도 마찬가집니다!" 서 시인이 말했다. "그러나, 제가 선생님이나 완산 녹두님을 가까이 모시는 것이 궁극적으로는 이런 지혜로 연결되어야 한다는 말이지요."

2025년 3월 7일(금)

50. J 판사의 이상한 판결: 'Y 대통령 구속 취소'

어수선한 시국에 노인이 정신없이 이리저리 다니다가 어디선가 주민등록증을 분실하여, 삼선동 사무소에 재발급을 신청하러 갔다. 늙어서 주의력이 산만해졌다는 사실이 일순 슬펐지만, 이럴수록 정신을 똑바로 차리고, 자식이나 이웃한테 신세를 지지 않으면서, 땅보탬이 되는 그날까지는 그래도 독립적으로 꿋꿋이 살아가야 한다, 목숨이 붙어 있는 한, 이 땅에 사는 사람들에게 조금이라도 보탬이 되는 삶을 살아야 한다고 혼자 다짐을 했다.

TV에서 뉴스를 보는데, J라는 판사가 Y 대통령 구속을 취소 판결했다고 한다. 구속, 기소해야 할 시한을 검사가 잘못 계산했다는 이유를 들이댔다는데, 지금까지는 구속기간을 '일자'로 계산해 왔는데, 그것을 그 판사만 유독 '시간'으로 계산한 결과, 그 시간이 지났다고 설명하고 있는 모양이다.

참으로 어이없고 기가 막히는 판결이다. 상식적으로는 판사는 '판례'를 존중해야 하는 직책인데, 지금까지 구속기간을 '일자'로 계산하던 '관례'를 깨고 유독 자신만 '시간'으로 계산하면서까지, 내란수괴를 다시 석방할 길을 열어 주는 판결을 내리는 이유가 무엇이란 말인가?

불행 중 다행히도 검찰이 7일 이내에 상급 법원에 항소하면, 계속 구속할 수 있는 길은 아직은 열려있다고 한다. 하지만, 검찰이 항소할 것인가? 검찰은 아직도 Y 대통령의 부하들이 세력을 잡고 있는 비민주적 집단인데?

2025년 3월 8일(토)

51. 법비(法匪)들의 나라

오늘 탄핵 찬반 집회들이 그 절정에 달할 것으로 예상된다.

특히, 법원에서 Y 대통령 구속기간을 관례대로 '일자'로 계산하지 않고 '시간'으로 계산한 결과, 구속 시한이 만료되어, 구속 취소 판결이 내려진 시점이어서, 탄핵 찬성 쪽이 매우 당황할 수밖에 없는 상황이고, 탄핵 반대를 주장하는 수구반동 세력에게는 판세에 적지 않은 힘이 실리는 형국이다.

이런 판국에 또 S 검찰총장이 당연히 해야 할 항고를 하지 않아서, Y 대통령이 구치소에서 석방되어 관저로 되돌아가는 희한한 일이 일어났다. 내란수괴가 구치소를 나오며, 마치 독립투사가 해방과 더불어 감옥을 나서듯이 의기양양해하는 꼴이 온 나라에 영상으로 돌아다닌다. 현재 이 나라에는 참으로 상상하기 힘든 일이 자주 벌어지고 있으며, 가히 법비(法匪)들의 나라라 할 만하다.

판사와 검사들도 시대착오적인 인물이 너무 많지만, 이제 내 눈에는 언론에 나와 법을 해석해 주는 법학자나 변호사들도 모두 다 '법비들'인 것처럼 수상하게 보일 지경이다. 나와 같은 인문학자가 볼 때는 해방 후 지금까지 도대체 한국의 법학자라는 사람들이 그 전공자들에게 무엇을 어떻게 가르쳐 온 것인지 따지고 묻고 싶다.

그만큼 이 나라, 이 사회에 법이 중요해졌고, 모든 국민이 법비들의 해석에 일희일비해야 하는 판국이 되고 말았다. 시민들이 법 없이도 상식과 도덕만으로도 아무 불편 없이 숨을 쉬고 살아갈 수 있는 나라가 그립다.

2025년 3월 9일(일)

52. 탄핵 찬성 집회

서 시인과 함께 광화문 탄핵 찬성 집회에 참석했다.

"희경이도 어딘가 앉아 있을 텐데……." 서 시인이 말했다. "하지만, 사람이 너무 많아서 못 찾겠네요."

"전화해 보면 만날 수 있지 않겠어요?" 내가 말했지만, 마이크가 너무 시끄러워서 서 시인이 내 말을 들었는지도 확인이 되지 않을 정도였다.

"Y 파면!"

"새봄엔 새 나라!"

등등 온갖 구호들이 선창, 그리고 복창되고 있었다. 이윽고 가수 H가 '일어나, 일어나'라는 노래를 부르자, 앉거나 선 군중 모두가 함께 떼창을 불렀다.

일어나 일어나 다시 한번 해보는 거야
일어나 일어나 봄의 새싹들처럼

서 시인은 노래를 따라 불렀지만, 나는 모르는 노래여서 그저 듣기만 했다. 그렇다고 내가 소외감을 느끼지는 않았고, 산수(傘壽)의 노인이 지금 여기서 그들과 한마음이라는 사실이 기뻤다.

2025년 3월 11일(화)

53. 『파우스트』 제1부의 번역 완결

검찰이 앞으로는 구속기간을 '시간'이 아니라 다시 '일자'로 계산하라고 공문을 하달했다니, 기가 막힌 일이다. 그렇다면, J 판사의 '시간 단위' 계산법에 대해서는 왜 항고를 하지 않았는가? 검찰은 국민들의 이런 질문에 대해서는 전혀 신경 쓰지 않는다는 태도이다. 이런 불한당들이 있나!

오후에 출판사 김명순 편집장에게 전화를 걸어 『파우스트』 제1부의 번역을 완결했다고 전하고, 제1부부터 조판과 교정을 미리 해 나가자고 제안했다. 가능하다면, 초가을까지 제2부도 완역해 내겠다고 약속했다. 김 편집장은 무척 기뻐하면서, 나를 '노익장'이라며 찬탄해 주었다.

내가 『파우스트』라는 대작의 번역을 왜 이렇게 열심히 서두르는지 나도 나 자신을 이해하지 못하겠다. 소설은 기왕 능력이 안 돼서 더는 못 쓸 듯하니, 느긋하게 번역만 슬슬 해 나가면 될 일 아닌가?

혹시, 어서 번역을 끝내어 놓고, 다시 한번 소설에 도전해 보려고 이러는 것일까? 내일 죽어도 전혀 이상하지 않을 노인이 노욕을 부리면 안 될 터인데 말이다.

초저녁에는 장흥 강연을 위한 핸드아웃을 작성, 이메일 첨부파일로 발송했다.

밤에는 다시 『파우스트』 번역을 계속했다.

2025년 3월 12일(수)

54. 자결보다는 차라리 죽기로 싸우겠다!

○ "인간 세상에서 글 아는 사람 노릇하기 어렵구나!"

1910년 8월 29일은 대한제국의 국권이 일제에 넘어간 이른바 국치일(國恥日)이다. 나라가 망했다는 소식을 전해 들은 매천(梅泉) 황현(黃玹)은 9월 8일에 음독했다가 이틀 후인 9월 10일에 숨을 거둔다. 그가 남긴 절명시(絶命詩) 중에 "난작인간식자인(難作人間識字人)"이란 한 구가 있는데, "인간 세상에서 글 아는 사람 노릇하기 어렵구나!"라는 의미다.

오늘 나는 'Y 파면!'을 외치는 광화문 집회에 참석하지 못했다. 요즈음 걸핏하면 감기가 도지는 데다 내일 아침 일찍 장흥으로 갈 일이 있어서 집 안에서 자중하려니, 마음이 답답해서 견디기 어렵다.

지난해 12월 3일에 Y 대통령이 난데없는 비상계엄령을 선포함으로써 우리 사회와 국가에 끼친 해악은 이루 말로 다 나열하기 어렵다. 비상계엄을 선포할 요건이 충족되지 않았을 뿐만 아니라, 국회와 지방의회의 활동 등 모든 정치활동을 금한 포고령은 이 나라의 정치적 지형을 1980년의 그것으로 퇴행시키려는 명백한 범죄행위였다.

그런데, 이런 범죄행위를 저지른 범법자가 실패한 쿠데타를 두고 도무지 말도 안 되는 새빨간 거짓말을 하는데, 이 거짓말에 동조하는 세력이 신기하게도 점점 불어났다. 그동안 대통령 탄핵을 두고도 마치 국민 여론이 찬성과 반대로 양분된 것처럼 보이는가 하면, 며칠 전에는 구속되었던 대통령이 마치 해방을 맞이하여 일제의 감옥에서 풀려나오는 독립투사처럼 의기양양한 제스처를 보이면서 구치소에서 걸어 나오는 끔찍한 해프닝이 벌어졌다. 그래서, 그렇게도 자명하게 보이던 탄핵 인용이 지금은 헌재에서 기각될 가능성마저 배제할 수 없는 심각한 국면에 이른 듯하다.

나는 정치를 잘 모르는 사람이지만, 이건 분명 한국 정치가 반세기 이상 퇴행한 것이며, 이 나라는 마치 '거짓말의 도가니'가 된 듯하다. 우리 한국어의 언어 체계가 갑자기 너무 강력한 거짓의 소나기를 맞아 누더기가 된 꼴이다. 지금까지 언어를 대상으로 공부해 온 내 알량한 지식이 마치 추풍을 맞은 낙엽처럼 힘을 잃고 맥없이 땅바닥 위에 나뒹구는 것을 보는 기분이다.

이 나라는 이제 누란의 위기에 처해 있으며, 이 나라의 운명이 헌법재판소 재판관 8명의 결정에 달린 듯하다. 만약 탄핵이 기각된다면, 이 나라는 요건도 되지 않은 비상계엄령을 선포했던 대통령, 즉 '내란수괴'를 다시 권좌에 복귀시켜, 그에게 언제나 다시 계엄을 선포할 수 있는 권능을 허락해 주는 꼴이 된다. 이것은 국내적으로 파탄이고 국제적으로는 망신이어서, 그야말로 망국으로 가는 지름길이 될 것이다.

내가 오늘 광화문으로 나가 늙고 힘없는 내 작은 목소리라도 보태고 싶었던 것은 이 '망국'의 가능성을 보고 새삼 경악했기 때문이다. 장흥 여행을 앞두고 있어서 광화문 집회에 참석하지는 못했지만, 답답해하던 내게 문득 매천 황현의 절명시 중 한 구가 생각난 것이다.

'난작인간식자인(難作人間識字人)' — '세상에서 글 아는 사람 노릇하기 어렵구나!'

내가 이 판에 나 자신을 무슨 지식인이라고 내세우고 싶을 리가 만무하고, S대 명예교수로서 오히려 면목 없는 자괴감을 느껴야 마땅하지만, 그래도 여러 나라 글자를 조금 익힌 '식자(識者)'인 것은 사실이니, 문득 매천의 이 구절이 내 머리에 떠오른 듯하다.

만약 헌재가 '내란수괴'의 탄핵을 기각, 또는 각하한다면, '국치일'이 아니라 이번에는 '망국일'이 될 터인데, 나는 과연 '글자 아는 사람'으로서 계속 살아갈 자격이 있을까?

아니다, 자결보다는 차라리 죽기로 싸우겠다! 젊은 대학생으로서 이미 경찰의 곤봉에 머리를 맞고 죽었을 목숨이 용케도 살아남아서 독일 유학을 다녀오고 『독일문학사』라는 책도 쓰면서 지금까지 참 오래도 살았다. 이제 늙고 병약한 몸이지만, 남 먼저 거리에 나가 싸우리라! 이번에는 청년들의 귀한 목숨 대신에 나 같은 노인이 먼저 죽어야 할 것이다.

제일 좋기는 부디 헌재가 올바른 판단을 내려주는 것이다. 헌재 재판관들에게 ― 처음으로 인문학자의 자존심을 모두 버린 채 ― 빈다, 제발 우리 국가와 사회를 위해 올바른 판결을 내려주시기를!

(2025년 3월 12일, 페이스북에 올린 글)

2025년 3월 15일(토)
55. 광화문의 작가회의 부스

단식 5일 차인 작가회의 사무총장 S 시인을 위문하고자 서선숙 시인과 함께 광화문의 작가회의 부스에 갔는데, 그는 마침 시위 단체 연합회의 회의에 참석 중이라 못 만나고, 작가회의 이사장이신 K 시인님, 그리고 길동무의 K 작가님, 영천에서 올라오신 K 시인님을 만났다.

광화문 탄핵 촉구 시위는 그야말로 인산인해를 이루어 민의를 보여주기에는 충분하다고 생각되었기 때문에, 80을 넘은 노인은 어두워지자 그만 낙산의 우거로 올라왔다.

부디 헌재에서 Y 대통령 탄핵이 인용되어 Y 대통령이 대통령 직에서 파면됨으로써, 이 나라가 어서 정상궤도에 다시 진입하기를 간절히 바란다.

2025년 3월 16일(일)
56. '문림의향(文林義鄕)' 장흥

○ 장흥에 다녀와서

헌법재판소의 탄핵 선고를 앞두고 나라가 누란의 위기에 처해 있는 이 판국에, 지난 3월 13일~14일에 장흥에 다녀온 얘기를 쓰자니, 혹시 한가로운 신상 이야기로 받아들여질지 걱정이 앞선다. 그렇지만, 보아하니, 헌재의 선고가 앞으로도 또 며칠 더 끌 듯해서, 차라리 그사이에 내가 장흥에서 보고 느낀 바를 페친 여러분께 전하고자 한다. 다소 긴 글이니, 시간 있으신 분만 읽으셨으면 한다.

우선, 내가 장흥에 다녀온 경위를 간단히 설명해 드려야 할 것 같다.

장흥의 문화공작소와 장흥교육희망연대, 그리고 장흥동학농민혁명기념사업회 등 3개 단체가 3월 13일(목) 오후 7시에 천도교 장흥 교당에서 공동 개최한 '장흥 인문학 세미나'에, Y 한양대 명예교수님(시인), 『등대』의 작가 K 고려대 명예교수님, L 문학비평가 등 3인과 더불어 나도 공동 발표자로 초대되었다. 이런 과분한 초대를 받게 된 데에는 아마도 나의 최근 소설이 동학을 다루었기 때문인 듯하다. 사실 이날 세미나의 공동 주제는 '동학'이라고 해도 과언이 아니었다. 그만큼 장흥에서는 지난해에 한강 작가가 노벨문학상을 수상한 이래로 우리 문학과 동학에 관해서 큰 관심을 지니게 된 듯했다.

우리 일행은 우선 장흥의 L 시인의 안내로 K 장흥군수님을 예방하고 군수님의 동학농민혁명군 묘역 정비 사업 계획에 관한 설명을 들었다. 여기서 내가 속으로 적이 놀란 것은 장흥 군수가 문화 행사에 관심을 가지고 객지에서 온 연사들을 접견하는 언사에서 문학을 두고 대화를 나눌 수 있는 식견의 소유자라는 사실이 드러나기 때문이다. 과연 '문림의향(文林義鄕)'의 고장 장흥의 군수다워서, 나는 속으로 은근히 기뻤다. 이 나라의 정치하는 사람들이 모두 이 정도의 교양을 갖추면 얼마나 좋을까 하는 심정이었다. 지금 나라의 죄인이 된 여러 사람들이 평소에 이 장흥군수님만큼의 교양과 식견을 갖추었다면, 그들은 그런 무지막지한 죄를 범하지도 않았을 것이다.

군청에서 나온 우리가 찾아간 곳은 제암산 자락에 있는 장흥 동학농민혁명군 묘역이었다. 석대들 전투에서 전사한 동학농민혁명군의 유해들이 소석대산 인근의 어느 공사 현장에서 무더기로 발견되자 그 수많은 유해를 임시로 수습하여 이곳 제암산 기슭 공동묘지로 모셔 왔으며, 장차 대대적 묘역 정비 사업이 계획되어 있다고 했다. 우리 일행은 120년 전에 석대들 전투에서 일본 병의 스나이더 소총과 개틀러 연발 기관총에 쓰러져 간 동학농민혁명군의 영전에 참배하며 그때 이후 지금까지 이 땅의 민중들이 겪어 온 비극적 현대사를 되새겼다.

그다음에는 석대들을 둘러보았는데, 현재는 그저 평범한 들판처럼 보였고, 멀리 서 있는 장흥 동학농민혁명기념관 건물도 눈에 들어왔다. 이 들판에서 흰옷 입고 짚신 감발한 우리 동학농민군들이 죽창과 괭이를 들고 나아가다가 일본군 스나이더 소총과 개틀러 기관총의 총탄에 쓰러졌다고 생각하니, 그리고 저기 소석대산 위에서 완산 녹두님이 그 광경을 눈물을 흘리면서 굽어보시다가 혼자 도망치셨다고 생각하니 저절로 내 눈시울도 뜨거워졌다. 을사늑약(1905) 11년 전에 이미 일본은 남의 나라 백성들을 소총과 기관총으로 마구 학살했으니, 이것은 당시 국제법상으로도 엄연한 불법이며, 세계사에 기록된 '난징 대학살'(1937)보다 40여 년이나 앞선 희대의 제노사이드다. 현재 우리는 일본의 지배에서 해방되긴 했으나 남북이 분단되어 통일은 아득하기만 한데, 남쪽 사람들이 또 좌우로 갈려 싸우고 있는 꼴이 아닌가? 도대체 이 난국을 어떻게 극복한단 말인가? 장흥까지 와서도 좌우갈등을 걱정해야 하는 현실이 너무 슬퍼서 나는 갑자기 가슴이 먹먹해 왔고 목구멍에 큰 가시가 척 걸리는 듯했다.

석대들 인근에서 주최 측에서 대접하는 저녁 식사를 마치고 우리 일행은 세미나 장소인 천도교 장흥교당으로 갔다. 건물이 아주 한국적이고 건축학적으로도 가치 있는 문화재인 듯했다. 청중이 너무 많아 주최 측에 가까운 인사들은 입장을 자제해야 할 정황인 듯했다.

우리 네 사람은 '문림의향'인 장흥의 수준 높은 청중뿐만 아니라 멀리 광주 등지에서 온 청중들도 상대해서, 우선 한강의 노벨문학상 수상의 의미를 생각해 보았다. 한강은 이제 'K-문화항(文化港)'의 빛나는 '등대'로서, 앞으로 한국 역사와 한국 사상을 안내하고 널리 알리는 역할을 할 것으로 전망된다는 데에 우리 발표자들의 의견이 일치하였다.

K 작가의 소설 『등대』와 나의 최근작은 단순한 '동학 이야기'에 그치지 않고 '동학'의 '개벽사상'을 이 땅의 '주류 문화 담론'으로 이끄는 계기를 마련해 주었다는 Y 교수님의 의견 개진이 있었고, L 비평가는 서구적 리얼리즘 소설이 한국에서 이제 한계에 봉착했으며, 앞으로는 '이 땅의 혼', 즉 '지령(地靈)'이 숨 쉬는 작품들이 이 나라 독자들을 인도해 나갈 것이라는 요지의 발언을 했다.

어느 고교 교사님은 남녀 학생들을 데리고 오셨는데, 그중 한 학생의 질문이 매우 영특해서 우리 4인의 세미나 발표자들을 기쁘게 했다.

북토크나 세미나를 위해 몇몇 도시를 다녀보았지만, 이번 장흥 청중의 문학적 열기는 정말 뜨겁고도 생산적이었다는 느낌이었다.

이튿날 아침에는 Y 교수님과 K 작가님은 미리 떠나시고 L 비평가와 나는 늦은 오후에 나주역에서 용산역으로 가는 기차를 탈 때까지 시간이 넉넉하게 남아 있어서, 우선 장흥 동학농민혁명기념관을 관람했다. 동학농민혁명기념사업회의 K 회장님의 안내를 받았는데, 내게 가장 인상 깊었던 것은 동학농민군이 진군할 때 썼던 닭장 비슷한 무기(?)인 '장태'와, 일본군이 동학농민혁명군을 겨누었던 당시의 신식 소총인 영국제 '스나이더 소총'을 직접 관람한 것이었다. 동학농민혁명사에서 가장 눈물겹고 또 가장 잔인한 두 개의 무기 유형을 장흥에서 직접 보게 된 것이 나로서는 슬프고도 마음 아팠다.

하지만, 내가 그 무엇보다도 큰 감명을 받았던 것은 그 후 점심시간과 이어진 낮술 자리에서였다. 장흥문화공작소의 M 소장님과 L 이사님, 장흥동학농민혁명기념사업회의 K 회장님, 그리고 광주에서 오신 K 시인님 등과 동학에 관해서, 그리고 '이 땅의 혼'이 담긴 문학에 관해서 대화를 나눈 것이 소중한 기억으로 남았다.

어차피 장흥은 독문학도인 내게는 고 이청준 선생 때문에도 잊을 수 없는 인연으로 얽혀 있다. 하지만, 이번 장흥 여행에서 나는 많은 깨달음을 새로이 얻었고, 거기에 대해서는 앞으로 좀 더 숙고와 정리가 필요할 듯하다.

이번 행사를 준비해 주신 장흥의 여러분들에게 고마움을 표하고, 이번 세미나를 통해 장흥에서 만난 페친 여러분께도 진심으로 고마움을 느낀다. 부디 이 느낌이 앞으로 내 삶에 선한 영향을 끼쳐 주기를 간절히 바란다.

(2025년 3월 16일, 페북 포스팅)

2025년 3월 18일(화)
57. '한국으로부터 배우자!'

아침에 문득 단식농성 8일 차를 맞는 한국작가회의 사무총장 S 시인의 건강이 걱정되었다. 비단 작가회의의 직책 때문만은 아니다. 나는 그를 익천문화재단의 길동무로 알게 되었는데, 김남주 이래의 현대 한국에서 가장 중요한 시인 중의 한 사람으로 높이 평가할 뿐만 아니라, 내 나이를 잊고 그를 친구로 생각하고, 그를 존경하며 사랑하고 있다. 그래서 그의 건강이 내게는 아주 중차대한 문제인 것이다.

오전에 서선숙 시인과 함께 작가회의 광화문 농성 부스를 방문, S 시인에게 위로의 뜻을 표했다.

마찬가지로 위로 방문을 온 길동무의 H 사진작가와 K 작가님을 농성 텐트에서 만났는데, 우리는 안타깝게도 단식 중인 S 시인을 부스에 남겨둔 채 서촌의 어느 식당에서 점심을 함께했다.

"헌재의 탄핵 선고 기일이 아직도 발표되지 않고 있으니, 참 불안하네요!" H 사진작가가 말했다. "혹시 자기들끼리 견해가 달라 서로 피 터지게 다투고 있는 것 아닐까요?"

"그 장막 뒤의 일을 우리야 알 수 없지요." K 작가가 말했다. "나라의 운명이 8인의 법관에게 대롱대롱 매달려 있네요!"

"그래 말입니다!" 내가 말했다. "나라의 흥망이, 그리고 온 국민의 운명이 8인의 평결 결과에 따라 좌우된다는 사실에 민주시민으로서 일종의 모욕감을 느끼지 않을 수 없네요. 그럴수록 그 판결이 광명정대하지 않으면 안 될 테지요. 아무튼, 판결이 잘 나올 걸로 봅니다만……."

"아마도 8인 중 한두 분이 완전 합의를 도출하기 위해 사력을 다하고 있을 겁니다." 서 시인이 말했다. "예로부터 뻔한 결말을 두고도 괜히 트집을 잡는 위인(爲人)들이 어디나 반드시 있으니까요."

"8인의 재판관 중 두 분이 4월 18일에 퇴임을 해야 합니다." H 사진기자가 말했다. "설마 그전에야 선고가 나오겠지요."

"아이고, 너무 늦어요!" 내가 말했다. "하루가 여삼추(如三秋)인데, 그렇게 늦으면, 단식하고 있는 S 시인이 위험해요!"

◯ "한국으로부터 배우자!"

불프(Herbert Wulf)라는 독일인 기자가 페이스북에 "한국으로부터 배우자!(Von Korea lernen)"는 제목의 독일어로 된 글을 올려놓았다. 지난 12월 3일의 불법 '비상계엄' 사태로 인하여 우리 한국이 그야말로 존망(存亡)의 위기에 처해 있는 판에, 우리 한국으로부터 대체 무엇을 배울 수 있단 말인가 싶어서, 그 내용을 자세히 읽어보자니, 한국전쟁을 종식시킨 1953년 7월 27일의 '정전협정'이 러시아와 우크라이나 사이의 전쟁을 해결할 수 있는 모델이 될 수 있겠다는 국제정치적 제안이다.

그의 주장에 따르면, 지난 3년 동안 러시아의 공격과 우크라이나의 방어가 끝을 알 수 없는 소모전으로 계속되는 판국이니, 1953년 남북한 경계에 DMZ를 설치했던 '정전협정'이 임시 해결책으로 생각해 볼 만하다는 의견이다.

그러나, 우리 한국인에게는 이 제안이 참으로 고약하고 야속한 발상이 아닐 수 없다. 이 독일인 기자는 그 어중간한 국제 정전협정 때문에 지난 72년 동안 우리 겨레가 겪어 온 '부자유'와 '보이지 않는 질곡'은 전혀 상상하지 못하고 있다. 그래서, 이 불편한 족쇄를 다시 우크라이나 국민에게 또 덧씌우자는 것이다. 정말 경솔한 발상이다. 선진국 언론인이라는 사람이 모자라는 국제적 안목으로 이런 섣부른 해결책을 내어놓고 있으니, 정전협정 72주년을 앞둔 한국인으로서는 씁쓸한 기분을 떨치기 어렵다.

한반도의 허리를 잘라놓고 있는 이 '정전협정'이야말로 하루빨리

'종전협정'으로 바뀌어야 한다. 이 나라에서 '정전협정'을 잊고 지내거나 그것을 현상 유지만 하겠다는 인물들이야말로 이미 무너진 냉전체제를 억지로 연장함으로써 한반도의 분단 상황에 기대어 자신들의 기득권을 유지하려는 친미·친일 세력일 가능성이 많다는 것이 내 경험상의 판단이다.

2025년 3월 21일(금)
58. "이제 난 완산 녹두로 되돌아가고 싶다네!"

김일술 교수, 오랜만일세! 잘 있었는감? 잘하고 있는데, 내가 자꾸 나타나는 것도 도움이 안 될 듯해서 최근에는 그냥 지켜보고만 있었지라.

참, 지금까지 내 얘기는 할 만큼 했으니, 이제 난 더는 김일술(金一沭)이고 싶지 않네. 그냥 무명, 무향의 동학농민군으로 되돌아가고 싶으이. 선숙이 말마따나 이제 난 다시 완산 녹두라네!

오늘은 다름이 아니라, 좀 말해 줄 게 있어서 왔어요.

실은 명부(冥府)에서도 우리 신령들이 가끔 만나서 대화를 나누기도 하고, 같은 땅 영령들끼리 세미나 같은 것을 열기도 하는데, 어제는 내가 혜강(惠岡) 최한기(崔漢綺) 선생과 수운 선생이 만나 서로 의견을 주고받는 자리에 우연히 함께 있었다네. 오늘은 거기서 내가 느낀 점 한 가지를 자네한테 참고로 귀띔해 주고 싶네.

혜강 선생은 수운 선생보다 한 20년 정도 먼저 태어난 분인데, 두 분이 살아계실 적에는 서로 만나지 못하셨던 것 같아. 하지만, 어제 두 분이 나누시는 대화의 분위기가 대단히 화기애애했던 데다가, 그 대화를 듣고 있던 내가 문득 무언가 짚이는 데가 있어서 말이야.

다름이 아니고, 혜강 선생의 『기학(氣學)』에서는 '대기활동운화(大氣活動運化)'라는 개념이 중요한 모양이던데, 개인마다 작용하고 있는 '인기활동운화(人氣活動運化)'는 우주적 자연의 동태적 작용이라 할 '대기활동운화'에 승순(承順)해야만 올바른 일신의 운화가 인식될 수 있다는 말이 나오더라고! 개별 인간이 자기 주변 사물의 운화를 관찰할 때에는, 불교에서도 가르치고 있듯이, 아상(我相) 때문에, 객관적이고 올바른 관찰이 매우 어렵다는 것이지. 그래서, 개별 인간은 우선 '대기활동운화'를 잘 관찰, 탐구, 증험하여 거기에 승순함으로써 자신과 주변 인물과 주변 사물의 운화를 올바르게 인식할 수 있다는 것이야. 유가에서처럼 수신, 제가, 치국, 평천하의 순서로 정태적 진리를 인식해 가는 것이 아니라, 혜강의 '기학'에서는 거꾸로 우주와 자연의 동적 대기활동운화를 잘 관찰, 증험함으로써, 거기에 승순하는 통민운화(統民運化)로, 통민운화에서 다시 거기에 승순하는 개인의 운화로 관찰 범위를 좁혀 올 때 비로소 더 확실한 운화의 이치를 인식하게 된다는 것이 혜강 선생의 생각이더라고!

여기서 내가 문득 상기하게 된 것은 우리 동학에서 '지기금지 원위대강 내유신령 외유기화'까지는 이해가 비교적 쉬운데, 그다음에 오는 '조화정', '수심정기', '무위이화', '원시반본', '동귀일체' 등의 과정에 대해서는 늘 약간 혼란스럽고 그 구체적 진전 과정엔 약간 자신이 없었어. 아마도 인간의 '운화'가 '천인(天人) 운화', 즉 '대기(大氣) 운화'의 일부분이기 때문에, 수운을 이해하는 데에도 혜강의 '기학'이 큰 도움이 될 것이라는 생각이 들더란 말이야. 19세기 중엽에 이 땅에서 태어난 두 사상이 전혀 다른 별개의 것이 아니라, 상호 보완될 수 있겠다는 생각이 얼핏 든 거야.

　갑자기 너무 복잡하게 얘기해서 미안하네. 실은 내가 확실히 인식하지 못한 것을 자네한테 귀띔해 주려니, 힘만 들고 정곡을 콕 찔러 알려줄 수가 없구먼! 그래도 내 딴에는 동학을 공부하는 자네한테 귀띔해 주고 싶어서 이렇게 불쑥 찾아왔지만, 막상 뭘 알려줘야 할지 확실히는 몰라서 이렇게 횡설수설이라네. 혹시, 자네가 혜강 선생의 『기학』이라는 책을 직접 참고하면, 좀 도움이 될 것이네. 그리고, 대기운화와 인기운화 사이에 정위되는 '통민운화(統民運化)'라는 개념이 '최한기의 사회학'인 듯하던데, 그것도 잘 좀 들여다보시게.

　김일술 교수, 자네의 건강과 성취를 비네. 선숙이 모녀도 잘 부탁하네.

2025년 3월 24일 (월)
59. 헌재, H 총리의 탄핵을 기각

　헌재가 H 대통령권한대행의 탄핵을 기각함으로써 H 총리가 총리직 및 대통령권한대행직에 복귀하는 큰 해프닝이 일어났다.

　기각 5명, 각하 2명, 인용 1명으로, J 판사 한 사람만 '인용' 의견을 내고, 나머지는 정치적 판단을 한 것으로 보인다.

　이보다 더 중요한 것은 Y 대통령 탄핵이 어떻게 결판이 날 것인가인데, 추측만 무성하고, 아직 탄핵 판결 기일조차 공고되지 않고 있다.

　물론 나는 H 총리를 복귀시킨 헌재의 이 판결을 아주 잘못된 것으로 간주하지만, 어쩌면 '좋은 징조'로 볼 수도 있겠다는 터무니없는 역발상을 해보았다. 헌재의 재판관들 중 Y 대통령의 탄핵을 추동하고 있는 양심적인 재판관들이 H 총리의 직책 복귀에서는 일단 양보한 것이 아닐까 하는 나만의 독특한 추측을 해보는 것이다. 8명 재판관들의 복잡한 심리와 이해관계를 나 혼자 계산해 본 엉뚱한 문학적 상상력이다.

작가회의 사무총장 S 시인은 14일째 단식 중이라 그의 건강이 염려되어 광화문 작가회의 천막에 들러 그를 위로했다. 뜻밖에도 마침 무슨 행사 중이어서, 내가 작가회의의 회원들과 기념사진을 찍는 해프닝이 벌어지기도 했다. 소설 두 편을 써 놓고 불임의 시간을 보내고 있는 주제에 감히 작가 행세를 할 수는 없는 일이다. 나는 서둘러 낙도재로 올라와 번역 작업에 몰두했다.

2025년 3월 25일(수)

60. 산불과 순명(順命)

작가회의 사무총장 S 시인은 오늘 15일째의 단식을 중단하고 앰뷸런스에 실려 입원했다고 한다. 그의 건강을 위해서는 정말 다행이다.

내일 L 민주당 대표의 2심 선고를 앞두고 있고, 헌재의 Y 대통령 탄핵소추안에 대한 선고일시는 아직도 공고되지 않고 있다.

안동, 의성, 산청 등지에서 산불이 격화되고 있는데, 가히 말세의 조짐이며 총체적 난국이다. 이 불행한 나라에 화마(火魔)까지 덮쳐오니, 가슴이 타는 느낌이고, 입에 침이 바싹 마른다.

통영에서 요양 중이신 P 선생께서 나와 전화 통화 중에 내 제3의 소설이 언제 나오느냐고 물으셨다. 나는 괴테의 『파우스트』 번역에 전념하고 있다고 말씀드리면서, 이런 판국에 무슨 소설이 쓰이겠느냐며 애꿎은 시국 탓을 덧붙였다.

번역에 전념하고 있다는 건 맞는 말이긴 하다. 하지만, 내가 작가로서의 글쓰기를 진정 포기했는지는 조금 더 두고 봐야 할 것 같다. 혹시, 지금 쓰고 있는 이 일지가 소설이 될 수는 없을까? 이것이 소설이 되려면, 그 변신에 가장 필요한 요소는 무엇일까? 이런 하찮은 생각들도 얼핏 내 뇌리를 스쳐 지나갔다.

아무튼, 내가 다시 소설을 쓸 수 있는가 하는 문제는 내게 주어진 수명하고도 연관되는 일이어서, 쓸데없는 욕심 버리고 차라리 순명(順命)하겠다는 것이 지금 내 마음을 올바르게 표현하는 말이 될 듯하다.

2025년 3월 26일(수)

61. 사인여천(事人如天)

L 민주당 대표가 공직선거법 위반 2심에서 무죄 판결을 받았다. C 판사라고 한다. 헌재에서 소수 의견을 낸 J 재판관에 이어, 또 한 명의

여성 영웅이 탄생했다. 누군가 '은정의 시대'란 말을 했다고 한다. 아닌 게 아니라, 은정이란 이름의 여성들 중 의로운 분이 여럿 출현한 듯하다. 앞으로 딸 이름을 '은정'이라고 짓는 사람이 많을 것 같다고도 한다.

산불이 기승을 부리고 있다. 진화 헬리콥터가 추락해서 노 조종사가 사망했다는 안타까운 소식이 전해진다. 내 가슴과 목구멍에서 단내가 나는 듯하다.

공주 '길담서원'의 자매님들이 친히 구운 독일식 통밀빵 한 덩어리를 우편물 택배로 보내왔다. 내가 고맙다는 메시지 끝에 하트 하나를 찍어 보냈더니, 금방 아주 따뜻한 메시지가 답으로 왔다. 산불 때문에 답답하던 가슴이 좀 풀리는 느낌이다.

'동시대인들을 하느님처럼 모시고 살아라[事人如天]'는 해월의 가르침은 정말 위대하며, 동학의 핵심 사상이라 해도 손색이 없다. 반상(班常), 양천(良賤), 적서(嫡庶), 남녀, 빈부의 차별 철폐라는 수운의 평등사상도 원래는 사람이 곧 하늘이라는 생각에서 나왔고, 결국에는 해월의 '사인여천'으로 발전했다. 그리하여, 이 '사인여천'이 다시, 우리 주위의 모든 동·식물도 다 '한울님'이라는 '이천식천(以天食天)'으로 나아갔다는 것이 오늘의 내 늦은 깨우침이다.

2025년 3월 27일(목)

62. '청춘은 아름다워라!'

아직도 헌재는 선고 기일을 발표하지 않고 있다. 나라의 운명이 자기들 8명한테 달려 있음을 즐기고 있지나 않은가 하는 괘씸한 의구심이 들기도 한다. 물론, 그 안에서 자기들끼리 팽팽한 줄다리기가 진행되고 있을 수도 있고, 한두 명이 사력을 다해 동료들을 설득하는 과정에 있을 수도 있다.

이런 판국에 주한 미국 대리대사 조셉 윤(Joseph Y. Yun)이라는 인물의 준동설이 나돌고 있다. 친중, 반일인 L 민주당 대표의 정치적 성향을 문제 삼아, Y 대통령과 L 민주당 대표를 다 함께 한국 정계에서 제거하고, 새로운 꼭두각시를 한국 대통령으로 앉히려 한다는 소문이 나돈다. 그 꼭두각시가 이를테면 H 대통령권한대행이라는 설이 내 귀에까지 다다르고 있다. 부디 이런 것이 모두 헛소문이기를 바랄 뿐이다.

서선숙 시인과 '안더나흐의 추억'에서 점심을 먹었다. 오늘 새벽에도 우리 둘한테 완산 녹두님이 현현하셨는데, 서 시인과 내가 둘 다 헌재에서 탄핵이 인용되기를 간절히 부탁한 사실이 전화로 확인되자 환희심이 생겨 둘이 만난 것이었다.

서 시인에게 들은 한 가지 새로운 사실은 며칠 전 희경이가 광화문에서 또 꼬박 밤을 새우느라 집에 들어오지 않자, 아침 일찍 서 시인이 음료와 간단한 샌드위치를 준비해서 광화문 시위 현장으로 나갔더니, 희경이 옆에 뜻밖에도 신중식 군이 같이 앉아 있더라는 소식이었다.

"둘이 함께 밤을 새운 것이었나요?" 내가 물었다.

"그것까지 물어보지는 않았지만, 아마도 그런 것 같았어요. 내가 가져간 음식을 둘이 나눠 먹는 모습을 보니, 그게 제법 자연스럽게 보이더라고요. 둘이 무덤덤하게 잘 먹고 마시는 것이 참 보기 좋았어요. 원래 딸과 함께 먹으려고 가져간 음식이었지만, 저는 이미 아침 식사를 했노라고 둘러대었답니다. 하지만, 젊은 사람들 둘이서 음식을 나눠 먹는 모습만 봐도 귀엽고 흐뭇했어요."

"그것참, 헤르만 헤세의 작품에「청춘은 아름다워라!」라는 단편소설이 있는데, 정말 아름다운 청년들의 모습이었겠습니다." 내가 말했다. "『파우스트』강의 시간에 독일 시민비극에 관심을 표하던 걸 보고 난 신중식 군이 정의감은 있는 청년이란 걸 진작부터 알았었지요. 신 군이 희경으로 인해 광화문 집회에 참석했다니, 참 기쁘네요! 둘이 앞으로도 잘 지내기를 진심으로 바라게 되네요."

"그거야 젊은 사람들 마음이지요." 서 시인이 말했다. "우리야 그저 지켜보는 수밖에요!"

"나도 그렇게 생각해요." 내가 말했다. "어른들은 그냥 지켜보기만 하는 게 좋을 듯합니다, 부모의 욕심을 갖다 대지 말고요……."

서 시인과 나는 광화문으로 나가 S 시인을 대신해서 작가회의 농성 천막에서 릴레이 단식을 하는 M 시인을 위로 방문한 다음, 광화문 집회에 참가했다.

초저녁이 되자 곽우회(藿友會)의 S 선생님이 전화했다. 서촌의 '활짝 핀 메밀'에 시위에 참가했던 곽우들이 모여 있으니, 한잔하러 오라는 전화였다. 나와 서 시인도 그쪽으로 가서 오리무중에 빠진 탄핵 정국과 아직도 선고 기일을 발표하지 않고 있는 헌재에 대해 희망과 걱정이 뒤섞인 대화를 나누었다. 도대체 국민을 뭐로 알고 뻔한 판결을 이렇게까지 지연시키고 있단 말인가? 그게 뭐 그렇게 풀기 어려운 수수께끼라고!

2025년 4월 1일(화)
63. 산수(傘壽)의 노인

서 시인과 산행 중, 헌재에서 4월 4일(금) 오전 11시에 선고 기일을 잡았다는 소식을 SNS를 통해 알고, 둘이 다소 희망적인 말을 주고받았다.

그런데, 점심시간에 그다지 높지도 않은 바위 위로 올라가려다가 순간적으로 몸의 균형을 잃는 바람에 오른손으로 거친 바위를 세게 쳐서 손바닥을 심히 다쳤다. 서 시인이 손수건으로 응급치료 후 약방에서 의료 테이프를 사서 상처 부위에 붙여 주었다.

집에 들어와서야 비로소 안 사실인데, 오른쪽 무릎에도 큰 타박상을 입었다. 집 안에서도 거동이 불편하고, 손바닥을 다쳐 왼손으로만 설거지하는 것도 쉽지 않았다.

새해 들어 감기를 오래 앓은 데다 불안한 정국 때문에 괜히 쓸데없는 걱정이 지나쳤던 탓이었을까, 갑자기 내가 팍삭 늙은 산수(傘壽)의 노인이라는 사실을 실감했다.

혼자 저녁 식사를 간신히 챙겨 먹고 나서, 번역 작업을 시도했지만, 힘이 달리는 듯해서 그만 잠자리에 들 참이다. 굳센 의지로 지금까지 잘 버티며 살아왔다. 그러나, 의지가 굳센 것만으로는 세월의 회초리를 피하기 어렵다는 것을 다시 한번 실감한 날이었다.

2025년 4월 2일 (수)
64. 여섯 명의 어른과 두 청년

'계엄의 형식을 빌린 대(對)국민 호소였다'는 Y 대통령의 말을 정말로 믿는 사람이 있을까?

언어의 오염이 너무 심각해서 이젠 어떤 말도 진실로 들리지 않게 되었다.

4시에 『파우스트』 강의가 있었다. 최영숙 님과 서 시인의 사이가 너무 화기애애해서 다른 수강생들과 나는 오히려 조심스러울 정도였다.

강의 시간이 끝나고 서촌에서 만둣국을 먹었는데, 신중식 군과 김희경 양이 마주 앉은 모양새가 이제는 정말로 자연스럽게 보였다. 그들 둘은 서로는 거의 말을 주고받지 않았지만, 어른들이 말을 걸면 각자가 상냥하게 대답하는 모습을 보였다.

나와 서 시인은, 그리고 보아하니 최영숙 님까지도, 둘에게는 특별한 관심을 보이지 않으면서 다른 사람들과만 대화를 나누었다. 두 젊은이는 그런 우리들의 태도에 대해 다소 무덤덤한 듯했지만, 그건 순전히 나 혼자만의 짐작일 수도 있었다. 그들은 그저 자연 그대로 그런 모습을 보여주고 있을 뿐인지도 모르겠다. 마치 어른들이 공동으로 아기 둘을 키우는 것처럼, 우리 여섯 명의 어른들은 두 청년을 조심스럽게 대했고, 속으로는 아름다운 청춘이라고 부러워하기도 하면서, 선의를 다하여 그들의 앞길이 순탄하게 전개되기를 비는 듯했다.

2025년 4월 3일(목)

65. 제주도 4·3항쟁 77주년 기념일

내일 11시에 예고된 헌재 탄핵 선고에서 Y 대통령의 탄핵이 '인용'되기를 간절히 기다리는 마음 때문에, 종일 『파우스트』의 번역에 몰두함으로써 견디기 어려운 기다림의 시간을 때웠다.

헌재 선고가 8:0으로 인용될 것으로 믿지만, 혹여 각하나 기각으로 나오면, 내란수괴 Y가 대통령직에 복귀할 것이라는 사실을 생각만 해도 너무 끔찍해서, 온 나라의 민주 시민들이 이렇게도 속을 태우는 것이다.

하필이면, 오늘이 제주도 4·3항쟁 77주년 기념일이다. 기념식에 참석한 이재명 민주당 대표는 역사의 죄인들을 한 번도 처벌하지 못한 후과 때문에 오늘날의 이 '내란 사태'도 일어났다는 발언을 했다고 보도되고 있다.

맞는 말이다. 역사를 바로 세우지 못한 후과가 너무도 크다. 지금까지 역사적 정의가 바로 세워지는 것을 한 번도 두 눈으로 확인해 보지 못한 우리 국민이다. 이번에는 이 그릇된 역사를 반드시 바로잡아 놓아야 할 것이다.

2025년 4월 4일 (금)

66. "피청구인 대통령 Y를 파면한다."

오늘은 4월 4일, 결판의 날, 새벽 1시다.

나는 서 시인에게 전화를 걸었다.

"여보세요!" 그녀가 전화를 받았다. "전화를 기다리고 있었어요!"

"그래요? 내가 전화할 건 어떻게 아시고?"

"완산 녹두님께서 강림해 주십사 하고 함께 빌자는 말씀 아녜요?" 서 시인이 말했다. "이번에는 현현하시길 기다릴 것이 아니라 우리 쪽에서 '원위대강(願爲大降)'을 하여, 완산 녹두님께 우리의 소원을 말씀드리자는 것이지요?"

"아, 참! 대단하시네요! 내 속을 이미 훤히 아시니 말입니다! 우리가 간절히, 절실하게 빌면, 강림하시어 우리의 소원을 들어주실 것입니다. 나는 지금까지 동학을 이 땅에서 우러난 '사상'으로 간주했지 '종교'로 생각하지는 않았는데, 급하니까 동학이 '종교'로 되려고 하네요!"

"사상이면 어떻고 종교면 어때요?" 서 시인이 말했다. "현대에는 종교가 어차피 독선적·배타적 의례(儀禮)에서 벗어나, 그때그때의 생각을 이웃과 나누는 방향으로 변화해 가고 있잖아요! 그래서, 성직자, 교회, 법당 따위가 사실상 불필요해지는 추세고요! 마음 맞는 이웃들이 모인 자리가 교회고, 좋은 말을 서로 주고받는 것이 자연스러운 '목회'지요. 저는 그런 모임을 여럿 알고 있답니다. 횡성에서 활동하고 계시는 L 교수님의 신학(信學)이 그러하고, 그분의 부군이신 L 목사님도 한국 개신교의 기복적, 자본주의적 타락을 비판하시며, 동학적 하느님과 생태적 공동체에도 관심을 기울이고 계세요. 아무튼, 오늘 새벽 2시에 우리 둘이 같이 완산 녹두님의 강림을 간절히 소망해 보아요. 그리고, 우리의 절실하고 갈급한 소원을 말씀드리기로 하지요. 구테 나흐트(Gute Nacht)!"

서 시인과 통화를 끝내고 잠시 페이스북에 들어갔더니, 베를린의 페친 J 님께서 '계엄-탄핵병'을 심히 앓고 있다는 포스팅을 올리셨다. 내가 거기다 댓글을 달았다:

'동쪽 먼 심해선 밖의 한 점 섬'[유치환: 「울릉도」] 같은 그대의 조국! 멀리 동방에 있는 이 조그만 나라의 아픔 때문에 그대도 앓고 계십니다. 곧 좋은 소식이 있을 것입니다! 힘내세요!

J 님의 댓글이 금방 떴다. 독일은 아직 초저녁일 터이다.

부디 탄핵이 인용되어 나라가 정상과 상식을 되찾았으면 해요. 몸에 찾아든 몹쓸 병이 단번에 다 치유되진 않겠지만요…….

나의 댓글:

외과 수술을 마쳤다고 해서 건강이 금방 회복되는 건 아니겠지요. 환자의 면역력에다 환자 자신의 '자기와의 치열한 싸움'이 있어야 하고, 그리고 또, 치료하고 간호하는 사람들의 공력이 덧보태져야 환자는 서서히 치유됩니다. 먼 데서 나라 걱정 해 주셔서 정말 고맙고, 또 나라 안에 있는 사람으로서 미안한 마음입니다!

새날이 밝았다. 안국동 광장으로부터는 단식 후유증을 이겨내고 다시 광장에 나와 밤을 새운 S 시인의 간절한 소망이 떴다 ─ "부디 이 나라가 오늘 정상궤도에 진입하기를!"

아침에 서 시인이 전화했다. '원위대강'을 하고 간절히 빌었는데, 완산 녹두님께서 직접 현현하시지는 않았다고 했다.

"오심즉여심(吾心卽汝心)이라!" 그녀가 말했다. "즉, 하느님께서 수운 선생에게 '내 마음이 바로 네 마음이라!'라고 말씀하신 바로 그 뜻인가 봐요. 자명한 일이라 듣기만 하시고 모습을 나투지는 않으신 것 같아요."

나는 내게도 나타나시지 않았다고 고백했다. "'원위대강'을 하면 그 강림하시는 '지기(至氣)'가 바로 하느님 자신이 되는데, 완산 녹두님도, 우리 자신도 다 한마음 한몸이 되는 것이니, 완산 녹두님이 구태여 나타나실 필요는 없겠지요. 우리를 그만큼 믿어주신다는 의미인 듯도 합니다. 이따 11시에 나오는 헌재 선고를 일단 차분히 기다려 보십시다!"

오전 11시, 집에서 TV 생중계 방송을 들었다.

문형배 헌재 재판장 대리의 선고문은 가히 명문이라 할 만했다. 간단명료한 문장과 쉬운 논리로 판결문을 낭독한 끝에 마지막을 장식하는 판결 주문(主文)은 "피청구인 대통령 Y를 파면한다!"였다.

참으로 오랜만에 나는 큰 기쁨을 느꼈고, 좁은 낙도재 안을 왔다갔다 하며 누군가와 대화를 나누고 싶었다. 제일 먼저 서 시인이 전화해서 축하해 주었다. 실은 서로가 축하할 일이었다. 잠시 후에 아들이 전화해서, "아버지, 축하드려요!"라고 말하고는, 내가 뭐라고 말하기도 전에 전화가 끊어졌다. 50이 넘은 녀석은 무슨 심산인지 늘 나와 길게 말하고 싶지는 않은 듯하다. 이윽고, 나는 통영의 P 선생님께 전화를 드려, 오래 노심초사해 오신 데에 대해 위로와 축하의 말씀을 드렸다. 이번에도 상호 축하하는 말이 교환되었다. 곽우록 강의를 해주시는 재야 사학자 S 선생님께도 전화를 걸어 서로 기쁨을 나누었다.

12시 조금 전에 서선숙 시인이 다시 내게 전화했다. 한국작가회의 이사장 K 시인이 전화하셔서, 종로 2가의 옛 화신백화점 자리에 있는 Y라는 식당에서 작가회의 텐트 농성의 뒤풀이가 있으니, 참석해 달라는 통고가 왔다고 하면서, 거기에 나하고 함께 가고 싶다고 했다. "저하고 함께 가는 것이 꺼려지지 않으신다면!"

"아이고, 꺼려질 게 뭐가 있다고!" 내가 대답했다. "꺼려지는 건 다만 내가 무슨 작가라도 되는 것처럼 그런 자리에 가는 것 자체지요. 하지만, 오늘같이 좋은 날, 작가면 어떻고 '억판'이면 어떤가 싶네요! 우선 기쁨을 주체할 수 없어서 누구라도 만나 한잔하고 싶은 마음 때문에 가지 않을 수 없겠네요. 지금 곧 거기로 갈게요. 거기서 만나요."

내가 종로 2가의 그 식당으로 들어갔더니, 서 시인은 벌써 와 있었고, 작가회의 이사장 K 시인을 비롯한 작가회의의 여러 시인들과 작가들의 면면이 보였다. 작가회의의 원로이신 Y 선생님과 길동무재단의 K 이사장님도 와 계셨다.

50여 명의 문인들이 점심을 겸해 한잔하며 서로 축배를 주고받는 기쁜 잔치였다. S 시인이 보이지 않기에 서 시인께 물었더니, 농성 천막을 정리하고 있는 모양인데, 곧 합류할 것이라고 했다. 나중에 그가 도착하자, 나는 그에게로 다가가 그동안의 노고와 헌신에 대해 진심으로 고마움을 표했다.

작가회의라는 단체에 예산이 충분하지 않을 텐데, 그냥 자리를 떠나오기가 미안하기도 해서, 내가 회식 비용을 내는 것이 어떨까 하고 주저하고 있는데, 망설여지는 것은 내가 무슨 자격, 무슨 명목으로 이 비용을 부담할 수 있는가 하는 점이었다. 그때 다행스럽게도, S 시인이 길동무재단의 K 이사장님께서 오늘의 회식비를 내셨다는 사실을 좌중에 공표했다. 아마도 K 이사장님은 길동무 재단의 공동이사장이신 Y 선생님과 재단의 상임이사인 S 시인을 배려해서 훌륭하신 처신을 하신 것으로 짐작되었다. 덕분에 나는 아무 걱정 없이 그 자리를 떠나 낙도재로 올라올 수 있었다.

낙도재에 돌아와 잠시 쉰 다음, 초저녁부터 나는 의도적으로 TV를 켜지 않고 다시 『파우스트』의 번역에 몰두해 들어갔다.

III. '역관'의 말

2025년 4월 5일 아침이다. Y 대통령이 파면되고 난 뒤에 맞이한 첫 아침, 나는 환희심에 넘치면서도 어딘가 허전한 기분에 휩싸이는 나 자신을 발견했다.

언젠가 이와 비슷한 기분을 느낀 적이 있다. 그렇다! 그것은 1987년 6월 29일이었다. 당시의 노태우 민정당 대표가 이른바 '6·29민주화선언'을 발표함으로써, 전두환, 노태우 등의 신군부 독재가 국민의 열화와 같은 민주화 및 개헌 요구에 드디어 굴복한 날이었고, 민주시민들의 '6월항쟁'이 드디어 승리한 날이었다. 그날 나는 이 땅에 드디어 '천지개벽'이 일어났고, 이 나라의 앞날에는 이제부터 오직 민주주의라는 이름의 탄탄대로만 뻗쳐 있는 것으로 생각했다. 환희심에 들뜬 나는 오히려 그 어떤 공허감마저 느꼈다. 민주헌법으로 개헌하기 위해 이른바 개헌을 위한 '서명 교수'로 지목되어 신군부 독재와 아슬아슬하게 맞서 오던 나에게 갑자기 더불어 싸울 대상이 사라져 버린 듯해서, 오히려 어딘가 허전하게 느껴지기도 했다.

그러나, 그 후에도 이 나라에는 많은 비민주적 사건들이 터졌으며,

지난해 12월 3일에는 '비상계엄'이라는 이름의 시대착오적 반민주 친위쿠데타까지 일어났다. 그 주범을 대통령이란 직위에서 파면하는 데에도 꼬박 4개월의 험난한 투쟁이 필요했고, 때로는 나라의 장래와 민주 시민들의 생명이 위태롭게 느껴진 순간들도 많았으며, 내가 매천 황현의 '자진(自盡)'을 연상한 순간까지 있었다. 노인이 이한열 열사처럼 시위대의 맨 선봉에 서서 젊은이들보다 먼저 목숨을 내어놓는 장면을 머릿속에 상상해 보기도 했다.

내 경험에 미루어 본다면, 앞으로도 상상을 초월하는 온갖 희한한 사건들이 또 새로이 터질 것이다. 창창한 희망과 확 트인 전망이 있는 곳에는 언제나 뜻하지 않은 복병이 나타난다는 것을 나는 경험으로 알고 있다. 그때는 또 그때의 지혜와 힘으로 싸워나가야 할 것이다. 그러니, 이 글은 이제 여기서 일단 끝을 맺는 것이 좋을 듯하다.

서 시인이 전화했다.

"간밤에 완산 녹두님이 현현하셨나요?" 그녀가 물었다. "좋은 날이라, 나타나실 만도 한데, 제게는 안 나타나셔서, 좀 허전해서요."

"나한테도 안 나타나셨습니다." 내가 말했다. "아마도 이제 안심하신 것 같고, 또 우리한테도 앞으로는 '자율적 결단'을 선사하고 싶으신 것 같습니다."

"그렇네요. 완산 녹두님이 우리한테 다시 나타나셔서. '너의 마음이 곧 내 마음이다(汝心卽吾心)!'라고 설명해 주실 필요까지는 없었겠네요!"

"그만큼 녹두님 자신으로부터 우리를 독립시켜 주고 싶으셨던 듯합니다. 오늘도 우리는 이 고달픈 현실을 계속 살아나가야 하니까요!

섭섭하지만, 우리는 이제 완산 녹두님으로부터 독립된 존재로서 살아가야 합니다. 말하자면, 완산 녹두님의 보호와 인도(引導)가 없는 '실존'이 된 것이죠! '동학적 실존'이라고나 해야 할지? 참, '실존'이라니까 문득 희경이가 생각나네요! 마침 토요일인데, 시간이 어떻게 되시나요? 그럼, 이따 저녁 6시에 희경이와 '안더나흐의 추억'으로 오시겠어요? 저녁 식사나 하면서 축배를 들어요, 우리!"

이윽고, 나는 최영숙 님에게 전화를 걸었다. "오늘 저녁 시간이 어떻게 되세요?" 내가 물었다. "아, 그러시면, 이따 저녁 6시에 '안더나흐의 추억'으로 오시겠어요? 중식 군도 함께 데리고 오세요! 만약 시간이 없다고 하더라도, 이 노인의 소원이라며, 꼭 데리고 나와 주세요. 독일 라인강안의 안더나흐는 배산임수의 아름다운 휴양지지요. 윤 사장님이 본((Bonn) 유학 시절에 안더나흐에서 무슨 아름다운 추억이 있었는지는 모르겠지만, 거긴 낙산만큼 숨 가쁜 드라마가 없어요. 그저 노인들이 산책하다가 커피를 마시는, 조용한 휴양지랍니다. '안더나흐의 추억'이 아니라, 오늘 저녁엔 우리 '낙산의 추억'을 만들어 봅시다!"

"희경이네 모녀도 오는가 보네요?" 최영숙 님이 벌써 짐작하고 말했다. "다 좋은데, 젊은 아이들의 속마음을 정확히 알지 못해서 안타깝네요. 저희끼리 정말 좋아하기는 하는지를 몰라서요!"

"그건 물론 저도 모릅니다!" 내가 말했다. "하지만, 그저 그들을 곁에 두고 보고 싶은 노인의 마음이지요. 어차피 그들은 벌써 백 리쯤 앞서가 있을 겁니다. 혹은, 서로 아무 감정도 없으면서도 어른들의 호의를 무시하기가 민망해서, 둘이서 서로 짜고, 마치 서로 좋아하는 것처럼 처신해 줄 수도 있겠고요. 그러다가도 또 서로 좋아지는 경우도 없지 않겠고요. 이 세상에는 노인이 마음대로 할 수 있는 게 실은 아무것도 없지요. 또한 그래야 마땅하고요. 젊은이들의 새 세상이 와야 하니까요. 아무튼, 이따 저녁에 뵈어요, 6시입니다!"

전화를 끊고 나자, 나는 곧장 번역하는 책상 앞에 앉았다. 6시라면 아직 시간이 많이 남아 있다. '일모도원(日暮途遠)'의 상황에 처한 나로서는 잠시라도 '역관'으로 되돌아가서, 우선 내 작은 의무와 사명부터 끝내도록 서둘러야 한다. 이제 나의 '고치'가 거의 다 짜여가고 있으니까 말이다.

(끝)

작가의 말

2024년 12월 3일의 불법 비상계엄은 산수(傘壽) 노인의 잔잔한 일상을 마구 뒤흔들어 놓았다.

혼돈의 4개월이 흘러가고 죄인이 탄핵·파면되자, 나는 천년 고도 전주로 갔다. 이종민 교수님의 초청으로 한 달 동안 전주에서 마음을 다잡고자 했다. 심신이 피폐해진 나머지 단 한 줄의 글도 쓰지 못했다. 혼자 한옥 마을을 거닐고, 전주 감영을 기웃거리다가 전주 천변을 산책했다. 초록바위 아래를 지나다니며 완산도서관에서 책을 뒤적이기도 했다. 도서관 옆, 완산 위에 있는 녹두관에도 들렀다. 강주영 목수님의 안내로 만석보 옛터에도 가보고 동진강변의 평야와 백산도 둘러보고, 지금실에도 가보았다.

전주에서 한 달이 거의 다 되어 갈 무렵, 어느 날 밤 내게 문득 '완산 녹두님'이 찾아오셨다. 그래서 '완산 녹두님과의 대화'가 시작된 것이었다.

전주의 이종민 교수님과 강주영 목수님께 감사드린다.

내게 격려를 아끼지 않으신 내 고향 영천의 이중기 시인님을 비롯한 문우님들께도 고마움을 표하고 싶다. 길동무재단의 김판수/염무웅 이사장님과 정지창 고문님, 작가회의 강형철 이사장님과 송경동 사무총장께도 평소의 후의에 깊이 감사드린다.

그사이에 많은 시간을 함께 보내며 문학에 대해 깊이 있는 대화를 나눈 김민환 소설가, 임우기 평론가, 김이정 작가, 육근상 시인께도 우의에 고마움을 표하고, 내 보잘것없는 강의를 들어주시는 파우스트의 벗님들께도, 그리고 성호 선생의 『곽우록(藿憂錄)』을 함께 공부해 온 '곽우(藿友)'님들께도 평소의 성원에 감사드린다. 해설을 써 주신 유희석 교수님께 특히 감사드린다.

이젠 마지막이라는 심정으로 이 작품을 썼다. 산수의 노인이 5년 안에 3권의 장편을 내었으니, 젊은 날의 꿈을 늦게나마 실천에 옮긴 셈이다.

내가 또 작품을 쓸 수 있을 것인가? 무리하게 안간힘을 쓰지는 않으리라. 순명(順命)의 자세로 기다려 볼 일이다.

2025년 10월
낙산 도동재에서
안삼환

〈작품 해설〉

소설로서의 사초
— '빛의 혁명'은 어떻게 이야기가 되는가

유희석(문학평론가, 전남대 교수)

1. 도서목록에 있는 책을 만나다

내가 안삼환 선생의 장편소설 『바이마르에서 무슨 일이』에 관한 기사를 읽은 것은 작년인 2024년 5월이었다. 동학의 가려진 진실을— '소안도 등대 습격사건'을—추적한 『등대』를 펴낸 김민환 고려대 미디어학부 명예교수와 나란히 앉은 사진이 곁들여진 글이었다. 바이마르라는 지명이 들어간 소설에서 저자는 특이하게도 동시양의 근대를 넘나들며 동학혁명에서 새로운 삶과 대안적 사상을 모색했다는 것이다. 서울대 영문과 대학원 시절, 선생을 먼발치에서 뵌 기억이 가물가물 떠올랐다. 당시는 내가 남산 소재 주한 독일문화원(Goethe-Institute)에서 독일어 공부를 한창 하던 때이기도 했다. 아무튼 평생 서양문학을 연구한 학자가 은퇴한 이후에 동학을 화두로 걸어서 장편소설을 내는 경우는 극히 이례적인 일이라서 호기심이 강하게 발동했다. 영문학을 전공하는 나 자신도 뒤늦게 철이 들어서 '우리 사상'의 뿌리를 더 들여다봐야 하지 않겠나 하는 반성을 부쩍 하던 차였다.

두 작품을 앞으로 읽어야 하는 도서 목록에 넣어두었다. 하지만 1년이 넘도록 목록만 불어났을 뿐 언제 책을 손에 잡을 수 있을지 가늠하기 힘들 정도로 경황이 없는 생활이 계속되었다. 그나마 한숨을 돌릴 수 있는 방학에조차 학과장인 탓에 학과의 자잘한 행정 업무가 없지 않았고 다른 한편으로 부지런히 꼼지락거리고 있음에도 읽고 쓸거리가 줄지 않은 탓도 있었다. 그러던 사이에 평소에 인품과 학문 모두를 존경해마지 않는 독문학계 모 선생의 문자를 받고 통화했다. 8월 초였다. 안삼환 교수님이 새로 소설을 쓰셨는데 해설을 써줄 수 있겠느냐는 취지였다. 목록에 올라 있는 『바이마르에서 무슨 일이』가 즉각 떠올랐다. 뜻밖의 일감이었지만 망설임 없이 쓰겠다는 답변을 드리고 '역관 일지'라는 제목의 파일을 받아 읽었다.

2. 역관과 일지의 뜻

"안삼환 장편소설"이라는 말이 걸려 있는 『역관 일지』를 '소설'(小說)이라고 부를 수 있을까? 일독을 마친 후에 떠오른 물음이다. 학술적으로 어떤 서사를 소설이라고 규정할 수 있는지를 논하기 위해서 이런 말을 꺼내는 것은 물론 아니다. 오히려 소설에 관한 일치된 선험적 정답 따위는 없음을 강조하기 위해 달아놓은 물음표인 동시에 '작은 이야기'로서의 『역관 일지』의 면면을 독자들께 더 잘 소개하기 위한 일종의 길라잡이로 세워놓은 의문부호. 근대 장편소설의 본질적 특성 가운데 하나가 다종다양한 전승된 이야기의 형식과 내용을 온갖 방식으로 소화·흡수하여 새로운 서사를 만들어내는 '잡식성'에 있다면 무엇이 소설이고 아닌가를 딱 잘라서 말하기 힘들다. 『역관 일지』

를 분명히 '소설'이라고 단정할 수 있는 것은 바로 그런 맥락에서일 것이다. 그런데 이 대목에서는 『역관 일지』가 선생의 앞선 두 작품, 즉 『도동 사람』(2021)과 『바이마르에서 무슨 일이』(2024)와 긴밀한 연속성이 있으면서도 사뭇 다른 유형의 소설이라는 단서를 달아두어야 할 듯하다.

두 장편을 읽어본 독자라면 안삼환이라는 한 개인의 삶에 대한 사실적인 정보들이 다양하게 변형·가공된 형태로 텍스트 곳곳에 드러나 있음을 짐작할 수 있다. (선생은 김용락 시인과의 서면 인터뷰에서 자신의 두 장편의 기본 성격을 소상히 밝힌 바 있다. 『문화분권』 9호, 2025 상반기, 21-23면) 그 변형·가공의 양상을 살펴보면 잘 모르는 독자라도 선생이 걸어온 삶의 구체적인 자취를 상당 부분 재구성하는 것도 충분히 가능하다. 두 장편 모두 자전적인 색채가 매우 짙게 배어 있다는 말이다. 이번 작품에는 아예 제목에 일지(日誌)라는 말까지 걸려 있다. 작품에도 설명이 나와 있지만 일단 독자들을 위해서 제목에 대한 소개부터 하겠다.

역관(譯官)은 고려·조선조의 사역원(司譯院)에서 통·번역에 종사하는 중인 계층의 사람을 일컫는다. 조선 후기 사역원의 경우 입학 조건에는 부·모·처의 4대조 신원 조사서와 참상관 이상 2인과 교리 1인의 신원보증서가 들어 있었다고 한다. 행정 실무는 물론 대외 지식과 경제력에서도 양반에 뒤지지 않았다고는 하지만 당상관에는 결코 올라갈 수 없는 하급 관료에 불과한 직종이었다. 평생 대학교수로 봉직하면서 괴테, 토마스 만, 귄터 그라스 등, 근현대 독일의 주요 작품들을 번역하고 대중친화적 해설서도 낸 이력이 있는 안삼환 선생이 스스로를 그런 역관으로 내세우는 소회는 간단치 않다.

요즘 말로 풀면 문화/문학 번역자, 내지는 문화중개자 정도가 되지 싶은 역관이 안삼환 선생에게는 어떤 의미일까. 지금이야—특히 한강의 노벨문학상 수상을 계기로—번역자의 위상이 한결 높아졌지만 전화(戰禍)에서 간신히 벗어난 1960년대에 문화중개자라는 존재는 대학에서조차 희귀한 한편, 참 초라했었을 듯하다. 선생이 내세운 역관은 바로 그런 존재에서 학문의 의의를 자조적으로 찾을 수밖에 없었던 그 자신의 스승을 아련하게 생각나게 하는 추억의 단어인 듯 보인다. 실제로 이 단어는 이제 사전에만 존재한다. 그러한 역관에다가 일지라는 말이 붙은 작품 제목의 뜻은 이렇게 풀어볼 수 있겠다. 올곧이 팔순의 신예(!) 소설가요 그 자신의 표현으로는 "좀 특수한 늦깎기 창작자"로서 '역관 일지'를 제목으로 걸어놓은 데서 소설가로서 스스로를 낮추는 겸손과 더불어 우리 시대의 결정적 변곡점들을 치열하게 기록하겠다는 작가적 소명이 읽히는 것이다.

요컨대 『역관 일지』는 '역관'으로서의 기록 의지를 역사의식으로 승화시킨 저자가 2025년 9월 23일에 시작하여 12월 3일 밤 윤석열 대통령의 계엄 선포를 거쳐 이듬해 4월 5일 헌법재판소에서 탄핵을 선고한 다음날 아침까지 주요 사건들을 말 그대로 일지를 적듯이 기록한 작품이다. 이런 맥락에서는 일면 '내란 일지'라고 말할 수도 있을 듯하다. 하지만 일지는 내란에만 국한되지 않는다. 독거하는 팔순 노인의 소소한 일상 외에도 페이스북에 올린 여러 단상들, 소설에 관한 독후감, 한강의 노벨문학상 수상에 관한 소회를 밝힌 신문 칼럼, 무안공항 여객기 참사 소식을 보는 참담함, 생활 여건 때문에 학문의 길에서 망설이는 후배 시간강사의 안타까운 사연, 탄핵 집회의 풍경, 한국 독문학계 후진들과의 대화 등이 다채롭게 망라되어 있다.

속도와 효율을 광신도처럼 숭배하는 현대에서 한 세대가 지나고 나면 이런 기록들이 과연 어떻게 받아들여질까, 한번쯤 되물어보게 된다. 오늘 아침에 일어난 일조차도 오후가 되면 철지난 일간기사처럼 묻혀버리기 일쑤인 가쁜 일상 속에서 이같은 일지라면 장편소설이라는 표지의 선전에도 불구하고 마치 사초(史草)처럼 읽힐 수도 있지 않을까. 유가풍(儒家風)의 가계에서 성장한 안삼환 선생의 배경을 생각해보면 사초 운운한 것이 아주 엉뚱한 생각은 아닐 듯하다. 하지만 먼 훗날의 독자들을 상상하면서 발동시킨 이같은 상념을 뒤로 하고 일단 『역관일지』의 목차를 일별해보자.

그러면 일지에 그치지 않는 서사의 양상이 더 분명히 드러난다. 목차에는 '내란의 밤'을 포함하여 총 66일 간 구체적인 날짜와 제목이 죽 명시된다. "해골 영령"과 "역관의 말"이 작품 앞과 뒤에 일종의 프롤로그와 에필로그 격으로 붙어 있고 역관의 탈을 벗어버린 '작가의 말'이 맨 마지막을 장식한다. 이 66일의 기록 저변에 흐르는 작가적 정신이 나라와 겨레를 보살피고 걱정하는 마음임은 더 말할 나위 없겠다. 알다시피 12월의 내란사태는 파란으로 점철된 한국현대사에서도 유례를 찾기 힘든, 해괴하기 이를 데 없는 자멸적 쿠데타인 터라 길거리 시위에 나선 시민들의 충격도 이만저만이 아니었다.

2024년 12월 14일 국회에서의 탄핵소추안 가결 실황을 광주의 금남로에서 아내와 함께 대형 TV로 지켜보면서 환호했던 나 자신도 이 사태의 이면은 두고두고 곱씹어봐야 하는 화두로 남아 있다. 한국의 현대사에조차 '역사'가 되풀이되는 장면은 드물지 않았기 때문에 모름지기 지식인이라면 좌우를 가리지 않는 서릿발 같은 비판정신을 마음 깊숙이 간직해야 하리라 본다. 사실 희대의 모리배적 작태라고 해야 할 윤정권의 검찰 카르텔 정치에 대한 작가의 쓰디쓴 절망과 분노는 전작에서도 엿볼 수 있다. 그런데 이번에는 아예 작심하고 계엄 발표 이후 전개된 상황에서 주요한 맥을 짚어가면서 동서의 만남을 색다르게 다시 시도한 것으로 보인다.

사실 인터넷을 잠시만 검색해보면 금방 확인할 수 있지만 그 동안 12·3내란과 관련된 저서는 봇물을 이루고 있다. 일일이 거론하기 힘들 정도로 다양한 관점에서 그날의 사건을 다룬 책들이 출간되었다. 『역관 일지』처럼 일기의 형식을 빌려서 '손상된 마음'을 작품에 담은 황정은 같은 소설가도 있다.

1인칭으로 작가 자신의 잡다한 일상사를 담은 『역관일지』에서 특기할 만한 면은 12·3내란이라는 사건과 정리 과정을 소상하게 따라가면서 그 파장의 의미를 두 개의 전혀 다른 서사로 갈무리하는 방식이다. 거리를 두고 조감해 보면 그 점은 더 분명해진다. 작품의 기본 얼개도 동양의 식민지 근대와 서양의 근대로 향하는 두 방향으로 짜여 진다. 물론 이 두 갈래의 서사도 결국 하나로 종합된다. 그 서사적 양상은 『역관일지』에서 상대적으로 중량감이 큰 터라 좀 더 지면을 할애해야 할 듯하다.

3. 동과 서가 다시 만나다: 동학담과 번역담

이 두 가닥의 서사, 즉 동학 이야기와 『파우스트』이야기는 안삼환이라는 작가의 학문적 삶에서 자연스럽게 뻗어 나온 것인 한편, 거시적으로 근대의 동양문명과 서양문명에 관한 성찰을 담는다. 이 같은 성찰은 전작들과 연속선상에 있지만 앞서 언급한대로 이 장편에서는 색다른 시도로 보인다.

작품은 꿈 이야기에서 시작한다. 순국한지 100년을 훌쩍 넘겨서야 일본에서 환국하고, 그리고 나서도 20년이 지나서야 비로소 이 땅에서 안식처를 찾은 무명의—팔다리도, 몸뚱이도 없는 영령인—동학농민군이 서사의 문을 연다. 그는 도강(道康) 김씨로 설정된다. 그런 그가 1인칭 화자인 김일술에게 현몽(現夢)한 데서 텍스트가 풀려나가는 것이다. 김일술은 "S대 독문과 교수로 일하다가 정년퇴임을" 한 인물이고 작가 자신의 분신이다. 농민군이 그런 '나'의 꿈에 현현하여 혁명이 좌절된 사연을 들려주는데, 이는 물론 작가의 견실한 동학 공부가 아니었다면 가능하지 않았을 상상의 서사다.

한편으로 동학군이 동학혁명의 현장에 참여하여 최후를 맞게 되는 과정을 때로는 비장하게, 때로는 구수하고 유머러스하게 증언하는 이야기가 전개된다. 무명의 농민군이 화자의 삶에 이렇게 저렇게 개입하면서 독자들에게 빙그레 웃음을 선사하는 양상은 독자들께서 직접 살펴보시라. 환국한 동학농민군의 영령을 화자로 내세운 동학이야기는 골곡 많은 이 땅의 근현대사를 천착해온 작가가 여러 실증 기록과 체험에 근거하여 역사적 상상력을 한껏 빌휘한 것이다. 실증과 상상이 적절하게 어우러지면서 피어린 동학운동의 진실을 들려주는 동학담은 우리가 '빛의 혁명'에 도달하기까지 어떤 참혹한 역사를 통과했는가를 절절하게 일깨우는 교훈적 성격도 짙다.

하지만 그 참혹함을 증언하는 언어에 특히 주목함직하다. 진도에서 효수되어 일본으로 '채집'당한 사연을 담담하게 들려주는 농민군의 인간미 넘치는 구수한 입담이 살아 있는 터라 마냥 어둡거나 딱딱하게 읽히지 않기 때문이다. 우리 역사에 무심한 독자들에게라면 이렇게 재미난 역사공부로서의 이야기가 또 있을까 싶다.

이와 같은 동학담과 쌍벽을 이루는 서사가 괴테의 『파우스트』 번역담이다. 독문학자로서 은퇴한 이후 열성적인 시민 수강생을 상대로 괴테의 『파우스트』를 강의하고 번역하는 이야기가 펼쳐진다. 『파우스트』를 읽지 못한 독자라도 '무엇이 괴테가 남긴 걸작의 핵심을 틀어쥐고 있는지'를 단박에 이해할 수 있게끔 요령이 있다. '폭풍과 돌진'으로 일컬어지는 독일 문학/사상 운동의 최고봉에 해당하는 창조적 성취를 해명하는 서사인바, 그렇다고 그같은 해명이 들어가는 번역담은 전혀 고답적이지 않다. 누구나가 『파우스트』의 전모를 파악할 수 있게 서사가 전개되는 것이다.

이 또한 괴테에 대한 저자의 평생의 내공이 축적되어 발산된 결과라 하겠다. 더 뜻깊은 점은, 21세기에 여전히 지속되는 『파우스트』의 현재적 의의를 한반도의 역사와 삶에 비춰서 해명하고 있다는 사실이다. 한국의 학계에서 알게 모르게 이뤄져온 주체적 독문학연구의 일단이 거기서 엿보인다. 나 자신 영문학전공자로서 부럽고 부끄러운 대목이 아닐 수 없는데, 이게 정확히 무슨 말인가를 알고 싶다면 'Obdachlosigkeit'—'비바람을 막아주는 지붕(Obdach)'이 '없음(-losigkeit)—의 뜻을 노숙성(露宿性)으로 푸는 다음과 같은 과정을 읽어보시라.

> 간단히 말하자면, 신의 보호를 '지붕'으로 여기고 현실에 몰아치는 '풍우'를 피하며 살아오던 서구인들이 갑자기 신의 계시나 인도가 없어지니, 자신을 '정신적 노숙자'처럼 느끼게 된다는 말이지요."
> "아, 그게 그 말이에요?" 서 시인이 물었다. "그럼, 우리 동양인, 특히 한국인에겐 별로 절실하지도 않은 문제잖아요? 우리한테야 그런

절대적 신, 유일신이 없고, 부엌에도, 광에도, 변소에도, 대문에도 신이 있고, 산에도, 들에도, 동구 앞 느티나무에도, 도처에 신이 있으니, 우리가 갑자기 무슨 '정신적 노숙자 신세'가 될 리도 만무하잖아요?"

"바로 그 점입니다!" 내가 말했다. "실존주의 철학은 그야말로 현대 서구 기독교인들의 철학이고 서구 기독교인들의 정신적 고민에서 나온 철학이지, 이 땅의 사람들에게 절실한 철학은 아니었습니다. 1950년대 말에 우리 철학계를 휩쓴 화두였으나, 실은 우리한테 절박했던 그 당대의 현안 문제들에서 좀 벗어나 있던 화두였습니다. 하긴, 1950년 한국전쟁 발발 이래 모두가 살기 어렵고 우리의 삶을 지탱해오던 윤리적 가치가 뒤흔들려서 모두들 정신적으로 방황하던 '한국적 실존 상황'이 아예 없었다고 단언할 수는 없지만서도요."(94쪽)

선생 역시 누구 못지않게 전쟁의 참화가 지나간 1950~60년대의 "한국적 실존 상황'"을 뼈저리게 자각하고 독일로 유학을 떠난 지식인이다. 그런 그의 자각이 배어 있기에 울림은 더 크다. 이렇게 읽기 시작하면 전혀 성질이 다른 내용을 담은 동학의 이야기와 괴테의 『파우스트』 번역 이야기가 강하게 회통(會通)한다는 느낌을 주는 것도 우연으로 보기 힘들다. 여기서 회통의 양상과 그 철학적 함의를 자세히 논할 수는 없다. 그 점은 전작들에서도 거듭 확인되는 바 있지만 이 책을 접하는 독자들에게는 '맛보기'로 감을 잡을 수 있는 문장을 인용할 수 있을 뿐이다. 가령 다음과 같다.

근디 말이여, 1894년의 동학농민혁명과 '전주화약'이래 을사늑약, 한일병합, 3·1혁명, 해방과 분단, 대구 및 영천 등 경북지역의 10

월 항쟁과 제주도 4·3항쟁, 한국전쟁과 이승만 독재, 4·19혁명, 박정희와 전두환의 군사독재, 5.18민주화운동과 촛불혁명을 거쳐, 지난 12월 3일의 시대착오적 계엄선포로 인한 현재의 탄핵 국면에 이르기까지 ─ 이 땅의 기나긴 민주화 과정의 뿌리에 동학농민혁명정신이 있다는 사실을 자네 자신이 일단 확실하게 믿고, 그다음에는 자네의 이 믿음을 널리 전파하랑께! 그런 다음에는 자네 자신이 그 실천에 앞장서라 그말이여! (135쪽)

『파우스트』의 이 종교적 결말은 정통 기독교 신학에서 조금 벗어나 있으며, 여기서는 심지어 약간 불교적인 색조까지도 감지됩니다. 즉, 파우스트의 '영혼'의 묘사는 불교의 아뢰야식(阿賴耶識)을 연상시키고, 그의 영혼이 '심산유곡'의 여러 단계를 오르는 과정은 불교에서 영가(靈駕)가 사왕천, 도리천, 야마천, 제석천 등 여러 천(天)을 오르는 것을 연상시킵니다. 아마도 괴테는 『파우스트 전설』 등에서 보이는 종래 파우스트의 기독교적 '지옥행'을 지양하고, 인간의 죄책과 그 극복 및 구원의 과정을 보다 설득력 있는 '인류 보편적 종교성'을 통해 제시하고자 했던 것으로 보이는데, 이것이 또한 괴테의 위대성일 것입니다. (169쪽)

안삼환 선생은 시대적 인식과 대응 양면에서 절묘하게 조응하는 동학담과 번역담을 이 땅의 사상에 굳게 발을 딛고 교직(交織)시키면서 『역관 일지』의 대들보로 삼은 셈이다. 동시에 그 자신의 소소한 일상을 자재로 삼아 정성스레 텍스트 짜기 작업─저자의 표현대로 하면 고치 짓는 일─을 한 것으로 보인다. 그런데 좀 더 생각해볼 대목도 있다. 이는 일지를 관통하는 작가적 정신과 직결된 것이다. 앞서 대들보 비유를 썼지만 어떤 면에서는 은퇴 이후 몸과 마음이 모두 '정치적으로' 건강한 삶이야말로 그와 같은 대들보를 바로 세우는 결정적 동력일 터이다.

그러한 삶은 인생의 황혼에 접어들어 자신의 여생을 어떻게 돌볼 것인가에 대한 자기성찰과 미래 세대에 대한 노심초사가 어우러져 있고 그와 같은 성찰과 염려가 『역관 일지』에 순정(純情)으로 녹아 있는 것이다. 하지만 잊지 말아야 할 것은 그러한 순정이 한국의 식민지/근대에 대한 전면적인 성찰의 다른 일면이라는 사실이다. 저자는 인생의 황혼에서 윤석열의 내란 시도와 그 불의의 진행 과정을 지켜보는 동시에 탄핵 시위의 현장에 참여하면서도 인생의 황혼에서 무력감을 토로하기도 한다. 그러나 심기일전, '빛의 혁명'에 열렬히 반응하면서 젊은이들을 응원하는 노년의 가슴은 열렬하다.

요컨대 나라의 장래를 근심하고 '빛의 혁명'을 주도하는 젊은 세대에 거는 작가의 뜨거운 기대와 희망에서 동학담과 번역담이 풀려나온다고 말할 수 있겠다.

4. 소설로서의 사초

그런데 독자들에게 『역관 일지』를 이렇게 소개하고 나니 교훈적이면서도 재미난 작품을 말 그대로 사초 비슷한 기록으로 만들어버린 것이 아닌가 걱정스럽다. 무명 동학군의 이야기에도 순화된(?) 남녀상열지사가 들어가 있지만 무엇보다 독자의 입가에 웃음기를 슬며시 번지게 하는 것은 『역관 일지』가 화자 김일술과 시인 서선숙의 '썸타는'

작품 해설 239

관계를 담고 있기 때문이다. 물론 이것도 '로맨스 그레이'의 어떤 통속성과는 거리가 있다. 저자 자신은 "유가적 사고 때문에 저의 작품에서의 남녀 관계는 늘 도덕적 경계선을 넘지 못하는 한계성을 노출하고 있"다고 술회한 바 있다. 『역관 일지』에서의 로맨스는 이 땅의 현실을 걱정하면서 그날그날의 생활에 충실하게 살고자 하는 보통 남녀의 애틋한 교감이고 넓은 의미에서—산전수전 다 겪은 연륜의 힘으로—성을 초월하는 연대에 가깝다.

이 대목에 관한 한 나는 『역관 일지』가 소설로서 전해주는 일상의 진실을 다시 곰곰이 생각해보게 된다. 비유컨대 제아무리 우국(憂國)의 바다가 드넓고 깊더라도 한 사회에서조차 일엽편주에 불과한 개개인에게는 하루하루의 '일기(日氣)'야말로 삶을 좌우하는 결정적 요인이다. 이는 그 어떤 고결한 이상이나 이념으로 채색한다 하더라도 부인할 수 없는 엄연한 생활의 진실이다. 선현들이 평천하의 출발을 수신에서 찾은 기본 취지도 바로 그런 맥락에서 헤아려야 한다는 사실을 『역관 일지』는 곳곳에서 암시하는 듯하다.

그렇다면 늙어감에 대한 작가의 자의식도 노년에 대한 푸념이라기보다 하루하루의 생활에 충실하고자 하는 시민의 마음가짐의 표현인 동시에 모든 정치적 삶의 근본인 수신의 자세라 할 것이다. 그런데 그와 같은 자세의 의미도 독자가 너무 고지식하게 헤아리면서 받아들일 일은 아니다. 전직 대통령의 어리석고 시대착오적인 쿠테타를 진압한 '빛의 혁명'이 어떻게 진행되었는가를 동학과 서학을 넘나들면서 시시각각 기록한 안삼환 선생의 '일기'를 일단 소설로 즐기는 것이 앞서야 할 테니 말이다.

독자 제현이 그렇게 즐기다보면 모든 참된 역사인식과 실천도 그리 거창한 것이 아님을 실감할 수 있지 않을까 싶다. 원대한 이상이나 꿈도 이 소란스럽고 위태로운 세계에서 간신히 유지되는 평화로운 일상에 의해 뒷받침되지 못하면 오래갈 수가 없는 법이다. 『역관 일지』를 읽으면서 참으로 소중한 선물로서 우리가 누리는 생활의 기쁨과 자신을 가다듬는 반성적 성찰이야말로 각성한 시민들의 덕목임을 새삼 되새기게 된다. 그러한 기쁨과 성찰로써 내란의 진상을 추적하면서 '빛의 혁명'을 담아낸 『역관 일지』는 우리 당대 역사의 사초인 동시에 미래 세대를 위한 소설이다.

추천의 말

재미있게 읽히는 소설이다!

   안삼환 교수로부터 소설 원고를 보냈다는 말을 듣고, 우선 서너 장만 읽으려고 손에 들었다. 하지만 프롤로그인 '해골 영령'을 읽고 나자, 궁금해서 그다음에 눈이 가지 않을 수 없었다. 가끔 쉬어가며 결국은 절반 가까이 한달음에 읽었는데, 소설에 이렇게 몰입한 것이 나로서는 정말 오랜만이다. 소설『역관 일지』의 어떤 점에 끌렸던 건가.

   이 작품의 스토리를 끌고 가는 것은 독문학 전공의 노교수와 중년 여류 시인의 아련한 연애담이다. 이 형식적 틀 안에 노교수의『파우스트』번역과 강의, 꿈에 나타난 동학농민군 희생자의 회고, 그리고 탄핵 사태부터 대통령 파면까지 반년에 걸친 정치적 격동이 파노라마처럼 배치된다. 그런데 독자를 사로잡는 것은 이 모든 것들이 마치 기록영화처럼 속도감 있게 66개의 장면 안에서 처리되고 있다는 점이다. 물론 작가가 내심 의도한 것은 동학의 가르침을 대중적으로 풀이하는 것일지 모르지만, 독자로서는 재미있게 읽는 것이 먼저다.

- 염무웅(문학평론가)

동학적 역사의식에 비추어진 '빛의 혁명'

소설과 영화 『양철북』으로 잘 알려진 독일 작가 귄터 그라스(Günter Grass)는 20세기의 마지막 해인 1999년 『나의 세기(Mein Jahrhundert)』라는 소설을 발표하여 노벨문학상을 수상했다. 이 작품은 1900년부터 1999년까지 매년 일어난 중요한 사건 한 가지를 각기 다른 100인이 자신의 관점에서 서술하고 있다.

『나의 세기』 1부를 우리말로 번역한 이는 독문학자 안삼환 교수다. 괴테와 토마스 만 등 독일 작가들의 작품들을 정확하고 유려한 우리말로 옮겨놓은 명번역자 안 교수는 서울대 독문학과에서 정년퇴임한 이후 창작자로 변신하여 『도동 사람』(부북스 2021)과 『바이마르에서 무슨 일이』(솔 2024)라는 두 편의 장편소설을 발표하여 주목을 받았다. 이번에 발표한 세 번째 장편소설 『역관 일지』(부북스 2025)는 2024년 9월 25일부터 2025년 4월 4일까지의 기간에 일어난 일들을 66편의 일기 형식으로 기록한 특이한 작품이다.

그라스의 『나의 세기』가 총체적인 20세기 독일문화사를 지향하고 있다면, 안삼환의 『역관 일지』는 2025년을 고비로 한반도의 남쪽에서 벌어지고 있는 역사적인 변화의 징후들을 한 지식인의 시선으로 포착하고 있다. 소설의 표면적인 서사는 한 독문학자와 한 여류 시인의 교류와 그의 『파우스트』 번역과 강의를 중심으로 흘러가지만, 그 밑바닥에는 윤석열의 비상계엄 선포로 인한 내란사태의 극복이라는 시대적 과제가 소설을 끌고 가는 동력으로 작동한다. 이와는 다른 차원에서, 일본에서 송환된 동학농민군 유골의 주인공('완산 녹두')이 때때로 꿈에 나타나 동학에 대한 역사적 사실과 현재적 의미를 부각시킨다.

얼핏 보면 『역관 일지』는 박태원의 『소설가 구보 씨의 일일』(1934)과 비슷하다. 작가가 일기 쓰듯이 소소한 일상을 자세하게 묘사하는 이른바 '작가소설'이라는 점이 그러한 인상을 준다. 1930년대의 식민지 조선에 불어닥친 서구 자본주의의 물결에 휩쓸려 서울(경성) 시내를 이리저리 거니는 구보 씨의 발길을 따라가는 『소설가 구보 씨의 일일』은 흔히 세태소설로 분류된다. 일제 식민지 당국의 엄격한 검열과 소심한 작가의 자기검열에 의해 당시의 식민지 현실이나 지식인의 저항의식 같은 것은 말끔히 제거되고 그저 시세의 흐름에 따라 흘러가는 소시민들의 일상을 스케치하듯 묘사한다는 점에서 세태소설이라는 평가가 내려진 듯하다.

그로부터 30여년이 지난 박정희 군사독재 시대(소설의 시점으로는 1969~1972년)에 소설가 최인훈은 같은 제목의 연작소설 『소설가 구보 씨의 일일』을 내놓았다. 형식과 구성은 선배작가인 박태원의 기법을 따랐으나 사실은 제임스 조이스의 『율리시즈』를 한국식으로 변형시킨 소설이라고 작가는 밝힌 바 있다. 주인공인 월남한 소설가 구보 씨는 작가 최인훈의 분신처럼 보인다. 최인훈의 구보 씨는 박태원의 구보 씨와는 달리 고대소설의 이야기꾼을 흉내내어 1970년대 초에 벌어지는 세계적인 대격변, 즉 미국과 중공의 수교로 냉전체제가 허물어지는 사태를 독자에게 옛날 이야기하듯 전달하고 논평한다. 그러면서 슬그머니 남북통일에 대한 기대감을 내비치기도 한다. 검열을 의식하면서도 교묘한 형식의 가면을 활용하여 작가의식을 드러낸다는 점에서 이 소설은 단순한 세태소설의 차원을 넘어선다. 최인훈 작가의 이런 특징은 독문학에서 나치시대의 몇몇 작가들을 평가할 때 사용하는 '내적 망명'이라는 개념을 빌어 설명할 수도 있다.

이에 비해 『역관 일지』는 검열을 의식하지 않고 작가의 생각과 비판의식을 자유롭게 펼쳐내고 있다는 점에서 박태원과 최인훈의 『소설가 구보 씨의 일일』과는 다른 서사 방식을 보여준다. 일기체의 1인칭 화법이 주를 이루지만 가끔 꿈에 나타나는 '완산 녹두'의 개입과 논평이 현재와 과거를 연결하는 독특한 중개 역할을 한다. 이런 소설적 장치는 독자를 환상의 세계로 이끄는 것이 아니라 아직 드러나지 않은 역사적 진실을 들춰내고 그 의미를 되새기게 만든다. 작가의 직설적인 현실 비판은 '완산 녹두'라는 영매의 중개를 거침으로써 보다 높은 차원의 역사의식으로 고양된다. 이런 점에서 이 영매는 작가의 분신이자 이른바 '은밀한 서술자'로 볼 수도 있겠다.

지난 겨울, 추위와 눈보라에도 굴하지 않고 광장과 거리에서 아름다운 빛의 혁명에 동참했던 젊은이들과 그들을 응원했던 모든 이들이 21세기 개벽의 전환기를 되새기며 『역관 일지』를 읽어보기를 권한다.

– 정지창(문학평론가, 전 영남대 교수)

'완산녹두님'의 넋을 현재에 불러낸 굿판

100년 동안 일본 홋카이도대학 수장고에 방치되었다가 고국에 돌아오셔서도 또 23년 동안의 긴 기다림 끝에 드디어 환국(還國) 무명 동학농민군지도자님의 유해를 전주 완산칠봉에 모시며, 나는 다음과 같이 기도했었다.

"아무쪼록 이곳 녹두관이 우리 민족민주운동의 뿌리인 동학농민혁명의 숭고한 정신을 기리고 계승하는 소중한 공간으로 거듭나기를 간절히 기원합니다."

이것이 진인사대천명(盡人事待天命)의 자세로 30년 넘게 애써온 사람의 절절하기는 하지만 부질없는 꿈이리라 생각하고 혼자 체념하고 있었다.

하지만, 일을 마무리하는 것은 역시 하늘의 뜻. 난데없이 엄청난 내공의 만신이 나타났다. 독문학의 대가이자 최근에 동학 공부에 심취한 안삼환 작가가 백년 넘게 떠돌던 '완산 녹두님'의 넋을 불러낸 것이다. 이제 됐다! 역사와 판타지가 뒤섞이고 파우스트의 혼과 동학군의 넋이 어우러진다. 게다가 그레이 로맨스까지 뒤섞인 걸판진 굿판 덕분에 의병과 3·1혁명, 4·19혁명, 광주민주화운동, 6월항쟁, 촛불혁명, 그리고 빛의 혁명에 이르기까지, 우리 겨레의 민주운동의 시원과 흐름이 훤하게 밝혀졌다. 이제 완산칠봉의 녹두관은 단연 한국 민주주의의 성지로 거듭날 것이다. 참으로 고맙고 뿌듯한 일이다!

— 이종민(문화활동가, 전북대 명예교수)